EDGAR WALLACE

Der Brigant

THE BRIGAND

Kriminalerzählungen

GOLDMANN VERLAG

Aus dem Englischen übertragen von
Ravi Ravendro

Der Goldmann Verlag
ist ein Unternehmen der Verlagsgruppe Bertelsmann

Jubiläumsausgabe

Made in Germany · 1/90 · 19. Auflage

Satz: Mohndruck Graphische Betriebe GmbH, Gütersloh
Druck: Elsnerdruck, Berlin
Krimi 111
Ge · Herstellung: Klaus Voigt
ISBN 3-442-00111-0

1. KAPITEL

Nur nicht die Nerven verlieren

Anthony Newton wurde im Weltkrieg mit sechzehn Jahren Soldat, und mit sechsundzwanzig war er ein armer Kerl, der von der Gunst anderer Leute abhing. Geduldig wartete er in unzähligen Büros und ließ die üblichen Fragen über sich ergehen, die fast überall die gleichen waren.

»Welche Geschäftspraxis hatten Sie bisher?«

»Welches Gehalt beanspruchen Sie?«

Außerdem sollte er noch viele andere mehr oder weniger wichtige Fragen beantworten, die ihm klarmachten, daß die Erziehung in einer höheren Schule und tadellose Militärpapiere noch lange keine Anwartschaft auf irgendeine Stellung geben, von der man, wenn auch nur notdürftig, leben kann. Mit solchen Voraussetzungen läßt sich nur etwas erreichen, wenn man über große Geldsummen verfügt, um sich eine Teilhaberschaft, einen Sekretärposten oder eine lohnende Vertretung zu erwerben.

Immer wieder hörte Anthony denselben Bescheid.

»Wir haben leider im Augenblick keine Verwendung für Sie, Mr. Newton. Aber wenn Sie uns Ihre Adresse hierlassen wollen, werden wir Ihnen Mitteilung machen, sobald sich etwas für Sie bietet.«

Acht Jahre lang hatte sich nun Anthony Newton in allen möglichen Stellungen herumgeschlagen. Die Abfindungssumme, die er vom Militär erhalten hatte, steckte er in eine Geflügelfarm. Jeder weiß nun, daß es sehr einfach ist, auf diese Weise Geld zu verdienen, das heißt auf dem Papier und in der Theorie, in Wirklichkeit kommt es jedoch gewöhnlich ganz anders. Nach acht Jahren Mißerfolg ging er mit sich selbst zu Rate und entschied sich dann nüchtern für eine Art Räuberleben, und zwar ein solches, gegen das die Gesetzesparagraphen nicht anwendbar waren. Schon lange hatte er mit dem Gedanken gespielt, aber eines Morgens verwirklichte er seinen Plan.

Seine Wirtin, Mrs. Cranboyle, überreichte ihm gerade ihre Rechnung und die Kündigung für den Fall, daß er nicht sofort zahlte. An solche Rechnungen war er schon gewöhnt, aber die Kündigung war ihm neu. Er hatte zwar längst damit gerechnet, aber als sie nun tatsächlich kam, war er doch bestürzt.

Er schaute die Frau nachdenklich an, und ein unentschlossener Ausdruck lag auf seinem hübschen Gesicht. Aber für Mrs. Cranboyle, eine gedrungene, kräftige Frau mit harten Augen und großem, energischem Kinn, gab es keinerlei Zweifel über die Sachlage.

Anthony seufzte, und sein Blick wanderte von dem Gesicht seiner Wirtin über all die kleinen Gegenstände des einfachen Zimmers hin, die Bettstelle, die sentimentalen religiösen Bilder an den Wänden, die beiden Porzellanhunde auf dem Kamin, den einfachen Teppich, den blankgeputzten Messingbeschlag am Feuerrost. Dann sah er wieder Mrs. Cranboyle an.

»Sie können doch nicht erwarten, daß ich Sie noch länger hier wohnen lasse, Mr. Newton«, sagte sie mit Nachdruck. Und es war nicht das erstemal, daß er diese Worte hörte.

»Still!« sagte Anthony. »Ich will nachdenken.«

Mrs. Cranboyle zuckte die Achseln.

»Ich habe sehr hart arbeiten müssen, um das zusammenzubringen, was ich habe«, fuhr sie fort, »und ein junger Mann wie Sie sollte etwas Besseres tun, als einer armen Witwe auf der Tasche zu liegen.«

»Sie haben siebenhundertfünfzig Pfund in Kriegsanleihe, zweihundertfünfzig Pfund in Aktien und ein Bankdepot von ungefähr fünfhundert Pfund«, erwiderte Anthony ruhig.

Mrs. Cranboyle war starr vor Staunen.

»Aber wie . . . was . . .«, stammelte sie.

»Ich habe mir neulich Ihr Bankbuch angesehen«, erklärte Anthony, ohne sich im mindesten zu genieren. »Sie haben es im Wohnzimmer liegengelassen – ich habe mir ganz nett die Zeit damit vertrieben.«

»Na, dazu gehört aber doch eine Dreistigkeit sondergleichen«, rief sie atemlos. »Da hört doch alles auf! Sie räumen noch heute das Zimmer!«

»Wie Sie wollen. Ich werde mir eine andere Wohnung suchen und jemand schicken, der meinen Koffer abholt.«

»Geben Sie dem Mann nur auch die Miete für sechs Wochen mit«, sagte Mrs. Cranboyle ärgerlich, »sonst brauchen Sie sich gar nicht erst die Mühe zu machen, nach Ihren Sachen zu schikken. Wenn Sie glauben, daß ich hier meine Zimmer an Spieler und Taugenichtse umsonst –«

Anthony machte eine abwehrende Handbewegung.

»Vergessen Sie nicht, daß Sie hier zu einem Mann sprechen, der für Ihr Vaterland gekämpft und die Schrecken des Krieges mitgemacht hat«, sagte er stolz. »Sie haben hier ruhig in Ihrem Bett geschlafen, während wir in Schnee und Regen, in Wind, Wetter und Nebel im Schützengraben ausgehalten haben. Denken Sie immer daran, Mrs. Cranboyle! Sie können Leuten wie mir niemals Dank genug wissen.« Er schaute sie scharf an. »Wo würden Sie jetzt sein, wenn die Deutschen gesiegt hätten?«

Mrs. Cranboyle war das Schimpfen vergangen. Sie wollte ihm wieder Vorhaltungen machen, wie er sein Geld vertan habe, aber er ersparte ihr die Mühe.

»Sie haben mir eben gesagt, daß ich spiele – nun ja, ich habe im Rennen gesetzt. Das wissen Sie aber nur, weil Sie in meinen Papieren herumgestöbert haben. Ihre Neugierde wird Ihnen noch einmal böse mitspielen.«

Er schaute noch einmal zum Fenster hinaus, dann nahm er seinen Hut. Seine Wirtin konnte nichts weiter sagen; seine durchdringenden Blicke hatten sie vollständig eingeschüchtert.

»Sie können mir wenigstens noch einen Dienst erweisen, Mrs. Cranboyle. Leihen Sie mir zehn Shilling, ich werde sie Ihnen in einigen Stunden zurückzahlen.«

Nun fand sie plötzlich ihre Stimme wieder.

»Von mir bekommen Sie keinen Penny!«

»Das ist nun der Dank dafür, daß man das Vaterland verteidigt hat«, murmelte Anthony. »Solche Menschen wie Sie machen aus uns früheren Soldaten Anarchisten.«

»Wenn Sie mich bedrohen, hole ich die Polizei«, schrie sie.

Anthony ging noch einmal zum Waschtisch zurück, bürstete sein Haar sorgfältig und nahm den Hut wieder auf.

»Ich werde heute nachmittag nach meinem Koffer schicken«, sagte er einfach.

Sie schimpfte noch hinter ihm her, als er langsam die Treppe hinunterging. Er wußte, daß es nun kritisch wurde.

Es bedrückte ihn nicht, daß er mit drei Pennies in der Tasche den harten Kampf ums Dasein aufnehmen mußte. Er ging fröhlich und guter Dinge in den hellen Sonnenschein des Tages hinaus und wanderte durch die Straßen der Vorstadt, als ob er nicht die geringsten Sorgen hätte.

Im Krieg war er Leutnant einer Maschinengewehrabteilung gewesen, später Sekretär einer größeren Firma. Aber er trug dem Chef, der ihm gekündigt hatte, keinen Groll nach. Er wußte, daß alle Erwerbsquellen für ihn im Augenblick versiegt waren, und er hatte es satt, sich unter der wartenden Menschenmenge in den Arbeitsbüros herumzudrücken. Die vielen Drehorgelspieler, die mit Kreide ihre militärischen Verdienste auf Schilder geschrieben hatten, die maskierten Sänger aus der Aristokratie, die in den Höfen und Straßen der Vorstädte herumzogen und sich auf diese romantische Weise einen kargen Lebensunterhalt erwarben, die früheren Offiziere, die schöne Aquarellbilder an den Straßenecken im Westend verkauften, und die aggressiveren Leute, die Gastrollen in Banken mit dem Revolver in der Hand gaben, sie alle bewiesen zur Genüge, daß eine höhere Schulbildung und eine militärische Laufbahn nicht ausreichten, Geld zu verdienen, um seinen Lebensunterhalt zu bestreiten.

Anthony stieg in die nächste Straßenbahn, und als er seinen Fahrschein gelöst hatte, blieb ihm nur noch ein Penny übrig. Er war jetzt mehr als je davon überzeugt, daß seine bisherige Art zu leben keinen Zweck hatte.

Er ging in die Nationalgalerie, wo ihm früher schon immer gute Gedanken gekommen waren. Aber als er um die Mittagszeit wieder auf die Straße trat, war ihm noch nichts Neues eingefallen. Er hatte Hunger, denn er war gesund und jung und hatte zum Frühstück nur zwei harte, dünn mit Butter bestrichene Brotschnitten und eine Tasse Tee bei Mrs. Cranboyle zu sich genommen.

Ein Polizist sah ihn an der Ecke des Trafalgar Square stehen und glaubte, irgendeinen Fremden vom Lande oder aus den Kolonien vor sich zu haben, der unentschlossen schien und anscheinend nicht wußte, wohin er gehen sollte. Anthony trug stets große, graue, breitrandige Filzhüte und legte Wert auf eine gute Kleidung.

»Kann ich Ihnen irgendeine Auskunft geben?« fragte der Polizist.

»Ich möchte gern wissen, wo ich hier gut zu Mittag essen kann«, entgegnete Anthony wahrheitsgetreu.

»Sie sollten in das Pallaterium gehen. Gestern hat mir noch ein Herr gesagt, daß es das beste Lokal in London sei.«

»Danke schön«, erwiderte Anthony liebenswürdig. Es tat ihm mehr leid, daß er diesem freundlichen Mann kein reichliches Trinkgeld geben konnte, als daß er jetzt nicht einmal mehr die nötigen Mittel hatte, ein Essen zu bezahlen.

Aber trotzdem ging er in das Pallaterium, denn er hatte einen festen Glauben an sich und vertraute seinem guten Stern.

Sorglos betrat er den großen Vorraum, in dem sich viele Menschen aufhielten. Die meisten warteten auf Gäste oder auf Leute, die sie zu Tisch geladen hatten. Er setzte sich in einen bequemen, tiefen Sessel und streckte die Beine behaglich von sich. Aus der Flügeltür des Restaurants drang der Duft von Braten und guten Speisen zu ihm herüber. Er beobachtete die Menschen und sah, wie sich die einen entschuldigten, daß sie so spät kamen, und wie die anderen ruhig und geduldig warteten. Verwandte und Bekannte trafen sich hier und gingen durch die Glastüren in kleinen Gruppen in das Paradies. Aber es war niemand unter all den Leuten, den er kannte.

Jetzt kamen zwei untersetzte Herren und zwei Damen herein. Sie waren sehr elegant gekleidet und hatten sicherlich die Nacht nicht auf einem harten Lager verbracht und darüber nachgedacht, wie sie sich am nächsten Tag ernähren sollten. Anthony schaute ihnen nach, als auch sie in dem Speisesaal verschwanden, und seufzte.

»Wenn ich doch nur . . .«, begann er, aber plötzlich kam ihm ein guter Gedanke.

Er wartete noch zehn Minuten, dann erhob er sich langsam, gab seinen Hut an der Garderobe ab und trat in das Lokal. Er sah die vier Leute an einem Tisch am Ende des großen Raumes sitzen. Neben ihnen war noch ein kleiner Tisch unbesetzt. Der ältere der beiden Herren schaute plötzlich auf und sah einen gutgekleideten Herrn von achtunggebietender Größe vor sich stehen.

»Bitte, womit kann ich Ihnen dienen?«

Anthony beugte sich zu ihm nieder und sprach mit leiser Stimme zu ihm, aber doch so, daß alle anderen es auch hören konnten.

»Lord Rothside läßt sagen, es tue ihm sehr leid, daß er nicht hierherkommen könne. Er fragt an, ob Sie nicht statt dessen am Berkeley Square mit ihm essen wollten?«

»Wie meinen Sie?« fragte der Herr verwundert.

»Sind Sie nicht Mr. Steiner?« erwiderte Anthony ganz erstaunt, als ob ihm plötzlich klarwürde, daß er sich getäuscht habe.

»Nein«, entgegnete der etwas korpulente Herr. »Mein Name ist Goldheim«, sagte er dann lächelnd. »Ich glaube, Sie irren sich.«

»Das tut mir sehr leid, aber ich habe Mr. Steiner noch nie gesehen. Ich war nur hierhergeschickt, weil er hier speisen wollte und . . .«, er brach verwirrt ab.

»Bitte sehr, es macht gar nichts«, sagte der andere geschmeichelt. »Ich kenne leider Mr. Steiner nicht, sonst würde ich Ihnen den Herrn zeigen.« Er wandte sich an seine Tischgenossen. »Man hat mich für einen Freund von Lord Rothside gehalten.« Man merkte, wie angenehm ihm dies war.

»Dann muß ich eben noch warten, bis er kommt«, meinte Anthony entschuldigend. »Es tut mir wirklich unendlich leid, daß ich Sie gestört habe.«

Er ließ sich am nächsten Tisch nieder.

»Ich möchte noch nichts bestellen, ich warte noch auf einen Herrn«, sagte er, als der Kellner sich nach seinen Wünschen erkundigte.

Am Nachbartisch aß man weiter. Anthony schaute einige Zeit

verzweifelt und ungeduldig nach der Tür. Plötzlich wandte sich einer der Herren vom Nebentisch an ihn.

»Mr. Steiner scheint wohl nicht zu kommen?« fragte er unnötigerweise.

Anthony schüttelte den Kopf.

»Ich will warten, aber es ist schrecklich. Ich komme dadurch ganz um mein Essen.«

»Würden Sie nicht bei uns Platz nehmen, Mr. . . .?«

»Mein Name ist Newton«, sagte Anthony. »Aber ich möchte Ihnen nicht zur Last fallen.«

Aber er nahm doch sofort Platz, und fünf Minuten später hatte er schon Gelegenheit, den herrlichen alten Rheinwein zu loben.

»Sie sind wohl der Sekretär von Lord Rothside?«

»Ich bin nicht gerade sein Sekretär«, sagte Anthony mit einem bescheidenen Lächeln und verstand es, dabei den Eindruck hervorzurufen, als ob diese Frage mit seiner Stellung nicht recht in Einklang zu bringen sei, weil er einen weit höheren Rang einnahm. Ungefähr so würde Napoleon in den Tagen des Direktoriums ausgesehen haben, wenn ihn jemand gefragt hätte, ob er ein Mitglied der Regierung sei.

Die beiden älteren Damen sahen trotz ihrer Jahre sehr gut aus. Sie hatten viel Sinn für Humor, und Anthony wußte sie mit den kleinen Geschichten, die er zum besten gab, glänzend zu unterhalten. Die ganze Tafelrunde amüsierte sich köstlich. Als der Kaffee serviert wurde, hatte Anthony seinen Platz in der Gesellschaft aufs beste behauptet. Mit der Miene eines Kenners und Genießers rauchte er eine der teuersten Zigarren Goldheims.

»Es ist ganz merkwürdig, wie man mitunter in eine so liebenswürdige Gesellschaft gerät«, sagte er nachdenklich. »Ich werde niemals vergessen, wie ich das erstemal mit dem Herzog von Minford speiste. Ich kam auch ganz zufällig und unerwartet mit ihm zusammen. Ich hatte ihn vorher nie getroffen und war ihm nicht vorgestellt worden.«

Diesmal sprach Anthony die volle Wahrheit, denn er hatte den Herzog in einem Granattrichter an der Somme kennengelernt, und sie hatten zusammen etwas Keks und Schokolade geknabbert.

»Sind Sie in der City tätig, Mr. Newton?«

»Auch das«, sagte Anthony, ohne näher darauf einzugehen. »Ja, ich bin auch in der City tätig. Ich bin aber erst seit kurzem aus Übersee zurückgekehrt.«

Mr. Goldheim lächelte schlau.

»Da haben Sie wohl viel Geld verdient, wie?«

»O ja, ich habe ganz gut verdient.«

»Sie kommen wohl aus Südafrika?«

Nun war es an Anthony zu lächeln, und er tat es so geheimnisvoll, daß es ebenso Argentinien, Chikago oder Klondyke bedeuten konnte.

»Ich kenne London eigentlich noch nicht sehr gut«, gestand er dann.

Die ganze Zeit über wunderte er sich, wer wohl die drei ruhigen Herren am nächsten Tisch sein mochten. Sie sprachen wenig, schienen aber aufmerksam ihrer Unterhaltung zuzuhören. Als er zum erstenmal hinüberschaute, kam ihm zum Bewußtsein, daß sie jedes seiner Worte gehört haben mußten, und er fühlte sich einen Augenblick lang nicht recht wohl. Aber er konnte sich ja auch täuschen. Der Mann mit der gesunden, roten Gesichtsfarbe schien doch ganz in sein Essen vertieft zu sein. Es mochten reiche Leute vom Lande sein, die einen Tag in London zubrachten, vielleicht auch reiche Mühlenbesitzer aus dem Norden.

Bald darauf winkte Mr. Goldheim dem Kellner, um zu bezahlen. Er gab ein außergewöhnlich großes Trinkgeld (Anthony zuckte es in der Hand, eins der Fünfshillingstücke wegzunehmen). Dann gingen sie alle zurück zum Vestibül.

Anthony gab als erster seinen Garderobenzettel ab, und die Garderobiere nahm das Trinkgeld Mr. Goldheims für die ganze Gesellschaft.

»Können wir Sie irgendwo hinbringen?«

»Wenn Sie so liebenswürdig wären, mich bei Ritz-Carlton abzusetzen?« sagte Anthony zögernd. »Das heißt, nur wenn es auf Ihrem Wege liegt.«

Es traf sich gut, daß die anderen den Nachmittag in einem Theater zubringen wollten, das ganz in der Nähe dieses palastartigen Hotels lag. Anthony blieb noch einen Augenblick im Eingang stehen und winkte seinen liebenswürdigen Gastgebern zum Abschied zu, dann trat er in die Empfangshalle.

»Ich möchte ein Schlafzimmer und ein Wohnzimmer haben.«

Er hatte nicht die geringste Absicht gehabt, in das Ritz-Carlton oder irgendein anderes Hotel überzusiedeln, aber im Augenblick kam ihm der Gedanke, daß dies das richtige Hauptquartier für einen Briganten sei, der der ganzen Gesellschaft den Krieg erklärt hatte.

»Ich werde mein Gepäck später schicken. Aber wohlverstanden, ich muß Zimmer haben, von denen aus man die Straße übersehen kann.«

»Darf ich um Ihren Namen bitten?«

Anthony zeichnete sich in bester Stimmung in das Hotelbuch ein, und bevor der Portier erwähnen konnte, daß bei Ritz-Carlton Zimmer für Leute ohne Gepäck nicht reserviert werden, wenn sie nicht eine große Anzahlung machten, fragte Anthony schon, wo die nächste Depositenkasse der Hardware Trustbank von New York sei.

»Wenn Sie herauskommen, gleich rechts, mein Herr. Dann müssen Sie noch einmal nach rechts abbiegen und die Geschäftsräume liegen vor Ihnen. Es ist aber gebräuchlich, daß man . . .«

Aber in diesem Augenblick kam eine willkommene Unterbrechung.

Jemand klopfte Anthony auf die Schulter. Er wandte sich um und sah in das Gesicht eines großen, liebenswürdig dreinschauenden Herrn, dessen dunkle Gesichtsfarbe darauf schließen ließ, daß er sein Leben in der frischen Luft verbrachte.

»Sie sind doch Mr. Newton?« fragte er erwartungsvoll.

Anthony trat einen Schritt zurück und streckte dann die Hand aus.

»Ich kann mich wirklich nicht auf Ihren Namen besinnen, aber ich kenne Sie doch so gut?«

»John Frenchan, von der Firma Frenchan und Carter. Sie erinnern sich doch an unser Geschäft in Kapstadt?«

»Aber selbstverständlich«, sagte Anthony begeistert und schüttelte die Hand des anderen kräftig. »Daß ich das vergessen konnte! Wo haben wir uns doch gleich kennengelernt? Aber jetzt weiß ich Ihren Namen. Er war mir früher so geläufig gewesen.«

Er wandte sich von dem Tisch ab, und der Hotelangestellte wagte nicht, die beiden in ihrer Unterhaltung zu stören. Er schrieb mechanisch eine Zimmernummer hinter Mr. Newtons Namen, aber in seine Privatliste trug er ein: »Kein Gepäck.« Und dahinter setzte er ein Fragezeichen, das auch mehr als berechtigt war.

Anthonys neuer Freund führte ihn in den Palmengarten, wo die Herrschaften bei Kaffee und Zigarren saßen. Ein Kellner trat heran und setzte Stühle für sie zurecht.

»Sie haben ja schon gespeist – darf ich Sie vielleicht zu einer Tasse Kaffee einladen?« fragte Mr. Frenchan. »Mit welchem Schiff sind Sie denn herübergekommen?«

»Mit der Balmoral Castle«, antwortete Anthony.

In seiner früheren Stellung hatte er viel mit Schiffen und Schiffsverbindungen zu tun gehabt, und es waren ihm nicht nur die Dampfer der Castle Line geläufig, sondern auch der Name der bekannten Firma Frenchan und Carter, die zu den größten Importeuren von landwirtschaftlichen Maschinen in Kapstadt gehörte. In der Zeitung hatte er gelesen, wann die Balmoral Castle angekommen war.

»Ich habe Sie schon im Pallaterium erkannt«, sagte Frenchan. »Ich war meiner Sache ganz gewiß.«

»Wie?« fragte Anthony und entdeckte plötzlich, daß dieser Mann einer der drei Herren war, von denen er sich während des Mittagessens beobachtet geglaubt hatte. »Aber natürlich, ich habe Sie auch erkannt, ich wußte nur nicht, wo ich Sie unterbringen sollte.«

»Ich glaube, Sie haben auch viel Geld in Südafrika verdient?« Mr. Frenchan schien nach dem Ton seiner Stimme mit dem Erwerb seines eigenen großen Vermögens nicht recht zufrieden zu sein. »Es ist doch so leicht, Geld zu verdienen. Aber ich muß sagen, ich habe mich wohler gefühlt, als ich nur ein Pfund in der Woche hatte. Geld macht nicht glücklich!«

Anthony, der noch niemals so viel Geld besessen hatte, um sich zu einer solchen Auffassung aufzuschwingen, war ein wenig betroffen.

»Ja, ich habe ungefähr zwanzigtausend Pfund verdient.« Er zuckte die Schultern, um anzudeuten, daß eine solche Summe eigentlich nicht recht als Geld bezeichnet werden könne. »Aber ich war ja auch nicht lange in Afrika.«

Mr. Frenchan sah ihn mit neuem Interesse an. Als einen Vertreter der Kapitalisten konnte man Mr. Newton gebrauchen, aber wenn er ein selbständiger Kapitalist war, eröffneten sich ganz neue Möglichkeiten, Geschäfte mit ihm zu machen.

»Kennen Sie die Goldheims sehr gut? Ich sah, daß Sie mit ihnen speisten.«

»Ich kann nicht gerade behaupten, daß ich sie sehr gut kenne«, entgegnete Anthony, der erkannte, daß er in diesem Augenblick nicht lügen durfte. »Ich habe sie eigentlich mehr durch Zufall kennengelernt.«

»Ein tüchtiger Geschäftsmann, dieser Goldheim.« Mr. Frenchan blickte nachdenklich auf seine Zigarre. »Er verdient sein Geld mit Petroleum. Der Mann ist eine Million wert, vielleicht auch zwei.«

»Sehen Sie einmal an!« Und um etwas zu sagen und auch zugleich einige nützliche Nachrichten zu sammeln, fragte Anthony: »Bleiben Sie lange in London?«

»Etwa drei bis vier Monate.« Mr. Frenchan machte ein unzufriedenes Gesicht. »Ich wäre überhaupt nicht hergekommen, wenn mein armer, verrückter Bruder nicht gestorben wäre.«

Anthony war gespannt, ob es die Armut oder die Verschrobenheit des verstorbenen Mr. Frenchan war, über die sich sein neuer Freund so aufregte. Sicherlich ärgerte er sich über eins von beiden, denn seine Züge verfinsterten sich.

»Ein Mann hat kein Recht«, explodierte er plötzlich, »die Mildtätigkeit bis zur Verrücktheit zu treiben. Wenn jemand sein Testament macht, soll er so über sein Vermögen disponieren, daß er seine Verwandten nicht lächerlich macht. Man soll sie beneiden, ja – aber nicht die Achseln über sie zucken.«

Anthony gab das ohne weiteres zu.

Mr. Frenchan sah entrüstet aus. Er schob seine Unterlippe vor und machte gerade keinen liebenswürdigen Eindruck.

»Wenn er tausend Pfund dem Waisenhaus, tausend Pfund einem Hospital in London und dann vielleicht noch zehntausend für ein Kinderheim hinterlassen hätte, würde niemand etwas dazu sagen. Persönlich bin ich auf das Geld meines Bruders überhaupt nicht angewiesen, ebensowenig meine Familie.«

Anthony entnahm dieser wegwerfenden Erklärung, daß der verstorbene Mr. Frenchan seinem Bruder überhaupt nichts hinterlassen hatte.

»Zu welcher Religion bekennen Sie sich eigentlich, Mr. Newton?« fragte Frenchan plötzlich und völlig unerwartet.

Anthony war einen Augenblick verdutzt.

»Ich gehöre zu den Altmethodisten«, sagte er dann. Wenn er überhaupt einer besonderen Kirche angehörte, so war es diese Sekte. Als Kind war er jeden Sonntagmorgen in ihre Kirche mitgenommen worden.

Der Eindruck, den diese Nachricht auf Mr. Frenchan machte, war überwältigend. Er lehnte sich weit in seinen Stuhl zurück und sah den jungen Mann lange groß an.

»Was für ein merkwürdiger Zufall«, sagte er dann langsam. »Sie sind der erste Altmethodist, dem ich hier begegne.«

Anthony war sehr erstaunt. Er hatte niemals geglaubt, daß die Sekte, der er früher angehörte, einen solchen Eindruck hervorrufen könnte . . . und er dachte nun dankbar an die kleine Kapelle zurück, die er in seiner Jugend immer besucht hatte.

Mr. Frenchan erklärte dem jungen Mann, welche besondere Bewandtnis es damit hatte.

»Mein Bruder Walter war ein merkwürdiger Mensch. Ich will damit nicht sagen, daß der Altmethodismus eine merkwürdige Religion ist, aber mein Bruder ging in dieser Beziehung zu weit. Er beschäftigte zweitausend Leute in seinem Geschäft, aber er stellte nur Altmethodisten an. Es ist sicherlich eine gute Religion. Aber mein Bruder war so bigott, daß er alle anderen Bekenntnisse verachtete. Mr. Newton, Sie als ein Mann von Welt werden mir doch zugeben, daß das gerade nicht sehr großzügig von ihm war?«

Anthony stimmte ihm vollkommen bei.

»Und weil er nun diese sonderbaren Ansichten hatte«, fuhr Mr. Frenchan bitter fort, »bin ich in eine sehr unangenehme Lage gekommen. Ich habe zu meinem Rechtsanwalt gesagt: Bin ich denn nun gezwungen, jahrelang hier in London zu sitzen und mich um bedürftige, arme Leute zu kümmern, die zu den Altmethodisten gehören, nur um das Testament meines Bruders auszuführen? Ich wäre verrückt, wenn ich das täte!«

Mr. Frenchan war sehr aufgebracht und trank seine Tasse hastig aus. Es lag ein sonderbarer Ausdruck in seinen Augen, der Anthony zuerst etwas verwirrte, dann aber ermutigte.

»Wollen Sie noch einen Likör haben?« fragte Mr. Frenchan plötzlich.

Anthony nickte.

»Ich möchte, daß Sie meinen Rechtsanwalt kennenlernen«, fuhr Frenchan fort. »Das ist ein Mann, der Ihnen gefallen wird. Ein kluger Mensch, der in die Welt paßt. Ein bißchen argwöhnisch, aber ich glaube, daß das mit seinem Beruf zusammenhängt. Wahrscheinlich kennen Sie die Firma schon – Whipplewhite, Sommers und Soames.«

Anthony nickte wieder. Er hatte zwar niemals von einer solchen Firma gehört, aber der Name klang ganz nach Rechtsanwälten.

Mr. Frenchan sah auf die Uhr.

»Ich glaube, wir könnten ihn jetzt treffen. Sie werden es bestimmt nicht bereuen, seine Bekanntschaft gemacht zu haben. Er ist ein tüchtiger Schotte, aber ein Mann mit einem goldenen Herzen. Er sieht in jedem Menschen eigentlich einen möglichen Verbrecher.« Mr. Frenchan lächelte vor sich hin und schüttelte den Kopf. »Aber schließlich wird ihn ja sein Beruf zu solchen Anschauungen gebracht haben«, meinte er nachdenklich.

»Ich habe bei meinem Rechtsanwalt ähnliche Wahrnehmungen gemacht«, sagte Anthony ruhig. »Im allgemeinen sind Juristen ja vorsichtige Leute, und die erste Folge der Vorsicht ist, daß man zunächst immer das Schlechtere vermutet.«

Mr. Frenchan stand auf.

»Kommen Sie mit. Wir wollen einmal sehen, ob es uns gelingt, ihn zu finden. Am ehesten treffen wir ihn jetzt in der Nähe des Gerichts. Mir liegt sehr viel daran, daß Sie ihn kennenlernen.«

Als sie durch den Empfangsraum gingen, sah ihn der Mann, der das Fremdenbuch führte, durchdringend an, aber Anthony kümmerte sich nicht weiter darum. Es war ihm durchaus nicht erwünscht, daß die Geldfrage in Gegenwart seines neuen, reichen Freundes erörtert wurde. Mr. Frenchan rief einen Wagen an, und nach kurzer Zeit hielten sie vor dem Portal des Zentralgerichtshofes.

»Sehen Sie, dort steht er«, sagte Mr. Frenchan. »Das ist aber ein unerwarteter Glückszufall.«

Ein schmächtiger, bleicher Mann, der sehr düster blickte, stand in nachdenklicher Haltung auf den Stufen der breiten, großen Treppe. Er trug einen tadellosen Zylinder und nickte Mr. Frenchan kurz zu. Man konnte sich leicht vorstellen, daß dieser Mann die ganze Welt von Verbrechern bevölkert glaubte. Er betrachtete die vielen Menschen, die durch die Türen eilten, mit dem Basiliskenblick eines zur Untätigkeit verdammten Henkers.

»Ich möchte Ihnen meinen Freund Newton vorstellen, Whipplewhite«, sagte Frenchan, und der Rechtsanwalt streckte den anderen seine kalte Hand entgegen. »Können Sie uns nicht irgendwohin begleiten – ich möchte Sie gerne sprechen.«

Mr. Whipplewhite schüttelte traurig den Kopf.

»Es tut mir leid, das ist nicht möglich«, erwiderte er kurz. »In einer halben Stunde habe ich einen Termin bei Gericht.«

»Ach Unsinn«, rief Mr. Frenchan laut. »Sie haben doch sicherlich einen Vertreter, der für Sie plädieren kann. Kommen Sie mit uns!«

Mr. Whipplewhite zögerte noch.

»Ich möchte es lieber nicht tun«, meinte er dann, als er auf die Uhr sah. »Fünf Minuten habe ich für Sie übrig, aber wir dürfen nicht weit von hier weggehen.«

»Wir werden schon ein Restaurant hier in der Nähe finden, und eine Tasse Tee wird Ihnen auch nicht schaden, Mr. Newton.«

Anthony war zwar so gesättigt, daß er im Augenblick nichts von Essen und Trinken hören wollte, aber er gab selbstverständlich seine Zustimmung, und bald saßen die drei in einem kleinen, nicht allzu hellen Restaurant, in dem Mr. Whipplewhite gewöhnlich verkehrte.

»Diesen Herrn kenne ich sehr gut von Südafrika her. Es ist Mr. Newton, ich habe Ihnen doch schon öfter von ihm erzählt.«

Anthony war über alles höchst verwundert. Es war offensichtlich, daß er mit einem anderen verwechselt wurde, aber er ließ ruhig alles über sich ergehen. Die dringende Frage des Mittagessens war ja nun zur Zufriedenheit gelöst, und ein reichliches Abendessen schien ihm auch zu winken, obwohl er weniger Hunger fühlte als seit langer Zeit. Über eins war er sich klar: Er mußte große, wertvolle Gepäckstücke bringen, bevor er den argwöhnischen Portier so weit beruhigen konnte, daß er ihm den Schlüssel zu seinem Zimmer aushändigte. Das war eine Tatsache. Zweitens aber stand fest, daß Mr. Frenchan eine einflußreiche Bekanntschaft für ihn war.

»Mr. Frenchan, ich habe die Höhe des Vermögens Ihres Bruders genau festgestellt. Es beträgt nicht sechshundertvierzigtausend, sondern nur fünfhundertzwölftausend Pfund und sechs Shilling.«

Mr. Frenchan schüttelte nur unwillig den Kopf.

»Ich wünschte, es wären überhaupt nur sechs Shilling«, sagte er böse.

Der Rechtsanwalt wurde ungeduldig.

»Ich weiß, daß Sie mich für närrisch halten«, fuhr Mr. Frenchan fort, »aber Walter und ich waren sehr gute Freunde, und so verrückt auch seine letzten Bestimmungen sein mögen, ich habe die Absicht, sie genau auszuführen.«

»Aber warum übergeben Sie denn nicht das Geld der Kirche und überlassen ihr alles Weitere?« fragte Mr. Whipplewhite. »Das ist die einfachste Lösung, und sie wird Ihnen eine Menge Unannehmlichkeiten ersparen. Bei der Kirchenverwaltung weiß man doch viel besser über die Verhältnisse der Gemeindemitglieder Bescheid als Sie.«

»Das würde mit den Testamentsbestimmungen meines Bruders nicht übereinstimmen. In seinem letzten Willen steht doch ganz ausdrücklich: Am 1. Januar jedes Jahres soll ein Fünftel meines Vermögens einer vertrauenswürdigen, solventen Persönlichkeit übergeben werden, damit es an bedürftige Mitglieder der altmethodistischen Gemeinde verteilt wird.«

»Am 2. Januar«, verbesserte ihn der Rechtsanwalt. »Aber Sie haben den Absatz nicht ganz richtig zitiert, Mr. Frenchan. Es steht dort: Ein Fünftel meines Vermögens soll sofort nach meinem Tode ...«

»Selbstverständlich. Das zweite Fünftel wird dann am nächsten 2. Januar verteilt. So hatte ich es auch gemeint«, erklärte Mr. Frenchan.

Mr. Whipplewhite lehnte sich im Stuhl zurück und spielte mit einem Zahnstocher. Seine Blicke schweiften ins Leere.

»Ich möchte nur wissen«, sagte er langsam, »wo Sie eine achtbare, solvente Persönlichkeit finden wollen, der man so große Geldsummen anvertrauen kann? Es ist ja ganz gut und schön, daß Sie das Geld dem Testament gemäß verteilen wollen. Aber wie sollen Sie denn wissen, ob das Geld nicht in die Hände irgendeines Schwindlers fällt? Ich weiß schon.« Er machte eine abwehrende Handbewegung. »Sie wollen sagen, daß ich ja hier an Ort und Stelle bin und mich darum kümmern kann, daß das Geld richtig angewandt wird. Aber Sie müssen doch einsehen, daß ich ein sehr beschäftigter Rechtsanwalt bin und unter keinen Umständen die volle Verantwortung dafür übernehmen kann, daß jeder Pfennig vom Geld Ihres Bruders an unterstützungsbedürftige Altmethodisten gezahlt wird. Das kann man doch unmöglich von mir verlangen. Sie brauchen einen vermögenden Mann, dem man restlos vertrauen kann und der auch eigenes Vermögen hat. Wenn diese Voraussetzungen gegeben sind, würde ich ruhig sagen: Übertragen Sie ihm die ganze Sache und gehen Sie nach Südafrika zurück. Aber sollten Sie einen solchen Mann nicht finden, dann müssen Sie für die nächsten fünf Jahre in England bleiben, mein lieber Frenchan, ob Sie sich nun darüber ärgern oder nicht. Das muß Ihnen doch Ihr eigener Verstand sagen. Dann müssen Sie eben selbst die Verteilung des Geldes überwachen.«

»Das ist ganz ausgeschlossen«, erwiderte Mr. Frenchan nachdrücklich. »Außerdem bin ich doch selbst kein Altmethodist.« Er sah auf Anthony. »Sehen Sie, hier ist ein Mitglied dieser Gemeinde.«

»Sie wollen doch aber nicht damit sagen, daß Sie diese schwere Verantwortung einem jungen Mann übertragen wollen, der erst noch vorwärtskommen will? Der vielleicht nicht einmal die Zeit und die Neigung hat, sich solchen mildtätigen Aufgaben zu widmen?«

Anthony hörte schweigend zu und verstand allmählich die Zusammenhänge.

»Mr. Whipplewhite«, sagte Frenchan scharf, »ich kann Ihnen nicht gestatten, daß Sie beleidigend von Mr. Newton sprechen. Sie kennen mich nun schon lange Jahre und wissen, daß ich mich in meinem Urteil über Menschen noch nie getäuscht habe. Ich kenne Mr. Newtons Charakter ebensogut wie den Ihrigen.«

»Ich gebe gern zu, daß Sie gewöhnlich das Richtige treffen«, meinte der Rechtsanwalt zögernd. »Aber hier handelt es sich um ein etwas phantastisches, wenn ich so sagen soll, um ein verrücktes Testament, dessen einzelne Bestimmungen nur von einem –«

»Nur von einem Ehrenmann ausgeführt werden können, so wollten Sie sicher sagen«, unterbrach ihn Mr. Frenchan.

Aber der Rechtsanwalt schüttelte den Kopf.

»Die Ehrenhaftigkeit ist ja gut und schön«, sagte er mürrisch. »Aber vor allen Dingen ist bares Geld notwendig. Wenn dieser Herr uns ein Vermögen von zehntausend Pfund nachweisen kann ...«

Anthony Newton wagte kaum, einen solchen Glücksfall auszudenken. Er war etwas heiser, als er sich jetzt in die Unterhaltung mischte.

»Wenn Sie sich die Mühe machen und zu meiner Bank mitkommen wollen ...« begann er, zögerte einen Augenblick und fuhr dann fort: »Ich weiß nicht, ob ich einen solchen Auftrag annehmen kann. Bitte bestehen Sie nicht darauf, Mr. Frenchan. Aber sollten Sie irgendwelche Zweifel an meinen Vermögensverhältnissen haben, dann begleiten Sie mich bitte zur Bank von

England, und sprechen Sie mit einem der Direktoren. Ich zweifle nicht, daß Sie dann in dieser Beziehung beruhigt sein werden.«

»Was habe ich gesagt?« rief Mr. Frenchan triumphierend. »Wollen Sie so liebenswürdig sein und Mr. Newton zur Bank begleiten?«

»Ich habe jetzt nicht die Zeit, nach Burlington Gardens zu gehen«, sagte der Rechtsanwalt. »Ich sagte Ihnen doch schon vorhin, daß ich nachher einen Termin habe.« Bei diesen Worten erhob er sich. »Aber wenn Mr. Newton in der Lage ist, bis heute abend fünftausend Pfund als sein Vermögen nachzuweisen, dann will ich als Testamentsvollstrecker Ihres Bruders Ihrer Wahl zustimmen.«

»Sie sind aber schrecklich kleinlich. Ich möchte meinen Freund nicht um dergleichen Dinge bitten.«

»Aber das hat ja nichts zu sagen«, entgegnete Anthony höflich. »Ich halte den Einwand, den Mr. Whipplewhite macht, für vollkommen berechtigt. Und wenn Sie mir eine Zeit und einen Ort angeben, dann will ich Ihnen gerne die Summe von fünftausend Pfund bringen. Aber ich kann sie nicht als Bürgschaft hinterlegen.«

»Ich habe ja auch gar nicht die Absicht, das zu verlangen«, erwiderte Mr. Whipplewhite. »Es genügt mir, wenn ich die Summe in Ihrem Besitz sehe.«

Anthony atmete tief.

»Es ist gerade noch genügend Zeit, zur Bank zu gehen. Also wo soll ich Sie wieder treffen?«

»Kommen Sie um halb acht zum Restaurant Cambrai in der Regent Street. Ich bin leider nicht früher fertig. Paßt Ihnen diese Zeit, Frenchan?«

»Ich protestiere eigentlich gegen die ganze Abmachung«, sagte Mr. Frenchan. »Aber wenn Mr. Newton so liebenswürdig ist, auf Ihren Vorschlag einzugehen, der meiner Meinung nach ebenso exzentrisch ist wie das Testament meines Bruders, dann habe ich schließlich gar nichts dagegen.«

Anthony eilte aus dem Café. Er hätte gerne vor den Augen seines neuen Freundes ein Mietauto bestiegen und dem Chauffeur den Auftrag gegeben, zur Bank von England zu fahren, aber er hatte ja nicht einmal mehr das Geld zu einer Autobusfahrt. Er ging also zu Fuß durch den Park und sah sich nach Zeitungen um, die die Leute weggeworfen hatten. Als er einige aufgesammelt hatte, ließ er sich auf einer einsamen Bank nieder und schnitt das Papier mit seinem Taschenmesser in gleichmäßig lange Streifen, legte sie zusammen und steckte sie in seine etwas abgetragene Brieftasche, die dadurch dick und umfangreich wurde.

Er war so eifrig bei seiner Arbeit, daß er nicht bemerkte, wie ein Mann quer über den Rasen auf ihn zukam und ihn aufmerksam betrachtete.

»Sie sammeln wohl Presseausschnitte?«

Anthony schaute auf und war sich über den Beruf des Fremden sofort klar. Er sah aus wie ein Gardefeldwebel in Zivil oder wie ein Detektiv-Sergeant von Scotland Yard in Alltagskleidung.

Anthony nickte vergnügt. »Sie haben recht geraten.«

»Was haben Sie denn damit vor?« fragte der andere etwas offizieller.

»Jedes dieser Papiere stellt eine Hundertpfundnote vor«, entgegnete Anthony.

Der Detektiv setzte sich neben ihn.

»Es scheint so, als ob wir beide besser miteinander bekannt werden müßten«, meinte er.

»Das ist wohl möglich. Sie sind doch ein Beamter von Scotland Yard?«

»Ganz richtig – aber wie kommen Sie darauf?«

»Arbeiten zur Zeit viele Kautionsschwindler in London?«

»Soviel ich weiß, gibt es vier Banden – ist jemand hinter Ihnen her?«

Anthony nickte.

»Ja, dann müssen wir Sie wohl unter Beobachtung stellen«, sagte der Beamte.

»Um Gottes willen, machen Sie das nicht!« erwiderte Anthony erschrocken. »Sagen Sie mir lieber, wie diese Leute vorgehen.«

»Sie arbeiten alle nach derselben Methode. Gewöhnlich haben sie Geld an Arme und Bedürftige zu verteilen. Jemand hinterläßt zu diesem Zwecke Geld, und sie suchen nach einem ehrenhaften Mann, der sich in guten pekuniären Verhältnissen befindet und nicht allzu schlau ist, so daß man ihm das Geld anvertrauen kann, ohne fürchten zu müssen, daß er es bei Sektgelagen mit Choristinnen und Schauspielerinnen durchbringt.«

»Das ist recht wenig originell«, meinte Anthony lächelnd.

»Wenig originell und habgierig. Die Leute spekulieren im allgemeinen auf die Schlechtigkeit und Habgier ihrer Mitmenschen. Will man Sie etwa auch auf die Art und Weise hereinlegen?«

Anthony nickte.

»Ich bin ein junger Mann, der eben aus Südafrika zurückgekommen ist und einiges Geld dort verdient hat«, sagte er einfach. »Heute abend soll ich ihnen fünftausend Pfund zeigen, um meine Vertrauenswürdigkeit nachzuweisen.«

Der Detektiv sah schmunzelnd auf die Brieftasche.

»Aha, nun verstehe ich«, erwiderte er und wandte sich zum Gehen. »Und sollten Sie Unannehmlichkeiten bekommen, so will ich Ihnen auf alle Fälle meine Karte geben.«

Anthony kam zur verabredeten Zeit zu dem Treffpunkt. Der Rechtsanwalt wartete schon auf ihn. Er war in die Lektüre einer Abendzeitung vertieft und hatte ein Glas Absinth vor sich stehen.

»Ein gefährliches Getränk, Mr. Newton«, meinte er. »Aber es wirkt sehr wohltuend. Ich leide an schlechter Verdauung. Haben Sie inzwischen Mr. Frenchan gesehen?«

Anthony schüttelte den Kopf.

»Ein merkwürdiger Mann, aber durchaus glaubwürdig und ehrlich«, sagte der Rechtsanwalt. »Wie er sich bisher vor Verlusten geschützt hat, mag der Himmel wissen. Er vertraut gleich jedem ersten besten, ich möchte fast sagen, jedem hergelaufenen Kerl auf der Straße. Ich hoffe, daß Sie mir nicht böse sind, Mr. Newton, aber ein Rechtsanwalt muß nun einmal scharf vorgehen.«

»Das begreife ich vollkommen«, entgegnete Anthony.

In diesem Augenblick trat Mr. Frenchan ein. Zuerst sprachen

sie über ein Ereignis, von dem in allen Zeitungen und Extrablättern berichtet wurde, dann seufzte Mr. Frenchan plötzlich auf.

»Nun wollen wir zum Geschäft kommen und sehen, daß wir möglichst schnell damit fertig werden.«

Er zog eine stattliche Brieftasche heraus und entnahm ihr einen dicken Stoß Banknoten.

»Aber warum in aller Welt haben Sie denn das mitgebracht?« fragte der Rechtsanwalt.

»Weil ich gar nicht einsehe, warum Mr. Newton uns trauen soll, wenn Sie ihm mißtrauen«, sagte Frenchan mit Nachdruck. »Ich vertraue Mr. Newton blindlings.«

»Aber sprechen Sie doch nicht so laut«, warnte der Rechtsanwalt. »Es ist doch gar kein Grund dazu vorhanden, Spektakel zu machen.«

»Mr. Newton traut mir ebenso«, fuhr Mr. Frenchan etwas ruhiger fort.

»Haben Sie das Geld mitgebracht?« wandte sich der Rechtsanwalt geschäftsmäßig an Anthony.

Mr. Newton zog seine Brieftasche heraus.

»Was habe ich Ihnen gesagt?« rief Frenchan. »Das ist ein Mann von Vermögen, ein Mann von Ehre, Whipplewhite. – Wollen Sie mir einen Gefallen tun?« Er lehnte sich über den Tisch zu Anthony.

»Aber natürlich!«

Mr. Frenchan warf ihm seine Brieftasche in den Schoß.

»Nehmen Sie sie, gehen Sie fünf Minuten hinaus und kommen Sie dann wieder zurück.«

»Aber warum denn?« fragte Anthony.

»Ich will damit nur zeigen, daß ich Ihnen traue. Und ich darf dann voraussetzen, daß Sie mir gleiches Vertrauen entgegenbringen.«

»Ganz bestimmt«, sagte Anthony und nahm die Brieftasche an sich. »Aber sie enthält viel Geld, zählen Sie es bitte hier vor meinen Augen nach.«

»Das ist nicht notwendig«, erwiderte Mr. Frenchan überlegen. Aber trotzdem nahm er Anthony die Tasche aus der Hand, öffnete sie, zog ein Paket Banknoten heraus und drehte die beiden ersten Scheine um. Anthony sah, daß es wirklich Banknoten waren, und zwar Hundertpfundnoten. Darunter würden wahrscheinlich Fälschungen stecken, vermutete er. Aber die beiden obersten waren zweifellos echt.

»Ich tue es nicht gerne«, sagte Anthony, als ihm die Brieftasche wieder gereicht wurde. »Sie kennen mich doch nicht genügend.«

»Es wäre gut, wenn Sie den Vorschlag von Mr. Frenchan annähmen«, entgegnete der Rechtsanwalt höflich.

Anthony ließ also die kleine Ledermappe in seine Tasche gleiten und ging langsam aus dem Restaurant. Es fuhr gerade ein Mietauto vorüber.

»Halten Sie nicht!« rief er dem Chauffeur zu, als er auf den langsam fahrenden Wagen sprang. »Bringen Sie mich zum Victoria-Bahnhof!«

Während der Wagen durch die dunklen Straßen fuhr, nahm er die Tasche heraus und untersuchte den Inhalt. Die beiden Hundertpfundnoten waren tatsächlich echt.

In dem Restaurant warteten Mr. Whipplewhite und Mr. Frenchan auf Anthonys Rückkehr.

»Ein gescheiter Gimpel!« sagte Mr. Frenchan.

»Das sind sie doch alle«, erwiderte der andere verächtlich. »Nur die kann man noch leimen!«

Plötzlich fuhr er in die Höhe und sah einem Herrn von militärischem Aussehen ins Gesicht.

»Nun, warten Sie auf ein Opfer?«

»Ich weiß nicht, was Sie wollen, Sergeant. Wir warten hier auf einen Freund«, entgegnete Frenchan.

»Da werden Sie lange warten können«, meinte Sergeant Maud von Scotland Yard. »Ich habe den jungen Mann schon den ganzen Nachmittag beobachtet.«

Er lachte, daß seine Zähne zu sehen waren, und weidete sich an der Bestürzung und dem Schrecken der beiden anderen.

»Bei einer solchen Gelegenheit, lieber Herr, stehen alle früheren Polizisten im Himmel auf und singen Halleluja!«

2. KAPITEL

Die Kunst sich einzuführen

Mit vornehmer Höflichkeit ausgeführte Räubereien weichen von den altherkömmlichen Gebräuchen so sehr ab, daß man durch die Neuartigkeit fasziniert ist. Gewöhnliche Verbrecher, die keine Phantasie haben, bleiben noch immer bei der alten Methode, durch Anwendung bloßer Gewalt zu ihrem Ziel zu kommen. Aber die Vertreter der feineren und vornehmeren Richtungen entwickeln bei ihren Plänen ebensoviel Geist und Witz wie große Dichter.

Es gehörte zu der Ausführung eines fein angelegten Tricks, daß sich Mr. Anthony Newton eines Tages in einer peinlichen Situation befand. Die beiden Hinterräder seines Wagens steckten in einem tiefen Graben, und er hatte sich bei dem Unfall nur mit größter Mühe auf seinem Sitz am Steuer behauptet. Die überhängenden Zweige der Hecke bedrängten ihn so sehr, daß er den Kopf auf eine Seite biegen mußte. Trotzdem bewahrte er seine Haltung, und der Blick, mit dem er die junge Dame anschaute, war milde und wenig vorwurfsvoll.

Sie saß starr und aufrecht an dem Steuer ihres schönen luxuriösen Wagens, denn sie war durch das plötzliche Ereignis so erschreckt, daß sie nicht gleich etwas sagen konnte.

»Sie sind auf der falschen Seite gefahren«, erwähnte Anthony Newton höflich.

»Es tut mir furchtbar leid«, erwiderte sie atemlos. »Aber ich habe doch gehupt. Diese elenden Straßen in Sussex sind so unübersichtlich . . .«

»Bitte sagen Sie nichts mehr darüber«, entgegnete Anthony. Langsam kletterte er aus dem Wagen heraus, stand dann auf der Straße und schaute ernst auf die Trümmer seines Autos.

»Ich dachte, Sie hätten mich gesehen, als ich die Höhe herunterkam«, sagte sie entschuldigend. »Ich habe Sie sehen können und habe Ihnen doch mit meiner Hupe ein Zeichen gegeben.«

»Ich habe es nicht gehört. Aber das will eigentlich nicht viel sagen. Der Fehler liegt ganz auf meiner Seite. Aber ich fürchte, mein armer Wagen ist vollständig erledigt.«

Jetzt stieg sie auch aus und trat an seine Seite. Der Unfall tat ihr wirklich sehr leid, und sie schaute bedrückt auf das vollständig ruinierte Fahrzeug.

»Wenn ich nicht die Geistesgegenwart gehabt hätte, sofort in den Graben auszubiegen, wäre es ein böser Zusammenstoß geworden. Es ist ja schließlich besser, daß mein Wagen dabei kaputtging, als daß Ihnen die leichteste Verletzung zugestoßen wäre.«

Sie seufzte. »Gott sei Dank ist es nur ein alter Wagen. Mein Vater wird Ihnen natürlich –«

Anthony konnte das nicht unwidersprochen lassen.

»Ja, der Wagen sieht jetzt zwar alt aus«, meinte er liebenswürdig, »nachdem er vollständig zusammengefahren ist. In Wirklichkeit war es ein neuer Wagen.«

»Aber das ist ganz bestimmt ein alter Wagentyp«, entgegnete sie hartnäckig. »Es ist ein Bennett-Wagen – die neueren Modelle haben eine ganz andere Haube.«

»Die Haube meines Wagens mag ja altmodisch sein«, protestierte er. »Ich bin überhaupt ein altmodischer Mann und fahre deshalb ein solches Modell. Als ich den Wagen kaufte, bestand ich darauf, daß er mit der alten Haube geliefert wurde. Sonst ist er aber vollkommen neu. Sehen Sie doch einmal auf die gute Polsterung, die Lackierung . . .«

»Sie haben ihn erst ganz kürzlich streichen lassen«, unterbrach sie ihn. »Die Farbe ist ja noch ganz frisch!« Sie tippte mit dem Finger darauf und zeigte ihm einen kleinen, schwarzen Fleck. »Sehen Sie!« rief sie triumphierend. »Und ich möchte darauf wetten, daß der Wagen mit Binko gestrichen ist. In allen Fachzeitschriften können Sie annonciert finden: ›Binko-Automobillack trocknet in zwei Stunden.‹« Wieder berührte sie den Wagen mit ihrem Finger und schaute auf einen zweiten Fleck. »Das heißt, Sie haben den Wagen vor vierzehn Tagen streichen lassen, denn es dauert einen Monat, bis die Farbe trocken ist.«

Anthony hüllte sich in diskretes Schweigen. Er fühlte instinktiv, daß das ihrer Entdeckung gegenüber die richtige Taktik war.

Und um die Wahrheit zu sagen, fiel ihm im Augenblick auch keine passende Antwort ein.

»Es war aber sehr ritterlich von Ihnen, daß Sie in den Graben ausbogen«, fügte sie jetzt wärmer hinzu. »Mein Vater wird Ihnen sehr dankbar sein. Glauben Sie nicht, daß Sie die Maschine wieder in Gang bringen können?«

Aber Anthony war sicher, daß er dazu nicht mehr imstande wäre. In Wirklichkeit hatte er den Wagen erst vor einer Woche zum Preis von dreißig Pfund gekauft. Der frühere Eigentümer hatte fünfunddreißig verlangt; daraufhin hatte Anthony ihm dreißig Pfund in die Hand gedrückt, und damit war der Kauf perfekt geworden. Mit dieser Praxis hatte Anthony von jeher gute Erfahrungen gemacht.

»Soll ich Sie nach Pilbury fahren?« fragte sie.

»Habe ich Gelegenheit, von dort aus zu telefonieren?«

»Ich werde Sie mit nach Hause nehmen«, sagte Vera Mansar kurz entschlossen. »Unsere Wohnung liegt nicht weit von hier, und Sie können von dort aus telefonieren. Auch hätte ich gerne, daß Sie mit meinem Vater sprechen. Natürlich werden wir nicht zulassen, daß Sie durch Ihre Aufopferung irgendwelchen Schaden haben – obwohl ich ein Signal gab, als ich um die Ecke bog.«

»Das ich aber leider nicht hörte«, erwiderte Anthony ernst.

Gleich darauf saß er an ihrer Seite. Geschickt wendete sie den Wagen und fuhr dann ein scharfes Tempo. Plötzlich bog sie von der Fahrstraße ab und fuhr haarscharf an einem der großen Steinpfeiler vorbei, die den Eingang eines Parktores flankierten. Die breite Fahrstraße führte zu einer palastähnlichen Villa, deren Konturen zwischen den prachtvollen Ulmen sichtbar wurden.

Mr. Gerald Mansar war ein untersetzter Herr mit einem kahlen Kopf. Er war äußerst lebhaft, und man sah ihm an, daß er ein energischer, erfolgreicher Geschäftsmann war. Sein interessantes Gesicht erhielt durch einen weißen Schnurrbart und durch weiße Augenbrauen eine besondere Note. Mit unerschütterlicher Ruhe hörte er die Geschichte an, die ihm seine schöne Tochter von dem Unfall erzählte.

»Aber du hast doch ein Warnsignal gegeben?«

»Jawohl, Vater, ich bin ganz sicher, daß ich es tat.«

»Und außerdem bist du doch sicherlich in einem vernünftigen Tempo gefahren?«

Anthony Newton hatte in früheren Jahren einige Erfahrungen über die gesetzlichen Bestimmungen gesammelt, die auf dem Lande Geltung haben. Er erkannte sofort, worauf Mr. Mansar hinauswollte, und hielt den Augenblick für günstig, persönlich in die Unterhaltung einzugreifen.

»Sie verstehen, Mr. Mansar, daß ich Ihrer Tochter keine Schuld zuschieben will und sie von jeder Verantwortung freispreche. Ich habe nie bezweifelt, daß sie ein Signal mit ihrer Hupe gegeben hat, obwohl ich es nicht hörte. Ich will ihr auch keinen Vorwurf machen und bin ebenso davon überzeugt, daß sie nicht zu schnell fuhr. Wenn ein Fehler gemacht wurde, so liegt er ganz auf meiner Seite.«

Anthony Newton hatte die Charaktere der Menschen, besonders der reichen, studiert und hatte seine Studien von den verschiedensten Gesichtspunkten aus betrieben. Es war eine der ersten Tatsachen, die er lernte, daß man diese Leute möglichst von jeder gesetzlichen Verantwortung freisprechen mußte, wenn man einen Anspruch an sie stellte. Gerade die Reichen hassen gesetzliche Verpflichtungen. Sie zahlen den Rechtsanwälten große Summen, um zu ihrer eigenen Genugtuung und vor der Welt zu beweisen, daß sie gesetzmäßig zu keiner Zahlung verpflichtet sind. Großmütigkeit ist dagegen die Freude der vornehmen Reichen. Die meisten Millionäre ziehen es vor, freiwillig tausend Pfund zu zahlen als fünf Shilling unter gesetzlichem Zwang.

Mr. Mansars Gesichtszüge entspannten sich.

»Sicherlich kann ich nicht zugeben, daß Sie geschädigt werden, Mr....«

»Mein Name ist Newton.«

»Ach, Newton? Sind Sie Teilhaber der Firma Newton, Boyd & Wilkins, die die großen Gummiplantagen besitzt?«

»Nein, mit Gummiplantagen habe ich nichts zu tun.«

»Dann sind Sie einer von den Newtons, die die große Porzellanfabrik haben?« fragte Mr. Mansar erwartungsvoll.

»Nein, auch zu dieser Firma habe ich keine Beziehung.«

Nachdem Mr. Mansar durch eine längere Unterhaltung herausgefunden hatte, daß sein Gast weder zu den Newtons von Warwickshire, noch zu denen von Monmouth gehörte und ebensowenig mit den Newtons in Irland oder Schottland verwandt war, ließ sein Interesse plötzlich nach.

»Nun also, meine Liebe, was wollen wir tun?«

Vera lächelte.

»Wir müßten doch mindestens Mr. Newton zum Mittagessen einladen?« sagte sie, und ihr Vater, der anscheinend nicht recht wußte, wie er diese Verhandlung zu einem guten Ende bringen sollte, ging sofort darauf ein.

»Woher wußten Sie denn eigentlich meinen Namen? Natürlich wird meine Tochter . . .«

Anthony lächelte.

»Nein, ich weiß in der Stadt gut Bescheid, und selbstverständlich ist auch Ihr Landsitz hier bekannt.«

»Gewiß«, sagte Mr. Gerald Mansar. Dieser Mann, der die Hausse in Petroleumaktien von Nigeria und in den Aktien irischer Leinewebereien inszeniert, der das Milwaukee-Patentleder-Syndikat gegründet und zwei Millionen hineingesteckt hatte, wußte sehr wohl, daß er nicht unbekannt war.

»Sind Sie auch in der City tätig, Mr. Newton?«

»Jawohl.«

Anthony war zwar an der City nur insoweit interessiert, als er ein Büro in der ersten Etage eines Geschäftshauses gemietet hatte. Auch ein schönes Schild war an der Tür angebracht. Es war gerade kein großer Raum – man hätte in seinem Büro keine Katze am Schwanz umherwirbeln können, wie einer seiner Bekannten gesagt hatte. Aber Anthony hielt ja keine Katze, und selbst wenn er eine besessen hätte, wäre er niemals so grausam gewesen.

Das Mittagessen verlief in angenehmer Unterhaltung, denn ein unerwarteter Faktor, den Anthony ursprünglich bei seinem Plan nicht eingesetzt hatte, ließ ihm die Sache reizvoll erscheinen. Anthony Newton wußte ganz genau, daß Mr. Mansar selbst jeden Sonntagmorgen in seinem eleganten Wagen nach Pullington fuhr. Er kaufte deshalb ein altes Auto und verbrachte manche Stunde damit, es mit Binko zu streichen und ihm dadurch einen jugendlicheren Glanz zu verleihen. Er hatte nicht voraussehen können, daß sein Abenteuer so liebenswürdig enden würde. Er wußte zwar, daß der Millionär Mr. Mansar eine Tochter hatte, auch hatte ihm irgend jemand gesagt, daß sie schön sei. Aber als er diesen Unglücksfall so listig und schlau bewerkstelligt hatte, konnte er nicht ahnen, daß er der jungen Dame selbst begegnen würde.

Anthony Newton war auf seine Art ein ehrlicher Abenteurer. Er war zu dem Schluß gekommen, daß man auf diese Weise Geld verdienen konnte, nachdem er lange Zeit die Zeitungen eifrig studiert hatte. Die Namen vieler solcher Leute, früherer Soldaten und Offiziere, wurden häufig in nicht gerade sehr schmeichelhafter Art in den Polizeiberichten erwähnt. Es waren alles intelligente, rührige Menschen, aber sie wandten ihre Begabung in falscher Weise an. Ihre Art zu handeln war mit seinen Prinzipien über Eigentum nicht zu vereinbaren, obwohl er nicht peinlich an alten Begriffen hing.

Einige dieser Abenteurer waren mit einer Maske vor dem Gesicht und einem Revolver in der Hand in einsam gelegenen Postbüros erschienen und hatten unter dem lauten Protest der Beamten den Inhalt der Schalterkassen mitgenommen. Andere waren ähnlich verkleidet in Depositenkassen und Banken aufgetaucht und hatten Geldsummen mitgehen lassen.

Anthony hatte alles dies wohl überdacht und eingesehen, daß man auch durch Anwendung des reinen Verstandes Geld verdienen konnte, ohne das Geringste zu riskieren.

Er hatte sich vorgenommen, den einflußreichen Mr. Mansar kennenzulernen, der sich unter gewöhnlichen Umständen überhaupt nicht sprechen ließ. In sein Büro in der Stadt zu gehen und um eine Unterredung mit ihm zu bitten, wäre ebenso nutzlos gewesen, wie einen Beamten am Schalter zu fragen, ob man nicht den Postminister sprechen könnte. Mr. Mansar wurde von vielen Wächtern umgeben, die ihn hermetisch von der Außenwelt abschlossen. Da gab es Sekretäre, Abteilungschefs, Hauptgeschäftsführer und Direktoren, gar nicht zu reden von den Pförtnern, Bürodienern, Boten und anderen Angestellten.

Es gibt zwei Wege, mit großen Leuten bekannt zu werden. Man kann sich ihnen nähern, wenn man ihre Liebhabereien entdeckt hat; das ist gewöhnlich ihre schwächste Seite. Oder man tritt ihnen gegenüber, wenn sie auf Erholungsreisen sind. Es ist eine bekannte Tatsache, daß man den Mann, der in der City von London unerreichbar ist, sehr leicht an der Riviera sprechen kann.

Aber anscheinend ging Mr. Mansar niemals auf Erholungsreisen, und es schien seine einzige Liebhaberei zu sein, sich mit dem Glanz des Genies zu umgeben.

Nachdem das Essen vorüber war und Anthony also seinen Zweck erreicht hatte, gab es keine Entschuldigung mehr für ihn, noch länger hier zu verweilen. Er wartete allen Ernstes auf die Mitteilung, daß ein Wagen vor der Tür stände, um ihn nach der Station zu bringen, und daß Mr. Mansar sich freuen würde, wenn er nächsten Donnerstag ihn zum Abendessen in seiner Stadtwohnung erwarten könnte. Vielleicht würde er ihn auch zum Mittwoch oder Freitag einladen, möglicherweise würde sich die Sache auch um eine oder zwei Wochen verschieben. Aber merkwürdigerweise ließ diese Einladung auf sich warten, und man behandelte ihn so, als ob er zu dauerndem Besuch hier eingetroffen sei.

Mr. Mansar zeigte ihm die Bibliothek und forderte ihn auf, es sich gemütlich zu machen. Er empfahl ihm bestimmte Bücher, die in Mußestunden sein Interesse wachgerufen hatten.

Anthony Newton gab eine liebenswürdige Antwort und ließ sich in einem Klubsessel nieder. Aber er las nicht, sondern gab sich schönen Gedanken hin und träumte von großen Plänen, die er mit Hilfe dieses mächtigen Finanzmannes ausführen konnte, vielleicht sogar als sein Partner.

In der Bibliothek befand sich ein großes Fenster, von dem aus man eine mit Marmorfliesen belegte Terrasse überschauen konnte, und Anthony sah, daß Mr. und Miss Mansar draußen auf und ab gingen. Sie sprachen leise miteinander, und da er schon alle Scheu abgelegt hatte, schlich er sich nahe an das Fenster und lauschte, als sie vorübergingen.

»Er sieht entschieden besser als der letzte aus«, sagte Vera.

Mr. Mansar nickte.

Was soll das heißen? Er sah viel besser aus als der letzte? Anthony zerbrach sich den Kopf.

Jetzt kamen sie wieder zurück.

»Er hat ein recht kluges Gesicht und schlaue Augen«, hörte er wieder Veras Stimme.

Mr. Mansar brummte irgend etwas.

Anthony zweifelte nicht einen Augenblick, von wem sie sprachen. Als sie sagte, »er hatte ein kluges Gesicht«, wußte er, daß er gemeint war.

Sie kamen nicht wieder. Anthony wartete ungeduldig und ein wenig neugierig. Er hatte gerade den Entschluß gefaßt, sich nun zu verabschieden, als Mr. Mansar in die Bibliothek trat und die Tür sorgfältig schloß.

»Ich möchte eingehend mit Ihnen sprechen, Mr. Newton«, sagte er feierlich. »Ich habe mir überlegt, daß Sie meiner Firma von größtem Nutzen sein könnten.«

Anthony räusperte sich. Dieser Gedanke war ihm ja vorhin auch gekommen.

»Kennen Sie Brüssel?«

»Wie meine Tasche«, erwiderte Anthony prompt. Er war zwar niemals dort gewesen, aber er wußte ja, daß er sich aus jedem Fremdenführer die nötigen Kenntnisse aneignen konnte.

Mr. Mansar runzelte die Stirn.

»Es scheint irgendwie von der Vorschung so eingerichtet gewesen zu sein, daß Sie kamen. Ich brauche jemand für eine vertrauliche Mission. Gerade diesen Nachmittag wollte ich zur Stadt fahren, um jemand für diesen Auftrag auszusuchen, aber ich sagte Ihnen ja, daß Sie mir wie durch ein Wunder in den Weg gelaufen sind. Ich habe es eben mit meiner Tochter besprochen. Ich hoffe, daß Sie mir diese kleine Unliebenswürdigkeit verzeihen«, sagte er höflich.

Anthony hatte ihm längst vergeben.

»Meine Tochter, die sich gut auf Charakterbeurteilung versteht, hat den besten Eindruck von Ihnen bekommen.«

Anthony war neugierig, welche Mission ihm anvertraut werden sollte, und Mr. Mansar ließ ihn auch nicht lange warten.

»Sie müssen heute abend noch mit dem Nachtzug nach Brüssel fahren und bis Mittwoch dort bleiben. Haben Sie genügend Geld zu Ihrer Reise?«

»O ja«, sagte Anthony leichthin.

»Nun, das ist gut.« Mr. Mansar nickte ernst, als ob er daran nie gezweifelt hätte. »Sie werden einen versiegelten Brief mitnehmen, den Sie am Mittwoch morgen in der Gegenwart meines Brüsseler Agenten, des Monsieur Lamont öffnen. Er ist der Chef der Firma Lamont & Cie., der großen Bankfirma, von der Sie wahrscheinlich schon gehört haben.«

»Selbstverständlich.«

»Ich wünsche, daß Sie Ihre Mission geheimhalten und niemand etwas davon sagen. Sie werden das verstehen.«

Anthony verstand vollkommen.

»Glücklicherweise braucht man zwischen England und Belgien keinen Paß. Sie können also ohne Schwierigkeiten und ohne weitere Vorbereitungen abreisen. In einer halben Stunde fährt ein Zug zur Stadt, und hier ist der Brief.«

Er nahm ein Schreiben aus seiner Brusttasche, das an Mr. Anthony Newton adressiert war. Darunter stand der Vermerk: Zu öffnen in Gegenwart von Monsieur Lamont, 119, Rue Patriele, Brüssel.

»Ich kann Ihnen allerdings nicht versprechen, daß Sie gut bezahlt werden oder überhaupt eine Belohnung bekommen, wenn Sie diese Mission ausführen. Aber ich nehme an, daß Ihnen diese Erfahrung in mehr als einer Weise nützlich werden wird.«

Anthony legte diesem vorsichtigen Versprechen eine ganz besondere Bedeutung bei und lächelte glücklich.

»Ich glaube, ich breche am besten sofort auf«, sagte er energisch. »Wenn ich diesen Auftrag ausführen soll, möchte ich keine Zeit verlieren. Es ist nicht das erste Mal, daß mir wichtige Missionen anvertraut werden.«

»Ich glaube, Sie haben recht, wenn Sie jetzt gehen«, erwiderte Mr. Mansar nüchtern.

Anthony hoffte, die junge Dame noch einmal zu sehen, bevor er ging, aber er hatte kein Glück. Nur der Chauffeur war da, der ihn zur Station brachte. Als er an den Trümmern seines Wagens vorbeifuhr, der noch im Chausseegraben lag, bedauerte er nicht, so viel Geld dafür gegeben zu haben. Immerhin konnte man den Wagen noch als Alteisen verkaufen.

Er erreichte Brüssel zeitig und besuchte Monsieur Lamont am Montag in seinem Büro. Er lernte einen kleinen, untersetzten Herrn kennen, der einen wunderbaren Vollbart trug. Er war sehr erstaunt über die Ankunft dieses flotten und geheimnisvollen jungen Engländers.

»Ach, das ist sehr interessant. Sie kommen von Mr. Mansar?« fragte er respektvoll, ja mit einer gewissen Verehrung. »Er hat mir nicht mitgeteilt, daß er jemand senden würde. Steht Ihr Kommen vielleicht in Verbindung mit den Rentenzahlungen der Regierung?«

»Darüber darf ich Ihnen leider nichts mitteilen«, sagte Anthony diplomatisch. »Ich bin tatsächlich sozusagen mit versiegelter Order hierhergekommen.«

Monsieur Lamont nickte verständnisvoll.

»Selbstverständlich ehre ich Ihre Diskretion . . . Kann ich irgend etwas für Sie tun, während Sie in Brüssel sind? Würden Sie mir die Ehre geben, heute abend mit mir in meinem Klub zu speisen?«

Anthony war sehr erfreut über diese Einladung, da er gerade nicht sehr viel Geld bei sich hatte.

Während des Essens sprach Monsieur Lamont mit der größten Hochachtung von seinem englischen Geschäftsfreund.

»Ein wunderbarer Mann«, sagte er mit einer bedeutungsvollen Geste. »Sind Sie sein Freund, Mr. Newton?«

»Nicht gerade sein Freund«, erwiderte Anthony vorsichtig. »Wie kann jemand der Freund eines so überragenden Mannes, eines so leuchtenden Vorbilds sein? Man kann ihn nur bewundern.«

»Das haben Sie sehr schön und richtig gesagt«, entgegnete Monsieur Lamont nachdenklich. »Er ist ein bedeutender Charakter. Und seine Tochter –« er küßte seine Fingerspitzen – »ich habe nie solchen Charme, solche Intelligenz und solche Schönheit bei einer Dame vereinigt gesehen.«

Anthony war ein so unterhaltender und liebenswürdiger Gast, daß Monsieur Lamont ihn am nächsten Tag zum Mittagessen einlud. Diesmal zeigte der Belgier aber größere Neugierde.

»Ich wollte Sie nur im Vertrauen fragen, ob Ihr Besuch vielleicht etwas mit der ottomanischen Anleihe zu tun hat?«

Anthony lächelte.

»Sie werden verstehen, daß ich die größte Verschwiegenheit wahren muß«, sagte er fest.

»Natürlich, selbstverständlich, ganz gewiß!« erwiderte Monsieur Lamont schnell. »Ich ehre Ihre Diskretion, aber wenn Ihr Kommen etwas mit der ottomanischen Anleihe oder mit der Wiener Stadtanleihe zu tun haben sollte . . .«

Aber Anthony hob seine Hand und schnitt dadurch höflich die Fortführung dieser Unterhaltung ab.

Monsieur Lamont zerfloß vor Entschuldigungen.

Anthony war ja selbst zu neugierig, als er am Mittwoch morgen zum Büro des Bankmannes ging. Er war in bester Laune, denn er hoffte auf einen großen, überraschenden Erfolg.

Er stand in dem ganz mit Rosenholz getäfelten Raum, lehnte an dem weißen Marmorkamin und öffnete mit zitternden Fingern das Kuvert in dem Bewußtsein, daß er an einem Wendepunkt seines Lebens angekommen sei. Sein Plan, den großen Finanzmann kennenzulernen, hatte einen Erfolg gehabt, der seine kühnsten Hoffnungen weit überstieg.

Zu seinem Erstaunen war der Brief von Vera Mansar geschrieben, und je weiter er las, desto mehr wuchs seine Verwunderung.

›Mein lieber Mr. Newton!
Mein Vater wollte Sie eigentlich der Polizei übergeben oder Sie in den Teich werfen. Ich habe deshalb diese Art und Weise vorgeschlagen, um Ihnen einen guten Abgang zu verschaffen. Denn meiner Meinung nach sollte ein so talentvoller Mann wie Sie nicht so unrühmlich behandelt werden. Sie sind der Vierunddreißigste, der meinen Vater durch neue und in manchen Fällen sehr unangenehme Methoden persönlich kennenlernen wollte. Ich bin schon von schrecklichen Vagabunden angegriffen wor-

den, die von meinen Rettern ihres schrecklichen Aussehens wegen gemietet wurden. Das ist mir schon sechsmal passiert. Ich wurde in den Fluß gestoßen und wieder herausgezogen. Mein Vater hat drei Leute angeschossen, als er auf der Hasenjagd war, und fünf sind plötzlich vor sein Auto gesprungen, als er zur Station fuhr.

Wir möchten Ihre neue Methode anerkennen, die liebenswürdiger ist als die bisherigen. Ich muß auch gestehen, daß ich im ersten Augenblick durch den glänzend inszenierten Autounfall getäuscht wurde. Um aber ganz sicherzugehen, daß ich Ihnen nicht unrecht tat, habe ich mit der Garage im Ort telefoniert und erfahren, daß Sie schon vierzehn Tage dort auf diese Gelegenheit warteten. Armer Mr. Newton, ich wünsche Ihnen für das nächste Mal mehr Glück.

Ihre aufrichtige
Vera Mansar‹

Anthony las den Brief dreimal und schaute dann mechanisch auf einen beigelegten Zettel.

›An Monsieur Lamont!
Zahlen Sie Mr. Anthony Newton eine Summe, die ihm die Rückfahrt nach London und den Unterhalt während der Reise ermöglicht.
Gerald Mansar‹

Monsieur Lamont beobachtete den erstaunten jungen Mann.

»Ist Ihr Auftrag sehr wichtig?« fragte er eifrig. »Sollen Sie mir etwas mitteilen?«

Anthony ließ sich auch von den erschütterndsten Ereignissen nicht ganz aus der Fassung bringen. Er faltete den Brief zusammen, steckte ihn in die Tasche und schaute dann wieder auf das beigefügte Blatt.

»Es tut mir leid, daß ich Ihnen nicht den ganzen Inhalt mitteilen kann. Ich muß sofort nach Berlin abreisen, von dort muß ich nach Wien fahren, von Wien nach Konstantinopel. Dann muß ich nach Rom und von dort habe ich sogar den Auftrag, nach Tanger zu gehen. Die Geschäfte dort werden mich einige Zeit aufhalten, so daß ich etwa in einem Monat wieder in Gibraltar eintreffe. Dann werde ich mit dem Schiff nach England zurückkehren.«

Er überreichte das Schreiben Monsieur Lamont, der eifrig las.

›Zahlen Sie Mr. Anthony Newton eine Summe, die ihm die Rückfahrt nach London und den Unterhalt während der Reise ermöglicht. Gerald Mansar‹

Monsieur Lamont schaute Anthony fragend an.

»Wieviel werden Sie benötigen?« fragte er.

»Ich glaube, daß ich mit sechshundert Pfund auskommen werde«, erwiderte Anthony höflich.

Monsieur Lamont wies das Geld sofort an.

Als Mr. Mansar die Belastungsanzeige dafür erhielt, war er nicht zu Unrecht sehr ärgerlich.

Er kam erregt nach Hause.

»Dieser . . . dieser . . .« polterte er, »dieser Schuft!«

»Wen meinst du denn, Vater – du kennst doch so viele schlechte Leute?« fragte sie lächelnd.

»Natürlich Newton! Du weißt doch, ich gab Lamont den Auftrag, seine Reisekosten nach London zu zahlen.«

Sie nickte.

»Denke dir, der Mensch hat sechshundert Pfund abgehoben!«

Sie machte große Augen, aber sie war doch ein wenig belustigt.

»Er hat Lamont erzählt, daß er über Berlin, Wien, Konstantinopel und Rom reisen müßte! Gott sei Dank fährt zur Zeit die Transsibirische Eisenbahn nicht!« fügte er grimmig hinzu. Und dieser Gedanke war sein einziger Trost.

3. KAPITEL

Vergrabene Schätze

Anthony Newton öffnete das Fenster seines Wohnzimmers und schaute mit kritischen Blicken über die Kamine und großen Dächer von Bloomsbury.

Es war ein sonniger Tag, und selbst die rauchgeschwärzten und hageren Schornsteine hatten in dem goldenen Sonnenlicht eines frühen Sommermorgens ihre eigene Poesie, besonders für einen jungen Mann, der von sich und seinen Fähigkeiten überzeugt ist.

Bill Farrel war bei ihm. Er hatte eben eine große Portion Ham and Eggs verzehrt, saß nun mit seiner kurzen Pfeife am Tisch und war mit sich und der ganzen Welt zufrieden.

»Betrachte dir das einmal!« sagte Anthony und wies mit einer Handbewegung auf die Anzahl Bilder, die er aus Zeitschriften ausgeschnitten und an die Wand geheftet hatte.

Er ging quer durch den Raum zu der Stelle, wo diese Bildergalerie die sonst einheitliche Einrichtung seines Zimmers unterbrach, und zeigte mit seinem Finger auf die einzelnen Porträts, während er die Namen der Persönlichkeiten nannte und einiges von ihnen erzählte.

»Dies ist William O. McNeal – sein richtiger Name ist Adolf Bernstein – der Fleischkönig. Hier Harry V. Teckle, der Stahlkönig, hier Theodore Match, der Schiffskönig; dann kommt Montague G. Flake, der den Nahrungsmittelmarkt beherrscht – hier dieser mit der merkwürdigen Nase ist Michael O. Blogg, der Marmeladenkönig.« Und so erklärte er ein Bild nach dem anderen. »Mach deine Reverenz vor den Majestäten, Bill, sie werden uns reich machen.«

»Wie meinst du denn das?«

»Sie sind unsere Zuflucht«, erwiderte Anthony ruhig, »unsere Stützen; gewissermaßen das Geld, das wir von zu Hause bekommen!«

»Willst du damit sagen, daß sie deine Verwandten sind?« fragte Bill ehrfurchtsvoll.

»Um Gottes willen! Nun setze dich einmal hin. Ich will dir den allgemeinen Schlachtenplan und die große Idee erklären, die der Sache zugrunde liegen.«

Eine Stunde lang sprach er auf den anderen ein, und Bill verstand allmählich.

»Und nun werden wir in das kleine Büro gehen, das ich in der Theobald's Road gemietet habe«, sagte Anthony und erhob sich.

Auf einem Glasschild stand die Aufschrift:

NEWTONS DETEKTIV-AGENTUR

Aus einer Schublade seines Schreibtisches nahm Anthony einen großen Karton, auf dem eine ähnliche Aufschrift stand.

»Draußen an der Tür findest du zwei Nägel. Es ist nun deine Pflicht, jeden Morgen das Schild draußen anzuhängen und es abends wieder hereinzuholen, vorausgesetzt, daß die Jungen von Bloomsbury es nicht inzwischen weggenommen haben.«

Als Bill zurückkam, las sein Freund gerade einen Zeitungsausschnitt.

»Also, nun höre einmal zu. Dies ist der Bericht einer Auktion bei Floretti: ›Ein kleiner Kasten mit verschiedenen Manuskripten wurde von Mr. Montague Flake für einhundertzwanzig Pfund erworben. Der Kasten ist aus geschnitztem, spanischem Mahagoniholz‹ usw. usw. – ich will dich nicht länger mit den Einzelheiten aufhalten. Die Hauptsache ist, daß Mr. Flake ein großer Sammler von alten Manuskripten und nebenbei bemerkt ein gemeiner Kerl ist.«

Aus einem anderen Notizbuch nahm er noch einen Ausschnitt.

»Nun will ich dir auch noch dieses vorlesen: Kleines Haus mit anderthalb Morgen Garten zu verkaufen. Eignet sich zu einer hübschen Wochenendwohnung. Preis zweihundertfünfzig Pfund für schnell entschlossenen Käufer.«

Er holte einen Fahrplan aus seiner Schublade und blätterte darin.

»Hier habe ich es. Der nächste Zug fährt um zwölf Uhr.«

»Soll ich das Grundstück kaufen?« fragte Bill erstaunt.

Anthony nickte.

»Ja, das ist deine Aufgabe. Und es wird dich interessieren, daß ich schon dort war und es mir angesehen habe. Die Grundrisse habe ich bereits in meinem Schlafzimmer. Aber schließe den Kauf nicht eher ab, als bis du ein Telegramm von mir bekommst. Du darfst dich aber nicht mit mir privatim in Verbindung setzen, nur durch dieses Büro. Und unter keinen Umständen darfst du die Tatsache bekannt werden lassen, daß du mich kennst oder irgend etwas mit mir zu tun hast.«

Eine Stunde später fuhr Bill ab, und Anthony kehrte in seine kleine Wohnung zurück, zog seinen Rock aus und setzte sich an die Arbeit. In einem Kasten in seinem Schlafzimmer verwahrte er ein halbes Dutzend uralte Pergamentblätter, und er verbrachte den Rest des Morgens und den größeren Teil des Nachmittags damit, diese Blätter mit seiner zierlichen, feinen Handschrift zu füllen.

Mr. Montague Flake war eine der führenden und hochangesehenen Persönlichkeiten in der Londoner Geschäftswelt. Er kontrollierte alle Buttermärkte von London, Kopenhagen und Rotterdam, vor dem Kriege auch von Tomsk. Hieraus kann man ersehen, daß er damals schon große Bedeutung besaß und in der Lage war, durch Aufkäufe die Butterpreise in die Höhe zu treiben.

Offiziell kontrollierte Mr. Flake allerdings den Markt nicht. Und offiziell war auch nichts davon bekannt, daß er die Margarinepreise steigerte. In seinen Geschäften – es gab sechshunderteinunddreißig Filialen der Firma Flake in ganz England und Schottland – war eine Bekanntmachung angeschlagen, die die Verbraucher benachrichtigte, daß die Direktion ihr Bestes tue, um genügend Butter und Margarine zu beschaffen, daß es aber infolge der schlechten Heuernte in Dänemark und des geringen Rübenertrages in Irland sehr schwer sei, die genügenden Mengen beizubringen. Hierdurch stünden weitere Frachtaufschläge bevor (in Wirklichkeit verteilten sich diese und machten auf das Pfund höchstens ein Zehntel Penny aus), und die Gesellschaft wäre ganz gegen ihren Willen gezwungen, den Butterpreis um zweieinhalb und den der Margarine um zwei Pennies zu erhöhen.

Die Käufer ließen sich denn auch durch diese Bekanntmachung beeinflussen und zahlten die höheren Preise. So flossen viele Millionen Pennies in die Taschen Mr. Flakes.

Er besaß ein großes Haus am St. John's Square, eine Musterfarm in Norfolk, ein Landgut in Kent, eine Jagd in Yorkshire und eine Lachsfischerei in einem Fluß in Schottland. Er verstand weder etwas von Landwirtschaft noch vom Jagen oder Fischen, aber das waren nun einmal die Dinge, die reiche Leute besaßen, und infolgedessen hatte er sie auch.

Man erzählte sich, daß er am glücklichsten sei, wenn er an einer einsamen Stelle auf seinem Landgut am Ufer des Sees sitze, seine nackten Füße ins Wasser hängen lasse, eine Tonpfeife rauche und dabei die Gerichtsverhandlungen über die Ehescheidungsprozesse verfolge.

Er hatte harte Gesichtszüge, war Witwer und lebte allein in seinem Hause mit Ausnahme einer Haushälterin, drei Sekretärinnen, vier Chauffeuren, zwölf Dienern und einer ganzen Armee von Köchinnen und Dienstmädchen.

Mr. Flake saß in seiner prächtigen Bibliothek an einem Tisch, der größer war als die Schlafzimmer, in denen die Mehrzahl seiner Kunden nachts ruhte. Er kaute an dem Federhalter, denn er war dabei, ein Schriftstück aufzusetzen. Er hatte erst zwanzig Zeilen geschrieben, als ihm ein Besuch gemeldet wurde. Er nahm die Karte, die ihm auf einem silbernen Tablett gereicht wurde, und las den Namen, ohne großes Interesse zu zeigen:

NEWTONS PRIVATDETEKTIVBÜRO
Captain Anthony Newton,
Inhaber des Militärkreuzes und
Ritter des Militärverdienstordens,
früher beim Blitheshire-Schützenregiment.

Er sah zu seiner Sekretärin auf, die dem Diener ins Zimmer gefolgt war.

»Was will er denn von mir? Sagen Sie ihm doch, daß er sein Anliegen schriftlich vorbringen soll.«

»Er besteht darauf, Sie persönlich zu sprechen. Ich sagte ihm schon, daß Sie beschäftigt seien.«

»Also lassen Sie ihn herein«, rief Mr. Flake ärgerlich.

Anthony trat mit ernster, geschäftsmäßiger Miene ins Zimmer. Er war tadellos gekleidet.

»Nehmen Sie bitte Platz, Captain Newton«, sagte Mr. Flake und deutete mit seiner wohlgepflegten Hand auf einen Stuhl. »Was kann ich für Sie tun?«

Mr. Newton zog seine Handschuhe langsam aus, legte sie neben seinen Hut, dann nahm er ein Notizbuch aus der Tasche und blätterte darin.

»Vor einigen Tagen kauften Sie doch eine Anzahl verschiedener Manuskripte in Florettis Auktionshaus?«

Mr. Flake nickte.

»Sie befanden sich früher im Besitz des verstorbenen Lord Witherall, der Handschriften sammelte, und sie umfaßten eine Anzahl mehr oder weniger wichtiger Urkunden . . .«

»Mehr oder weniger wertloser Dokumente«, unterbrach ihn Mr. Flake etwas schroff. »Ich habe mehr wegen des Kastens als wegen der Manuskripte geboten. Ich hatte noch keine Zeit, sie durchzusehen.« Anthonys Augen glänzten, als er das hörte. »Und ich glaube auch nicht, daß die Schriftstücke irgendwelchen Wert haben.«

»Ich bin gerade wegen dieser Schriftstücke zu Ihnen gekommen«, sagte Anthony. »Ein Kunde hat mir den Auftrag erteilt, Sie aufzusuchen. Ein Vertrauensmann von Lord Witherall übergab ihm verschiedene Dokumente, deren Bedeutung ich Ihnen nicht verraten darf. Die Verwandten des Mannes – er selbst ist nämlich vor einigen Jahren gestorben – haben mir gesagt, daß diese Dokumente in dem Kasten aufgehoben wurden, den Sie gekauft haben. Der Mann hieß Samuels. Aber das war nicht der Name, unter dem er von Lord Witherall angestellt war. Sollte dieses Schriftstück in Ihrem Besitz sein, so ist mein

Kunde bereit, Ihnen zweihundert Pfund für die Rückgabe zu zahlen. Das Schriftstück ist in Form eines Briefes abgefaßt, der an Samuels gerichtet ist.«

Mr. Flake war unter allen Umständen ein guter Geschäftsmann, und als solcher wußte er instinktiv, daß ein erstes Angebot von zweihundert Pfund der beste Beweis dafür war, daß die Sache größeren Wert hatte. Und als guter Geschäftsmann wollte er natürlich auch seinen Vorteil wahrnehmen.

Mr. Flake klingelte.

»Bringen Sie den Kasten, den ich neulich auf der Auktion bei Floretti kaufte«, sagte er zu der eintretenden Sekretärin.

»Ich kann Ihnen aber nicht versprechen, daß ich irgendein Schriftstück herausgebe, das in dem Kasten liegt. Geschäft ist eben Geschäft, und was verkauft ist, ist verkauft, Mr. Newton. Und Sie wissen ja, daß ich ein Geschäftsmann bin.«

Anthony nickte.

»Ich kann Ihnen nur sagen«, erwiderte er höflich, »daß die Verwandten von Samuels arme Leute sind, und soviel ich verstehe, ist dieses Schriftstück für sie von größtem Wert.«

»Ebenso für mich«, sagte Mr. Flake selbstzufrieden. »Ich bin auch arm. Wir sind alle arm – das Wort hat nur relative Bedeutung.«

»Ich glaube doch nicht, daß Sie Ihre Lage mit der der armen Leute vergleichen können«, entgegnete Anthony reserviert. »Und ich bin sicher, daß Sie sich nicht auf Kosten dieser Leute bereichern wollen . . .«

»Reden Sie doch nicht solchen Unsinn«, rief Montague Flake unwirsch. »Ich bin durchaus nicht sentimental. Ich habe mich aus eigener Kraft in die Höhe gearbeitet und habe mein Geld verdient, ohne mich viel um andere Leute zu kümmern. Geschäft ist Geschäft. Wenn ich hundertzwanzig Pfund für einen Sack zahle, so gehört mir auch die Katze, die ich darin finde. Das ist nun einmal so. Aber verstehen Sie wohl: Ich sage nicht, daß ich nicht verkaufen will«, fügte er hinzu, als seine Sekretärin den Kasten vor ihn auf den Tisch stellte. »Auch habe ich noch nicht gesagt, daß ich verkaufen will.«

Er schnitt die versiegelten Schnüre durch, die um den Kasten gelegt waren, und öffnete den Deckel. Der Kasten war bis zum Rande mit gelblichen Manuskripten gefüllt. Einzelne waren mit verblaßten, roten Bändern zu Bündeln gebunden, andere waren in Pergament eingeschlagen, es lagen aber auch viele lose Blätter darin.

Mr. Flake zögerte, nahm die erste Lage heraus und legte sie auf den Tisch.

»Sie sagten doch, es sei ein Brief?«

Anthony nickte.

»Das ist anscheinend das Manuskript eines alten Theaterstükkes«, meinte Mr. Flake, »und dieses ...« er hob einen anderen schweren Packen auf, »... scheint das Originalmanuskript einer Geschichte zu sein. Aber hier sind Briefe.« Er nahm einen auf, um die Unterschrift zu lesen, und legte ihn dann wieder auf den Tisch.

Anthony sah die wartende Sekretärin an und schaute dann auf Mr. Flake.

»Würden Sie wohl erlauben, daß Ihre Sekretärin einmal die Telefonnummer von Sir John Howard und Sons nachsieht?«

Er nannte eine der größten Londoner Rechtsanwaltsfirmen, vor der selbst Mr. Flake Respekt hatte.

»Kommen Sie im Auftrag von Mr. Howard?« fragte er schnell. Anthony lächelte.

»Im Augenblick kann ich darüber noch keine Auskunft geben.« Er wartete, bis sich die Tür hinter dem Mädchen geschlossen hatte und rückte dann näher an Mr. Flake heran. »Ich kann Ihnen etwas im Vertrauen mitteilen. Ich handle im Auftrag von ...«

Er flüsterte Mr. Flake einen Namen ins Ohr und mußte, um ihn zu erreichen, an die Ecke des Tisches kommen und verdeckte dadurch einen Augenblick den Kasten, so daß Mr. Flake ihn dabei nicht sehen konnte. Und wenn jemand etwas ins Ohr geflüstert wird, kann er schwerlich das Knittern von Pergament hören.

Anthony hatte schnell nach dem offenen Kasten hinübergereicht und seine Hand schon wieder zurückgezogen, bevor Mr. Flake sich von seinem Erstaunen erholen konnte.

»Dal?« fragte Mr. Flake. »Wer, zum Teufel, ist denn Dal?«

»Das werde ich Ihnen bei einem späteren Stand der Dinge mitteilen«, entgegnete der tüchtige junge Mann. »Ich dachte, Sie wüßten es.«

Mr. Flake schaute ihn scharf an, aber Anthony Newton hielt seinen Blick aus, ohne mit der Wimper zu zucken.

»Immerhin«, sagte der Finanzmann, als er die Dokumente wieder in den Kasten legte, »kann ich sie jetzt nicht alle durchsehen. Ich gebe Ihnen in einigen Tagen Antwort.«

»Aber die Sache eilt«, erwiderte Anthony ernst. »Und wenn es nur am Geld liegt, so kommt es schließlich auf ein paar hundert Pfund nicht an. Es ist nur notwendig, daß wir das Schriftstück sofort zurückerhalten.«

»Und es ist absolut notwendig«, erwiderte Mr. Flake gutgelaunt, »daß ich erst meinen Tee trinke und die nötige Zeit habe, den Inhalt des Kastens zu prüfen. Ich werde Ihnen morgen meinen Bescheid zukommen lassen.«

Hiermit mußte sich Anthony zufriedengeben. Er verließ das Haus und erkundigte sich merkwürdigerweise nicht mehr nach der Telefonnummer, die er vorher verlangt hatte. Schnell ging er zum nächsten Postbüro und schickte ein Telegramm an Smith, Bull-Hotel, Little Wenson, Kent. Die Botschaft war nur kurz und lautete:

»Kauf abschließen!«

Vier Tage später hielt ein schönes Auto vor dem kleinen Haus, das eine Meile vor dem Dorf Little Wenson lag, und Mr. Flake stieg aus.

Das Häuschen enthielt nur eine armselige Wohnung. Der Garten war ganz vernachlässigt, und an den Fenstern hingen nicht einmal Gardinen. Aber Mr. Flake interessierte sich weniger für das Haus selbst als für das Land und den Küchengarten, der ebenfalls vollständig verwahrlost war.

Er konnte alles sehen, was er wollte, denn das Gebäude stand an einer Straßenecke, und die westliche Grenze des Gartens wurde durch die Hecke gebildet, an der die eine Straße entlanglief. Es standen zwei Apfelbäume dort, dahinter lag die eingefallene Mauer eines kleinen Brunnens.

Mr. Flake ging langsam zu der Front des Hauses zurück, öffnete das Gartentor und ging den Weg entlang. Dann klopfte er an die Haustür. Ein Mann in Hemdsärmeln, ein großer, ernst dreinschauender Mensch, trat heraus, der auf Mr. Flakes liebenswürdigen Gutenmorgengruß nur mit einem unverbindlichen Kopfnicken antwortete.

»Ist das Ihr Haus?« fragte Mr. Flake höflich.

»Jawohl«, erwiderte Bill Farrel, der der Bewohner der Hütte war.

»Eine wunderschöne Lage hier«, meinte Mr. Flake.

»Ja, sie ist nicht schlecht.«

»Wohnen Sie schon lange hier?«

»Erst eine Woche. Ich bin vor kurzem aus der Armee ausgetreten und wollte hier eine Hühnerfarm einrichten.«

»Ach, sehen Sie, in der Armee haben Sie früher gedient?« fragte Mr. Flake wohlwollend. »Aber das scheint mir doch eigentlich nicht die rechte Stelle zu sein, um Hühner großzuziehen? Wer hat denn das Haus vor Ihnen besessen?«

»Ich weiß den Namen nicht mehr. Aber es ist über hundert Jahre in dem Besitz einer Familie gewesen.«

»Hm, können Sie sich gar nicht auf den Namen besinnen?« fragte Mr. Flake obenhin.

»Ich glaube, sie hießen Samson«, antwortete der Mann und gab sich scheinbar Mühe, darüber nachzudenken.

»Nicht Samuels?« fragte Mr. Flake eifrig.

»Ja, das ist der Name – Samuels. Aber von denen habe ich es nicht gekauft. Die haben es vor langen Jahren gehabt.«

»Wenn es nicht aufdringlich ist, möchte ich Sie bitten, mir zu sagen, wieviel Sie für das Haus gezahlt haben?«

»Alles Geld, das ich besaß«, erwiderte Bill Farrel ausweichend. »Und wie hier das Gerede geht . . .«

»Ja, ja, ich weiß, was man sich hier erzählt. Aber nun sagen Sie mir, um welchen Preis würden Sie das Grundstück verkaufen?«

»Ich habe nicht die Absicht, es zu veräußern.«

»Aber sicherlich würden Sie es doch abgeben, wenn Sie dabei hundert Pfund verdienen?«

»Auch nicht, wenn ich tausend oder zehntausend dabei verdiene«, sagte der andere entschlossen. »Es gibt hier ein merkwürdiges Gerede wegen dieses Hauses. Neulich war ein Rechtsanwalt mit einem Privatdetektiv hier.«

»So, so. Nun wollen wir doch einmal in aller Ruhe miteinander sprechen. Ich bin Geschäftsmann, und ich will Ihnen tausend Pfund für das Grundstück geben.«

»Und wenn Sie mir zwanzigtausend Pfund anböten, würde ich sie auch nicht nehmen«, war die entschiedene Antwort. »Ich bin zufrieden damit, und Sokrates sagte schon: ›Zufriedenheit ist der natürliche Reichtum, Luxus aber künstliche Armut‹.«

»Das ist jetzt ganz gleich, was Sokrates sagte«, rief Mr. Flake ungeduldig. »Also ich biete Ihnen . . .«

»›Wenn nur die Menschen wüßten, welches Glück in der Hütte eines gottseligen Mannes wohnt‹, sagte Jeremias Taylor«, fuhr Mr. Farrel hartnäckig fort.

»Nun hören Sie mich doch einmal an! Wollen Sie mir dieses Grundstück zu einem annehmbaren Preis verkaufen? Ich habe nun einmal eine Vorliebe dafür und will Ihnen gerne eine vernünftige Summe zahlen.«

»Kommen Sie bitte herein«, sagte der Bewohner des Hauses und öffnete die Tür.

Eine Stunde später schüttelte Mr. Farrel den Staub von Little Wenson von seinen Füßen. Er wurde von Mr. Flake nach London begleitet. Sie gingen zusammen zu einer Bank, denn Mr. Farrel mißtraute allen Schecks und wollte seinen Namen erst unter die Verkaufsurkunde setzen, wenn er ein großes Paket weißer Banknoten erhalten hätte.

Es war schon lange her, daß Mr. Flake einen ganzen Tag lang hart gegraben hatte. Aber er fühlte sich schon im voraus belohnt, als er am nächsten Morgen um sechs Uhr mit seinen Ausgrabungen begann. Eine Linie, die in rechtem Winkel von der Mitte der Verbindungslinie der beiden Apfelbäume gezogen wurde, ging rechts am Brunnen vorbei. Das stimmte genau mit den Angaben des Schriftstückes überein, das sich in seinem Besitz befand. Die drei Blätter aus Pergament, die mit einer zierlichen Handschrift bedeckt waren, erklärten genau, wie ein Mr. William Samuels im Jahre 1826 Brillanten im Wert von hundertzwanzigtausend Pfund aus den einbruchsicheren Räumen der Cheals-Bank gestohlen hatte. Er war dort als Wächter angestellt, und die wertvollen Steine waren das Eigentum eines französischen Emigranten, des Marquis du Thierry. Es wurde berichtet, wie er seinen Schatz im Garten seines Bruders Henry Frederick Samuels in der Nähe von Little Wenson vergraben hatte. Mr. Flake zog die Schriftstücke immer wieder zu Rate. Alle Linien, die er zog, trafen genau die in den Blättern angegebenen Punkte. Neun Fuß und drei Zoll von der Mitte der Verbindungslinie der beiden Apfelbäume stieß der Schatzgräber auf eine Stelle, die erst kürzlich umgegraben schien. Nachdem er vier Fuß tief gegraben hatte, begann Mr. Flakes Herz wild zu schlagen, als sein Spaten ›die viereckige Steinplatte‹ traf, ›mit der ich die Grube zudeckte, in der ich den besagten Kasten verbarg‹.

Atemlos arbeitete Mr. Flake weiter. Nach vieler Mühe und Anstrengung förderte er auch den Kasten zutage. Er schwitzte entsetzlich, denn er hatte drei Stunden angestrengt graben müssen. Die Kiste sah merkwürdig neu aus, und ein gewöhnlicher Mensch hätte sie wahrscheinlich mit einem der Behälter verwechselt, in denen die Bauern ihre Eier mit der Bahn verschickten. Der Kasten war schwer, aber Mr. Flake fühlte das nicht, als er ihn hastig in die einsame Hütte trug und dort sofort öffnete.

Er war so schwer, weil er halb mit Sand gefüllt war. Unaufhörlich wühlte der Mann mit seinen Fingern darin herum. Plötzlich faßte er ein hartes Stück Papier, zog es heraus und hielt es ans Licht, da er etwas kurzsichtig war.

Es stand nur eine Zeile darauf, und zwar in derselben engen Handschrift, wie er sie auf den Dokumenten in seinem Manuskript gefunden hatte. Hätte er die Dokumente geprüft, bevor Mr. Newton ihm den geheimnisvollen Namen ins Ohr flüsterte, so hätte er sich viel Arbeit und eine für ihn allerdings kleine Geldsumme erspart.

Er las:

»D. A. L. heißt: Die armen Leute, für deren Interessen ich eingetreten bin.«

Am nächsten Morgen wartete Mr. Flake schon vor dem Büro Mr. Newtons.

»Sie und Ihr Spießgeselle haben mich um achttausend Pfund beschwindelt. Es bleibt Ihnen nichts anderes übrig, als mir das Geld zurückzugeben, oder ich werde Sie bei der Staatsanwaltschaft anzeigen.«

»Ich danke Ihnen sehr für diese liebenswürdige Mitteilung«, entgegnete Anthony. »Ich ziehe es vor, mich bei der Staatsanwaltschaft anzeigen zu lassen.«

»Sie sind ein ganz gemeiner Schwindler!« fuhr Mr. Flake auf.

»Es gibt zwei Auswege aus diesem Raum«, sagte Anthony lächelnd. »Der eine führt durch das Fenster, der andere durch die Tür. Sie haben Ihr Geld gezahlt, also steht Ihnen die Wahl frei.«

»Ich werde sofort zur Polizei gehen«, rief Mr. Flake wütend und nahm seinen Hut. Er war so aufgeregt, daß ihn beinahe der Schlag getroffen hätte.

»Nun hören Sie einmal zu«, sagte Anthony freundlich. »Sie glaubten, Sie würden sich eine Menge Geld auf Kosten einer armen Familie aneignen können. Ihr ganzes Leben lang haben Sie sich nur auf Kosten des Volkes bereichert, Sie haben von jedem Butterbrot hier im Lande Ihren übermäßigen Profit gehabt. Damit Sie reich wurden, Ihre Jagd und Ihre Landgüter halten konnten, mußten soundso viele Leute hungern. Das Gesetz kann Sie nicht belangen, denn Sie gehören zu den Dieben, deren Taten leider durch das Gesetz gedeckt werden. Ich habe Sie durch eine vollständig rechtmäßige Handlung um achttausend Pfund erleichtert, und ich sage Ihnen nur das eine« – er drohte ihm mit dem Finger –, »daß die achttausend Pfund noch zu achtzigtausend anwachsen, bevor ich mit Ihnen fertig bin.«

»Sie niederträchtiger Dieb!« schrie Mr. Flake rot vor Zorn.

»Bill«, rief Anthony laut. Der große Mann erschien in der Türöffnung. »Wirf diesen Lumpen hinaus!«

Bill, der frühere Hüttenbewohner, öffnete die Tür und zeigte mit dem Daumen nach draußen.

4. KAPITEL

Ein Beitrag für wohltätige Zwecke

Anthony Newton war nicht für jede Art von Wohltätigkeit zu haben. Er hielt es mehr mit den einfachen Almosen, die man den Armen an der Haustür gab, denn er hatte ein tiefes Mißtrauen gegen die Ehrlichkeit der großen Wohltätigkeitsorganisationen. Er hatte auch durchaus kein Interesse für die Handelsmarine, noch hatte er die leiseste Absicht, Heime für alte Seeleute zu gründen, bis er mit Mr. Match zusammenkam.

Anthony erzählte später immer, daß die Sache, die er mit diesem Reeder durchführte, sein größter Erfolg war. Er erschien ihm deswegen größer als alle anderen, weil er keinen persönlichen Vorteil aus diesem Unternehmen zog.

Man muß nicht glauben, daß Scotland Yard die Existenz und die Manöver eines gewissenlosen Briganten duldete, aber auch Scotland Yard ist machtlos, wenn nicht jemand Klage führt, so daß man einen Grund zum Einschreiten hat. Mr. Newton verdankte seine Sicherheit und Straflosigkeit teils der Zurückhaltung der Leute, die er geschädigt hatte, teils der Scheu seiner Opfer vor der Öffentlichkeit, denn die Berichte und Verhandlungen über ihr eigenes Betragen vor dem Strafgericht in Old Bailey hätten ihren Ruf zweifellos schwer geschädigt.

Anthony und seine Helfer hatten schon einen größeren Ruf erlangt, als er selbst ahnte. Er entdeckte dies eines Tages, als er bei Erledigung eines »Falles« nach Newcastle reiste.

Er saß mit Bill Farrel schon eine Stunde in der Dämmerung und rauchte schweigend seine Pfeife. Der Abendhimmel war noch vom Glanz der untergehenden Sonne erleuchtet, und durch das offene Fenster drangen die lauten Stimmen der Kinder herein, die unten auf der Straße spielten; denn in London ist die Straße das große Colosseum, in dem sich die Kinder tummeln, sie ist die Arena, die große Schule, in der die Jugend auf den bitteren Kampf ums Dasein vorbereitet wird.

»Wer ist Theodore Match?« fragte Anthony unerwartet.

Anthony sprach in dem höflichen Ton eines Schulmeisters, der auf liebenswürdige Art eine Antwort von einem nervösen Schüler bekommen will.

»Der Schiffskönig.«

»Und was ist ein Schiffskönig?«

»Ein Schiffskönig?« sagte Bill zögernd. »Nun das ist jemand, dem Schiffe gehören.«

Anthony lächelte trübe.

»Ein Schiffskönig ist ein Mann, der überall Schwierigkeiten sieht. Wenn man seine Berichte liest oder hört, so ist er immer im Begriff, nächstes Jahr den Bankrott zu erklären. Wenn der Handel gutgeht, läuft er Gefahr, weil es zuwenig Schiffsraum gibt. Und wenn viele Schiffe zu haben sind, dann droht ihm der Ruin, weil das Frachtgeschäft darniederliegt. Manchmal sieht er auch seinen Untergang vor Augen, weil die Charter zu gering ist, manchmal, weil der Kohlenpreis zu hoch ist. Er hat immer Schaden, wenn nicht auf diese, so auf eine andere Weise, durch die Extra- und die Einkommensteuer und die Steuern für außerordentliche Gewinne – und dabei weiß er nicht, was er mit seinem Geld anfangen soll.«

»Großer Gott«, sagte Bill erstaunt.

»Der Schiffskönig ist eigentlich der Mann, der am wenigsten für sein Vaterland tut. Während des Krieges habe ich Schiffskönige getroffen, die über den Mut und die Geschicklichkeit ihrer Seeleute mit Tränen in den Augen sprachen. Sie liebten diese Männer mit den rauhen Händen, die sich trotz der schrecklichen U-Boot-Gefahr auf die See hinauswagten. Alles, was sie für diese tüchtigen Menschen tun konnten, taten sie, nur ihre Gehalter erhöhten sie nicht und gaben ihnen auch keine besseren Schlafplätze. Ich habe Schiffsreeder gekannt, die den Witwen der einfachen Seeleute, die durch feindliches Geschützfeuer getötet wurden, nur zwanzig Pfund zahlten.«

»Das scheint mir allerdings sehr wenig zu sein«, meinte Bill.

»Sehr wenig! Gott im Himmel, hast du eine Ahnung, Bill! Weißt du denn, was man für zwanzig Pfund kaufen kann? Dafür kann man sechs große Flaschen Champagner haben, fünfzig Zigarren Colorado Claros – oder zwanzig Körbe Pfirsiche!

Und diese Leute erklären großherzig, daß sie auf all diese Genüsse verzichten wollen, damit eine einfache Frau, die nicht einmal Champagner von Apfelwein unterscheiden kann und die noch nie einen Pfirsich gegessen hat, ihr ganzes Leben in Luxus zubringen kann!«

»Doch nicht etwa für zwanzig Pfund?« fragte Bill ungläubig. »Du hältst mich zum besten!«

»Vielleicht habe ich auch nur einen Scherz gemacht – aber Theodore Match, der niemals einen Pfennig für Wohltätigkeitszwecke gegeben hat, wird jetzt dem Urenkel eines braven Mannes, der bei Trafalgar mitgekämpft hat, die nötigen Mittel zur Verfügung stellen, um in die Höhe zu kommen. Mit dem Urenkel meine ich mich selbst – mein Urgroßvater war nämlich ein Seemann, und wir haben sein hölzernes Bein viele Jahrzehnte in der Familie als Andenken bewahrt.«

Bill klopfte die Asche aus seiner Pfeife.

»Match ist gerade kein schlechter Mensch«, entgegnete er. »Er hat eine neue Bibliothek gestiftet ...«

»Du brauchst Mr. Match nicht in den Himmel zu heben. In der nächsten Liste der Standeserhebungen werden wir auch den Namen Sir Theodore Match finden. Aber er weiß noch nicht, wie großzügig seine Wohltaten sein werden. Sage einmal, ist dein Tabak nicht teurer geworden? Ist das Fleisch nicht in die Höhe gegangen? Kostet das Brot nicht mehr? Sind nicht alle Preise der Waren gestiegen, die von Übersee kommen? Wer hat deiner Meinung nach wohl die Extragelder eingesteckt? Die Pflanzer und Farmer haben ja auch eine Kleinigkeit davon erhalten, die haben aber auch dafür gearbeitet, und ihnen will ich keinen Vorwurf machen, im Gegenteil, ich wünsche ihnen weiteres Glück. Aber Theodore Match hat weit mehr davon gehabt, als auf seinen Anteil fällt. Er hat von allem profitiert, er hat auf alles eine Taxe gelegt – auf alles, was wir essen und trinken oder sonstwie verbrauchen. Er hat einfach seine Frachtsätze erhöht. Kohle ist teurer, Arbeit ist teurer – kurzum alles ist teurer. Aber er ist der teuerste von allen. Bei ihm ist nichts billig, es sei denn das Leben der Leute, die auf seinen Schiffen arbeiten und die er in seinem Geschäft angestellt hat. – Und nun möchte ich dir nur noch sagen, daß ich diesen Mann mit achttausend Pfund auf die Zeichnungsliste für ›Anthony Newtons Altersheim für Seeleute‹ eingetragen habe – und du kannst gewiß sein, daß ich die Summe auch von ihm bekomme.«

Bill Farrel nickte langsam und sah seinen Kameraden bewundernd an.

»Ich wette, daß du dein Ziel erreichst«, erwiderte er begeistert.

Die Theodore Steamship Line ist eine der bedeutendsten Frachtlinien Englands, wie jedermann weiß. Sie verfügt über eine Flotte von fünfundzwanzig großen Schiffen, die nach Südamerika und nach China fahren, hauptsächlich aber zwischen England und Nordamerika verkehren. Vor dem Kriege machte sie sogar ein großes Geschäft zwischen Hamburg und Ostafrika.

Die Hauptbüros dieser Firma waren in Newcastle, und Anthony Newton reiste mit seinem tüchtigen Adjutanten dorthin, um seinen Plan auszuführen. Sie kamen spät am Abend an und mieteten sich im Bahnhofshotel ein.

Am nächsten Morgen machte er sich auf seinen ersten Erkundungsgang. Die Büros der Theodore Steamship Line befanden sich in einem Häuserblock, der nicht weit vom Hotel entfernt lag. Aus der Geschäftigkeit der Angestellten und der Anzahl der Kunden, die in den verschiedenen Büros warteten, schloß Anthony, daß das Geschäft sehr gut ging.

Er trat in das Empfangsbüro, gab seine Karte ab und wurde sofort in das Privatbüro von Mr. Theodore Match geführt. Der Raum war groß und licht und halb mit Eichenpaneel bedeckt. An den Wänden hingen die Fotografien vieler Schiffe. Mr. Match selbst war ein Mann mittleren Alters, war liebenswürdig und hatte heitere Augen, denen man ansah, daß sie von Sorgen und Kummer dieser Welt nichts wußten.

Er schaute seinen Besucher durch seine goldeingefaßte Brille strahlend an.

»Ich freue mich, Sie kennenzulernen, Mr. Newton«, sagte er zum größten Erstaunen Anthonys. »Nehmen Sie Platz und machen Sie es sich bequem. Wollen Sie eine Zigarre haben?« Er reichte ihm einen silbernen Kasten, und Anthony bediente sich.

»Nun?« fragte Mr. Match lächelnd. »Wollen Sie etwa zehntausend Pfund für einen vergrabenen Schatz haben oder wünschen Sie eine Partnerschaft, die eine Million Pfund wert ist?«

Für den Bruchteil einer Sekunde war Anthony sprachlos.

»Ich glaube, daß ich die Teilhaberschaft wählen würde, obwohl ich keine so große Summe brauche.«

Mr. Match lehnte sich in seinen Stuhl zurück, schüttelte sich vor Lachen und rieb sich die Hände.

»Ich bin in alles eingeweiht, Mr. Newton. Ich kann Ihnen ja auch sagen, daß ich schon vor Ihnen gewarnt worden bin. Ich will ganz offen mit Ihnen sprechen. Sie haben ein kleines Büro in der Theobald's Road, ich kenne sogar Ihre Porträtgalerie – ich habe nämlich neulich einen Detektiv dort hingeschickt, der sich einmal dort umsehen sollte. Ebenso habe ich von Ihrem Abenteuer mit Mr. Montague Flake erfahren, der ein guter Kunde von mir ist. Zufällig ist mir auch Mr. Gerald Mansar bekannt. Ich weiß, wie Sie Flake um achttausend Pfund erleichterten und ihm dafür einen alten Kasten aufhängten. Ich habe mich noch nie so königlich amüsiert wie bei dieser Geschichte. Sie glauben, daß Sie die Mission haben, reichen Leuten ihr unverdientes, überflüssiges Geld wegzunehmen. Habe ich recht, Mr. Newton?«

Anthony war nun ganz bei der Sache. Er hatte sofort die Situation überschaut und überlegte blitzschnell.

»Sie haben vollkommen recht.«

Anthony hatte bisher nicht den Wunsch gehabt, irgend jemand außer sich selbst zu helfen, aber in diesem Augenblick faßte er den Entschluß, auch für andere zu sorgen.

»Sie haben also ein Dutzend abscheulicher, reicher Leute vorgemerkt, die zu Ihrem Nutzen Gelder hergeben sollen.«

»Vollständig richtig.«

»Wenn ich Sie also recht verstehe, halten Sie mich für einen Gewinnler und sind mit einem großartig ausgeklügelten Plan nach Newcastle gekommen, damit ich Ihnen wieviel – zahle?«

»Ich habe früheren Soldaten geholfen«, erklärte Anthony. »Ich will jetzt auch einige Heime für alte Seeleute von der Handelsmarine errichten.«

»Sie sind ein großer Menschenfreund – ich bewundere Sie.« Mr. Theodore Match sah ihn wohlwollend an und strich nachdenklich seinen Bart. »Ja, Sie sind ein Menschenfreund«, sagte er dann noch einmal. »Und wieviel soll ich denn Ihrer Meinung nach zu Ihrem interessanten Projekt beitragen?«

»Ich habe Sie mit achttausend Pfund auf meine Liste gesetzt«, erwiderte Anthony ruhig.

»Warum schreiben Sie denn nicht gleich lieber acht Millionen Pfund? Ich werde Ihnen weder das eine noch das andere geben. Aber Sie haben sich wahrscheinlich einen gewissen Kriegsplan ausgedacht, um zu diesem Geld zu kommen. Nun, wir wollen die Sache in aller Ruhe besprechen, Mr. Newton«, sagte er liebenswürdig. »Was haben Sie mit mir vor? Wollen Sie mir auch vergrabene Schätze verkaufen? Wollen Sie mich nicht lieber über den Trick aufklären, den Sie anwenden wollen, um mir mein sauer verdientes Geld zu nehmen?«

Anthony lachte.

»Da Sie mir gegenüber ganz offen sind, will ich es auch sein. Ich habe mir wirklich noch nicht überlegt, wie ich es anfangen soll.«

»Nun, so sagen Sie es doch!«

In diesem Augenblick öffnete sich die Tür, und ein junger Mann trat herein. Er war groß und kräftig gebaut, hatte eine gesunde Gesichtsfarbe und runde Backen.

»Dies ist mein Sohn – hier stelle ich dir Mr. Newton vor, von dem ich dir schon vor einiger Zeit erzählte, Tom«, sagte Theodore Match. »Es wird Sie vielleicht interessieren, daß mein Sohn fünfunddreißig Jahre alt, Junggeselle und vollkommen gesund ist. Aber während des Krieges war er in meinem Geschäft unentbehrlich, so daß man ihn vom Dienst befreite. Stimmt doch, Tom?«

Der junge Mann grinste.

»Das sind ja gerade Dinge, die ich gern höre«, meinte Anthony.

»Nach Ihrer Meinung«, fuhr Mr. Match fort, »hätte er in den unheimlichen, feuchten Schützengräben Flanderns liegen müssen, statt in einem warmen, hübschen Zimmer in Newcastle zu sitzen. Also, nun wollen wir zur Sache kommen, Mr. Newton. Ich glaube, daß ich nun alles getan habe, um Sie in Ihrem Eifer gegen mich aufzustacheln.«

»Sagen Sie mir, bevor wir weitersprechen, ob Sie willens sind, etwas zu meinem wohltätigen Plan beizutragen?«

»Nicht das geringste«, erwiderte Mr. Match lächelnd. »Warum sollte ich das tun? Sitze ich hier in meinem Büro, um für meine Angestellten oder für mich zu schaffen? Arbeite ich denn den ganzen Tag und den größten Teil der Nacht und sitze über Plänen, um eine höhere Schiffstaxe herauszuschlagen, nur um den Unterhalt von soundso vielen wohltätigen Anstalten zu bestreiten? Nein, Mr. Newton!« Er schlug mit der Faust auf den Tisch. »Wie es meinen Angestellten geht, interessiert mich durchaus nicht, und was sie mit ihrem Geld machen, interessiert mich ebensowenig. Und was ich mit meinem eigenen Geld anfange, geht Sie und andere nichts an.«

»Brauchst du mich noch?« fragte der junge Mann.

»Nein, Tom. Ich wollte nur, daß du Mr. Newton kennenlernst.«

Mit einem kurzen Kopfnicken verließ Tom den Raum.

»Ich verdiene eben mehr Geld als der tüchtige Seemann, weil ich klüger bin als er. Das ist der Triumph des Verstandes über die brutale Kraft. Zeigen Sie mir jemand, der klüger ist als ich, der mag mir ruhig mein Geld nehmen. Ich will nichts dazu sagen, wenn er ungestraft damit entkommt. Wenn Sie« – er zeigte mit einem Bleistift auf Anthony und sprach langsam und nachdrücklich – »durch irgendeinen Trick oder eine List mit Ausnahme gemeinen Betrugs, Einbruchs oder Diebstahls achttausend Pfund von mir herausbekommen oder sagen wir zehntausend Pfund, so tun Sie es bitte. Ich sage Ihnen ganz offen, Mr. Newton, daß ich für das Wohlergehen von Seeleuten nicht das geringste Interesse habe. Ich bilde mir auch nicht ein, daß Sie sich dafür begeistern. Dieses Heim für Seeleute der Handelsmarine war eine momentane Erfindung von Ihnen. Sie kamen hierher, um einen rein persönlichen Schwindel auszuführen, aber darauf wollen wir jetzt nicht näher eingehen. Wenn Sie irgendeinen Weg finden, mich zu übertrumpfen, wenn Sie mich fangen und in einem unbewachten Augenblick durch irgendeine List dazu bringen können, Ihnen die Summe zu zahlen, die Sie eben nannten, dann verspreche ich Ihnen, daß ich Sie nicht zur Anzeige bringen werde, selbst wenn Sie dabei Mittel angewandt haben, die nach dem Gesetz strafbar sind.«

Er stand auf und streckte lächelnd seine große Hand aus. Anthony ergriff sie. Es war etwas an diesem Menschen, das ihn anzog. Wenn er schon brutal war, so war er es doch in offener und ehrlicher Weise.

»Gut, ich nehme Ihre Herausforderung an. In einer Woche werden Sie achttausend Pfund für einen wohltätigen Zweck gezahlt haben – ganz gegen Ihren Willen.«

»Das wird Ihnen nicht gelingen«, sagte Mr. Match entschieden. »Ich habe den höchstgestellten Persönlichkeiten des Landes auf ihre dringenden Anforderungen hin nichts gegeben. Sehen Sie einmal her.« Er ging zu seinem Schreibtisch zurück, zog eine Schublade auf und nahm mehrere Drucksachen heraus, die mit einer Klammer zusammengeheftet waren. »Das kam zufällig gerade heute morgen an – ›Sammlung des Thronfolgers für die Angehörigen der Handelsmarine‹. Das ist ein besserer Mann als Sie. Man hat eine Million von mir haben wollen«, sagte er lachend. »Ich habe es nicht abgelehnt, nein, ich gehe nur mit Stillschweigen darüber hinweg. Wenn ich strikt ablehne, komme ich in schlechten Ruf. Sie verstehen, daß wir vertraulich als Ehrenmänner miteinander sprechen. Wenn der Prinz nach Newcastle kommen sollte, muß ich ihm aus dem Wege gehen. Sollte er mir einen persönlichen Brief schreiben, so müßte ich krank werden, damit ich ihm nicht antworten könnte. Ich habe in meinem Leben noch keinen Shilling für wohltätige Zwecke gegeben, und ich habe auch nicht die Absicht, es jemals zu tun. Wenn ich sterbe, werde ich in meinem Testament kein Geld für Hospitäler oder Kirchen hinterlassen; weder wirkliche noch angebliche Arme werden etwas von mir bekommen.«

Mr. Match war ein kluger, tüchtiger Mann mit einer schnellen Auffassungsgabe, wie man sie gewöhnlich bei Geldleuten und Buchmachern findet. Er brauchte nicht besonders auf der Hut zu sein und keine besonderen Vorsichtsmaßregeln zu ergreifen. Er hatte sich ein Urteil über Anthony gebildet und wußte, daß er in ihm einen Feind hatte, der ihm ebenbürtig gegenüberstand. Aber er fühlte sich ihm in jeder Weise gewachsen und glaubte, allen Plänen dieses begabten und skrupellosen Mannes begegnen zu können. Wenn er die Schriftstücke, die ihm jetzt zur Unterschrift vorgelegt wurden, etwas genauer prüfte, wenn er den Umgang seines Sohnes mehr überwachte, wenn er etwas argwöhnischer alle die geschäftlichen Vorschläge betrachtete, die ihm vorgetragen und unterbreitet wurden, so war das eigentlich keine besondere Mehrbelastung für ihn, denn er war von Natur aus vorsichtig und stets auf seiner Hut.

In den ersten drei Tagen sah er nichts von Anthony. Ein Privatdetektiv, den er engagiert hatte, berichtete ihm, daß Mr. Newton die meiste Zeit in seinen Privaträumen im Hotel mit seinem Freund zubrachte und daß die beiden gelegentlich von Newcastle wegfuhren.

Zufällig traf er Anthony am vierten Tag auf der Straße. Er kam von der anderen Seite herüber, um ihn zu begrüßen.

»Nun?« fragte Mr. Match selbstbewußt und schaute ihn vergnügt an. »Wie kommen Sie denn vorwärts?«

»O danke schön, es geht sehr gut. Ihr Geld ist so gut wie in meiner Tasche.«

Mr. Match lachte.

»Haben Sie denn schon einen Plan ausgearbeitet?«

Anthony schüttelte den Kopf.

»Nein, noch nicht, aber nach und nach bringe ich die Einzelheiten schon zusammen. Watt erfand die Dampfmaschine dadurch, daß er einen Dampfkessel sah. Ich beobachtete den Einfluß eines zu großen Selbstvertrauens auf die Sicherheit der reichen Leute.«

»Beobachten Sie ruhig weiter«, meinte Mr. Match und gab ihm die Hand. »Sie werden noch müde und kranke Augen davon bekommen.«

Er wollte sich gerade umdrehen, aber Anthony legte ihm die Hand auf den Arm.

»Warten Sie noch einen Augenblick – ich möchte Ihnen noch etwas sagen. Es gibt viele Wege, das Geld von Ihnen zu erhalten, aber sie sind alle unehrlich. Ich könnte leicht Ihren Namen fälschen – als Verbrecher würde ich große Erfolge haben – ich könnte Ihr prachtvoll ausgestattetes Haus in Morpeth berauben – ich habe mir das Grundstück eingehend angesehen, man kann bequem durch das Fenster über dem Haupteingang eindringen . . .«

»Versuchen Sie es nur!«

»Oh, ich weiß alles über die elektrischen Alarmglocken. Aber ich kann sie mit Hilfe eines Bohrers und eines Drahtes lahmlegen. Ich könnte in Ihrer Maske auftreten und Sie imitieren, so daß Ihr eigener Sohn getäuscht würde, aber alles das will ich nicht tun. Darin liegt keine große Kunst. Ich will das Geld nicht auf solche Art an mich bringen. Ich gebe zu, daß Sie sehr klug sind und daß es schwer ist, mit Ihnen fertig zu werden. Sie sind zu groß, ich kann nichts wirklich Gemeines an Ihnen entdecken.«

»Sie Schmeichler«, lächelte Mr. Match.

»Ich meine es tatsächlich so. Ich würde auch niemals den Versuch machen, Ihnen irgendwie einen vergrabenen Schatz zu verkaufen oder Sie damit zu bluffen, daß ich etwas aus Ihrem früheren Leben wüßte. Sie sind ein ehrlicher Schuft, der sein Geld von den notwendigen Bedürfnissen des Volkes zusammenscharrt. Vollständig offen und überlegt haben Sie Ihren Sohn vom Militärdienst befreit. Sie haben keine falschen Entschuldigungen angegeben und, soweit ich sehen kann, haben Sie nur eine schwache Stelle.«

Mr. Match sah ihn erstaunt an.

»Sagen Sie mir die nur, damit ich auf der Hut sein kann.«

»Sie vertrauen sich selbst zuviel – das ist Ihre Achillesferse.«

»Beweisen Sie es doch!«

»Das wird mir schon noch gelingen!«

Sie standen dicht vor Anthonys Hotel, und es war ein Uhr.

»Darf ich Sie zum Mittagessen einladen? Ich verspreche Ihnen, daß ich Sie weder betäuben noch hypnotisieren, noch sonst irgend etwas mit Ihnen anstellen will.«

»Schön«, erwiderte Mr. Match herzlich. »Wir wollen unsere kleine Angelegenheit weiter besprechen. Sie machen mir Spaß.«

Aber erst nach Tisch kam Mr. Match wieder auf die Sache zurück. Während des Essens unterhielt Anthony seinen Gast in der glänzendsten Weise, und Mr. Match mußte zugeben, daß er selten so angenehme Gesellschaft gehabt hatte.

»Sie sprachen vorhin von meinem Selbstvertrauen und daß ich dadurch zu Fall kommen könnte. Das interessiert mich sehr. Wollen Sie nicht so liebenswürdig sein, mir etwas Näheres darüber mitzuteilen?«

Mr. Newton zuckte die Schultern.

»Ich wollte damit nur ausdrücken, daß Sie alle Vorgänge des geschäftlichen Lebens beherrschen und sich zutrauen, darin niemals einen Fehler zu machen. Sie glauben zum Beispiel, jeder Lage gewachsen zu sein, die sich auf die Übereignung von Geld bezieht. Wenn ich Sie im Augenblick um einen Scheck über achttausend Pfund bitten würde, und sie würden mir den Scheck geben, so wären Sie doch vollkommen davon überzeugt, daß Sie unter allen Umständen verhindern könnten, daß dieses Geld einem wohltätigen Zweck zugeführt wird.«

Der Reeder dachte einen Augenblick nach.

»Ja, das kann ich wohl behaupten. Es mag sein, daß mein Selbstvertrauen zu groß ist, aber ich glaube es nicht. Ich könnte Ihnen den Scheck geben, ja, ich will Ihnen sogar den Scheck jetzt überreichen – einen über achttausend Pfund.«

»Sie glauben, daß Sie die Auszahlung verhindern können. Wahrscheinlich werden Sie darauf vermerken ›Zu sperren‹.«

Mr. Match nickte.

»Und außerdem werden Sie ihn erst mit dem morgigen Datum versehen.«

Mr. Match nickte wieder.

»Sie haben ein so großes Vertrauen darauf, daß Sie alle Vorschriften und Praktiken der Banken beherrschen, daß Sie sicher sind, keinen Pfennig zu verlieren.«

»Ganz richtig. Sie werden auf diese Weise nicht zu Ihrem Ziel kommen, mein Freund.«

»Nun, es soll gleich sein, ob ich meinen Zweck erreiche oder nicht«, sagte Anthony und bot dem anderen sein Zigarettenetui an. »Ich möchte Sie bitten, mir den Scheck zu geben, und ich verspreche Ihnen, daß ich Sie nie wieder belästigen werde, wenn ich die Summe nicht dem wohltätigen Zweck zuführe, für den ich sie bestimmt habe.«

Einen Augenblick sah ihn der Reeder an und nahm dann mit einer schnellen Handbewegung, die charakteristisch für ihn war, sein Scheckbuch heraus. Im nächsten Moment hatte er seinen Füllfederhalter in der Hand und schrieb. Anthony schaute über den Tisch und las, daß der Scheck für den nächsten Tag ausgestellt wurde. Unter den Betrag schrieb Mr. Match die Worte: ›Dieser Scheck ist gesperrt und kann nur ausgezahlt werden, nachdem der Aussteller persönlich seine Ermächtigung dazu gegeben hat.‹

Er zeichnete ihn mit einem selbstgefälligen Lächeln und reichte ihn dann Anthony, der erleichtert aufatmete.

»Ich danke Ihnen vielmals. Ich sehe, daß Sie ihn auf den Überbringer ausgeschrieben haben.«

»Der Überbringer wird manche Schwierigkeiten haben, das Geld zu bekommen«, meinte Mr. Match.

Der Reeder fuhr sofort zu seinem Büro zurück und rief seine Bank an.

»Sind Sie am Telefon, Gilbert? Hier ist Theodore Match. Ich habe soeben einen Scheck über achttausend Pfund ausgestellt, dem Überbringer zu zahlen – haben Sie mich verstanden? Notieren Sie bitte die Nummer des Schecks – es ist A. B. 714312 –, haben Sie es? Ich sperre die Auszahlung dieses Schecks; unter keinen Umständen darf die Summe abgehoben oder irgendwie zu meinen Lasten gebucht werden. Ich werde Ihnen dieses Telefongespräch noch schriftlich bestätigen.«

Theodore Match hatte ein großes Vergnügen daran, sich intellektuell zu betätigen. Er empfand volle Genugtuung darin, seine eigene Klugheit mit der Intelligenz von Leuten zu messen, die ihm in dieser Beziehung ebenbürtig oder beinahe ebenbürtig waren. Und er beurteilte seine Erfolge weniger nach dem Geld, das er dadurch verdiente, als nach der Befriedigung, die er darüber fühlte, seine Gegner mit geistigen Waffen geschlagen zu haben. Anthony mochte ihn mehr oder weniger durchschaut haben, bevor er nach Newcastle kam, aber jetzt hatte er ihn vollkommen erkannt.

Match interessierte sich nicht für die Geldsumme, um die es ging. Er liebte das Spiel um des Spieles willen, und es bereitete ihm Vergnügen, daß er jetzt gewappnet die Angriffe seines Gegners erwarten konnte.

Sein Detektiv brachte ihm am Nachmittag zwei Neuigkeiten: Bill Farrel war mit dem ersten Zug nach London abgereist, und Anthony hatte für zwei Tage das Schaufenster eines kleinen Konfektionsladens in der Hauptstraße gemietet. Die Auslagen waren bereits aus dem Schaufenster entfernt, um einer interessanten Ausstellung Platz zu machen. Aber weiter ereignete sich an diesem Nachmittag nichts. Anthony hatte zwar das Schaufenster gemietet, aber er stellte nichts darin aus. Erst am folgenden Nachmittag unternahm er etwas, und zwar gleichzeitig mit der Ausgabe der Tageszeitung.

Um halb drei erhielt Mr. Match ein Telegramm aus London.

»Herzlichste Glückwünsche und Dank für Ihre Hilfe.«

Es war mit Farrel unterschrieben.

»Wer, zum Teufel, ist Farrel?« Match runzelte die Stirn. Er war in Gedanken versunken, als sein Sohn Tom ins Büro trat.

»Aber Vater«, sagte er atemlos. »Du hast mir ja gar nichts davon verraten, daß du so etwas machen wolltest!«

»Was meinst du denn?« fragte Mr. Match.

»Daß du der Sammlung des Thronfolgers ein Legat zuwenden wolltest. Du sagtest doch, du würdest keinen Pfennig dafür geben!«

Mr. Match sprang auf.

»Wie hoch soll sich denn meine Schenkung belaufen?«

»Achttausend Pfund – es steht in den Zeitungen. Dieser Newton hat ein Schaufenster in der High Street gemietet, das ganz mit Aufforderungen gefüllt ist, die für die Sammlung des Thronfolgers werben. Und eine fotografische Vergrößerung deines Schecks ist in der Mitte ausgestellt.«

Mr. Match sank wieder in seinen Stuhl.

»Großer Gott! Was sagen denn die Zeitungen?«

Tom nahm das Blatt und las ihm vor.

»Wie wir hören, ist der Sammlung des Thronfolgers für die Handelsmarine eine Schenkung von achttausend Pfund zugegangen. Unser Mitbürger, Mr. Theodore Match, hat diese große Summe gestiftet. Ein Scheck über diesen Betrag wurde für diesen Zweck von ihm gezeichnet.«

»Um Himmels willen«, rief Mr. Match. »Mit dieser List hat er mich also gefangen! Er konnte das Geld nicht für sich selbst bekommen und hat es deshalb diesem wohltätigen Zweck zugeführt.«

»Hast du ihm denn einen Scheck gegeben?«

Mr. Match nickte.

»Aber ich habe ihn gesperrt. Der Kerl ist doch wirklich zu schlau.«

»Aber du wirst doch unter keinen Umständen den Scheck auszahlen lassen!« sagte Tom aufgeregt.

»Aber nun sei doch vernünftig«, entgegnete Mr. Match ruhig. »Es sind zwei ganz verschiedene Dinge, ob ich einen Scheck sperre, der für irgendeinen von Newtons niederträchtigen Plänen bestimmt ist, oder ob ich einen Scheck für einen großen nationalen Fonds sperre. Er hat mich eben einfach übertrumpft. Kannst du denn nicht begreifen, was daraus entsteht, wenn ich meine Schenkung widerrufe? Ich würde in allen Zeitungen von einem Ende des Landes bis zum anderen an den Pranger gestellt werden!«

Seufzend nahm er den Telefonhörer ab und nannte eine Nummer.

»Sind Sie dort, Gilbert? Ich habe doch gestern mit Ihnen über einen Scheck gesprochen – ja, den über achttausend Pfund. Die Sache ist nun in Ordnung, zahlen Sie ihn ruhig aus.«

Er klingelte und diktierte seiner Sekretärin die schriftliche Bestätigung.

Am Abend ging er schweigsam und nachdenklich nach Hause und beantwortete die Gratulationsbriefe einiger bevorzugter Freunde, die es wagen konnten, ihm in dieser Angelegenheit zu schreiben.

Als er am nächsten Morgen in sein Büro kam, wartete Mr. Gilbert schon auf ihn.

»Ihr Scheck wurde sehr schnell abgehoben«, sagte der Bankmann.

Mr. Match sah ihn erstaunt an.

»Kurz nachdem ich Ihre telefonische Zustimmung bekam, wurde er von der Newcastler Zweigstelle der London and Midland-Bank kassiert. Und heute morgen lese ich einen Widerruf Ihrer Schenkung in den Zeitungen.«

Mr. Match nahm das Blatt, ohne ein Wort zu sagen.

Wir müssen einen Irrtum berichtigen. Wir meldeten gestern, daß die wohltätige Schenkung von Mr. Match der Sammlung des Thronfolgers für die Handelsmarine zufließen sollte. Unser Versehen ist erklärlich, weil eine Abbildung des Schecks in einem Schaufenster in der High Street ausgestellt war, umgeben von einer Anzahl von Aufrufen für die Sammlung des Thronfolgers. Die Summe ist in Wirklichkeit für Mr. Anthony Newtons Altersheim für Seeleute bestimmt.

Mr. Match ließ die Zeitung sinken.

»Ich habe ihm den Scheck gegeben, ich habe den Scheck gesperrt«, sagte er laut zu sich selbst, »dann habe ich die Zahlung selbst angeordnet – genau wie er es vorausgesehen hat. Das war wirklich ein schlaues Stück. Er hat den Scheck genommen und ihn bei der Midlandbank eingezahlt. Er muß zu dem Zweck ein besonderes Konto dort errichtet haben. Dann hat er auf die listigste Weise die Geschichte in die Welt gesetzt, daß meine Schenkung für den Kronprinzenfonds bestimmt sei. Er wußte ganz genau, daß ich danach sofort die Sperre über den Scheck aufheben würde – der Mann ist tüchtig, Ja, ich habe mir wirklich selbst zu viel vertraut.«

Er nahm den Telefonhörer auf.

»Verbinden Sie mich mit dem Bahnhofshotel. Ist Mr. Anthony Newton noch dort?« fragte er nach einer Pause. »Bitte, verbinden Sie mich mit seinem Zimmer. Sind Sie dort, Newton?«

»Jawohl«, antwortete ihm Anthony mit Genugtuung.

»Wenn Ihnen Ihr jetziges Leben über ist, dann möchte ich Ihnen eine Teilhaberschaft in meiner Firma anbieten.«

»Nicht um alles in der Welt! Auf diese Weise werden Sie Ihr Geld nie zurückbekommen!«

Lachend hängte Mr. Match den Hörer wieder ein.

5. KAPITEL

Die Dame in Grau

Während der aufregenden Kriegstage hatte Anthony Newton Sybil Martin kennengelernt. Er nannte sie immer »die Dame in Grau« und fürchtete sich eigentlich ein wenig vor ihr, obwohl sie weder hochfahrend war noch Furcht einflößte; im Gegenteil, sie war eine reizvolle, anziehende Erscheinung.

Sie war die Tochter eines verarmten Adeligen mit allen Eigenschaften einer großen Dame.

Jim Martin war der Oberst Anthonys, ein schneidiger Offizier aus guter Familie. Anthony war immer etwas verlegen, wenn er Leuten von Martins Rang gegenübertrat, denn er wußte niemals, ob sie arm oder reich waren. Allem Anschein nach schienen sie dazu geboren, in großen schönen Häusern zu wohnen und das Vorrecht zu besitzen, sich auf großen Landgütern aufzuhalten. Er konnte sich gut vorstellen, wie sie mit wertvollen Flinten unter dem Arm auf die Jagd gingen, um unter besonderen Kosten gezogene Rebhühner und Fasanen zu schießen. Sie verkehrten mit den anderen großen Familien des Landes und genossen überall das Recht, zu jagen und zu fischen. Untereinander nannten sie sich nur beim Vornamen und bildeten eine Gesellschaft für sich. Anthony sprach und dachte von ihnen nur als von der eigentlichen Gesellschaft. Und Jim Martin gehörte zu ihr. Er brach bei der Erstürmung der Höhen von Vimy zusammen, und Anthony trug ihn zu dem Verbandsplatz zurück.

»Tun Sie für meine Frau, was Sie können.« Mit diesen Worten starb er.

Bei der ersten Gelegenheit suchte Anthony sie in ihrem kleinen Haus in der Curzon Street auf. Sie war ihm gegenüber kühl und zurückhaltend, so daß er aus der Fassung gebracht wurde. Er war sonst nicht verlegen, aber als er kaum zehn Minuten mit ihr gesprochen hatte, wußte er schließlich nicht, was er noch sagen sollte. Er hatte sich erkundigt, ob er irgend etwas für sie tun könnte, und sie hatte alles liebenswürdig, aber bestimmt abgelehnt. Sie dankte ihm für seinen Besuch, lud ihn zum Essen ein und unterhielt sich mit ihm über Luftangriffe und über ein neues Kriegsbuch, das augenblicklich in aller Munde war.

Anthony war froh, als er sich wieder von ihr verabschieden konnte.

Seit jener Zeit hatte er sie dreimal gesehen. Einmal in den schlimmsten Tagen, als er kein Geld hatte. Er war durch den Hyde Park gegangen, und sie fuhr in einem wunderschönen Wagen an ihm vorüber. Er nahm seinen Hut vor ihr ab, aber sie schaute an ihm vorbei. Sie hatte ihn wohl nicht erkannt. Sie trug wie gewöhnlich ein Kleid von jenem hellen Silbergrau, das ihr so gut stand.

Das zweitemal traf er sie, nachdem er das Abenteuer mit den Kautionsschwindlern hinter sich hatte. Sie stand in der Eingangshalle eines Theaters und wartete auf jemand. Diesmal erwiderte sie freundlich seinen Gruß, als er sich verneigte, und ging auf ihn zu.

»Ich habe die dunkle Erinnerung, daß ich Sie vor einigen Monaten im Hyde Park traf, Mr. Newton. Ich war damals so in Gedanken versunken, daß ich Sie leider erst bemerkte, als Sie schon an mir vorübergegangen waren. Würden Sie mich nicht wieder einmal besuchen?«

»Es wird mir ein Vergnügen sein«, entgegnete Anthony aufrichtig. Er war über ihre finanziellen Verhältnisse nun beruhigt. Aber er hatte sich schon manchmal überlegt, was sie wohl tun würde, wenn sie nicht über so viel Geld verfügte.

Er bereitete gerade damals wieder einen Schlag vor und war sehr unangenehm berührt, ja beinahe konsterniert, als er sein Opfer auf die Dame zueilen sah, die er gerade verlassen hatte.

»Donnerwetter«, sagte Anthony zu sich selbst.

Dieser dicke, kleine Herr mit dem kahlen Kopf, der sich jetzt an die königliche Erscheinung in Grau heranmachte, war seit einiger Zeit Gegenstand von Anthonys Nachforschungen. Er hatte ihn von vielen Seiten aus studiert.

Mr. Jepburns Name endete vor seiner Auswanderung aus Polen auf irgendein »ski« oder »witsch«, aber auf dem Kai in Dover hatte er auf einer Kiste den Namen Jepburn gelesen, und als er als Passagier dritter Klasse Ende der neunziger Jahre landete, betrat er unter diesem Namen seine neue Heimat, mit zwanzig Rubel in der Tasche und einer großen Abneigung gegen sein altes Vaterland im Herzen.

Damals konnte man seinen Namen leichter ändern als seinen Anzug wechseln. Im Laufe der Zeit wurde Mr. Jepburn wohlhabend, ja sogar reich, und hatte viele interessante Methoden, Geld zu verdienen.

Den ersten Erfolg brachte ihm die Führung eines Klubs im Osten der Stadt, in dem Leute aus allen möglichen Ländern verkehrten. Zur Zeit des Burenkrieges vergrößerte sich sein Vermögen plötzlich infolge vorteilhaft abgeschlossener Regierungsverträge über Lieferung von Kavalleriesätteln. Und dann gründete er das Unternehmen, das in späteren Jahren als der »Jepburn Circle« bekannt war. In den verschiedenen Teilen des Westens kaufte oder mietete er Häuser, möbliert oder unmöbliert, die er dann der Fürsorge vertrauenswürdiger Landsleute, Männern oder Frauen, übergab. Er verstand es, einige mittellose Mitglieder des Adels anzustellen, die als Gastgeber und Agenten fungierten. In erstaunlich kurzer Zeit hatte er auf diese Weise sieben Spielhöllen in vollen Schwung gebracht.

Jepburns Name war jedoch damit nicht verknüpft. Wenn man zu Mrs. Keluer Buizans belgischen Tanztees und Tanzabenden ging, konnte niemand vermuten, daß der Dame nicht ein Stück der schönen Einrichtung gehörte und daß sie weder die Eigentümerin noch die Mieterin des Hauses war, in dem sie lebte. Alle ihre Ausgaben zuzüglich eintausend Pfund Gehalt im Jahr wurden von dem kleinen, untersetzten, kahlen Mann bezahlt, der in einer bescheidenen Wohnung in Bloomsbury hauste.

Die Leute kamen zum Tanz und blieben dann noch zum Spiel. Es wurde gewöhnlich Trente-et-quarante gespielt. Die Croupiers stellte Mr. Jepburn persönlich an, und die Einnahmen aus dem Spiel flossen auch in seine Tasche. Es wurde sehr viel verdient, denn seine Croupiers wurden besser bezahlt als die adeligen Herren und Damen, die nach außen hin die Gastgeber waren. Der Spielleiter, der die Karten mischte, war so geschickt, daß er durch besondere Manipulationen nach Belieben eine rote oder eine schwarze Karte zum Vorschein bringen konnte. Natürlich gewann immer diejenige Farbe, auf die am wenigsten gesetzt war.

Trotz seiner ungeheuren Ausgaben verdiente Mr. Jepburn jährlich doch zwanzigtausend Pfund an jedem der sieben Häuser. Die Angelegenheit war der Polizei sehr unangenehm, denn die Leute, denen angeblich die Häuser gehörten und die als Gastgeber auftraten, hatten sehr bekannte Namen. Allem Anschein nach war das Spiel absolut fair, und in England ist das Gesetz sehr nachsichtig und rücksichtsvoll, wenn es sich um die Rechte der Persönlichkeit handelt, besonders, wenn es sich dabei um die eigenen Wohnungen und Häuser dieser Leute handelt.

Anthony erwähnte den Namen Mr. Jepburns gelegentlich, als er seinen versprochenen Besuch bei Sybil Martin machte.

»Jepburn?« fragte die Dame leichthin. »Ja, ich kenne ihn oberflächlich. Er ist ganz interessant und verkehrt in den besten Kreisen. Ich vermute, es befremdete Sie, daß er mich ins Theater begleitete?«

Anthony lächelte.

»Solche Gedanken kommen mir nie«, log er. »Sind Sie denn mit ihm befreundet?«

»Nein!«

Die Antwort kam so entschieden und heftig, daß es ihm auffallen mußte. Aber sie nahm sich sofort wieder zusammen und sprach in ihrer alten Art weiter.

»Ach nein! Eigentlich wollte damals eine größere Gesellschaft ins Theater gehen. Lady Mambury hatte mich eingeladen. Da aber drei Teilnehmer plötzlich erkrankten, darunter auch Lady Mambury, blieben nur wir beide übrig. Es war allerdings etwas unangenehm für mich.«

Er fühlte sich durch ihre Antwort beruhigt, was sie auch sofort bemerkte. »Sie scheinen ihn nicht gern zu haben?«

»Mir ist er gleichgültig. Ich kann weder sagen, daß ich ihn gern habe, noch daß er mir unangenehm ist«, sagte er diplomatisch. »Aber er hat einen gewissen Ruf.«

»Welchen Ruf?« fragte sie.

Anthony war in einer unangenehmen Lage, denn er wünschte

durchaus nicht, daß Mr. Jepburn aus zweiter Hand erfahren sollte, daß man ihn verdächtigte.

»Nun ja ... man hört so allerhand. Hat er denn nicht irgendwie mit Spielklubs zu tun?«

Sie schwieg einen Augenblick.

»Ist das ... Tatsache? Ich meine, glaubt man allgemein, daß er ... derartige Einnahmequellen hat?«

»Ich möchte nicht gerade sagen, daß man es allgemein glaubt. Aber das ist der Eindruck, den ich von ihm habe.«

Wieder entstand eine Pause.

»Das ist aber doch schrecklich. Kennt Sie Mr. Jepburn?«

Anthony erzählte ihr, daß Mr. Jepburn nicht zu seinen Bekannten gehöre. Er hätte sich dazu gratulieren mögen, denn es war für sein Glück und Wohlbefinden notwendig, daß Mr. Jepburn nichts von ihm wußte.

Nach drei Tagen machte aber Anthony Newton doch seine Bekanntschaft. Jepburn speiste gewöhnlich in einem bekannten Restaurant zu Abend, wo ein Tisch für ihn reserviert war.

Anthony Newton setzte sich an diesem Abend auch dorthin. Er schien schon ein wenig angeheitert zu sein, und da er sich hartnäckig weigerte, von dem reservierten Tisch aufzustehen und allem Anschein nach willens war, eine Szene zu machen, winkte Mr. Jepburn dem Kellner, ihn sitzen zu lassen.

»Sie scheinen ja ein sehr entschiedener junger Mann zu sein«, sagte Mr. Jepburn und sah Anthony über seine goldene Brille hinweg freundlich an.

»Darauf können Sie sich verlassen«, entgegnete Anthony mit einem etwas schrillen Akzent, den er sonst nicht hatte.

»Sehen Sie, ich bin ein Demokrat! Ich bin ein Feind aller Reservate! In meinem Vaterland sind alle Menschen gleich – haben Sie das begriffen?«

»Dann sind Sie wohl Amerikaner?«

»Sicher bin ich das, und ich will froh sein, wenn ich wieder zu Hause bin, denn dies ist doch das langweiligste kleine Dorf, das ich jemals gesehen habe. Es ist hier ebenso interessant wie in der Prärie. Sie haben doch sicherlich das Buch über die Gophir-Prärien gelesen?«

Mr. Jepburn hatte mit Ausnahme seines Passes überhaupt noch kein Buch gelesen.

»Man kann in diesem Nest ja nicht einmal ausgehen«, beklagte sich Anthony. »Nächste Woche gehe ich nach Paris, vielleicht kann man sich dort besser amüsieren.«

Mr. Jepburn war plötzlich interessiert.

»Das hängt ganz davon ab, was Sie beanspruchen. Die einen Leute amüsieren sich auf diese, die anderen auf jene Weise. Hier in London können Sie alles haben, wenn Sie dafür zahlen. Aber vielleicht haben Sie nicht genügend Geld, mein Freund!«

Anthony war entrüstet.

»Was sagen Sie da? Ich könnte nicht zahlen? Schauen Sie einmal her.« Er zog ein Paket Banknoten aus der Tasche, die Mr. Jepburn neugierig betrachtete. »Nein, mein Herr, diese Stadt ist ein totes Nest. Ich habe neulich versucht, einige Fremde in meinem Hotel für ein Spielchen zu interessieren, aber sie dachten, ich wäre ein Räuber oder Wegelagerer, als ich zwanzig Pfund setzen wollte. Können Sie sich so etwas Langweiliges vorstellen?«

Mr. Jepburn sah sich im Raum um. Plötzlich entdeckte er einen seiner Leute und gab ihm ein Zeichen, näher zu treten.

»Darf ich Ihnen meinen Freund, Mr. . . .?«

»Swashbuck, Arthur R. Swashbuck von Kansas City«, sagte Anthony.

»Mein guter Bekannter – Mr. Smith«, stellte Mr. Jepburn den anderen vor. »Er kann Ihnen einmal die Stadt zeigen. Hier gibt es doch viel mehr zu sehen, als Sie denken.« Er warf Smith einen bedeutsamen Blick zu, und dieser erklärte, daß es noch viele Orte gäbe, die man gesehen haben müsse.

»Ich will jetzt gehen und die beiden jungen Herren allein miteinander lassen«, sagte Mr. Jepburn und verabschiedete sich. »Vielleicht kommen Sie in den nächsten Tagen auch hierher – setzen Sie sich dann bitte ruhig an meinen Tisch, wenn es Ihnen beliebt.«

»Darauf können Sie sich verlassen«, entgegnete Anthony.

Mr. Smith war ein distinguiert aussehender, junger Mann von tadelloser Erscheinung und Kleidung.

»Wer war denn eigentlich der Kerl?« fragte Anthony und sah hinter Jepburn her, der dem Ausgang zuschritt.

»Ach, das ist ein netter, alter Herr, den ich schon verschiedentlich getroffen habe. Er ist wirklich sehr liebenswürdig«, sagte Smith nachlässig. »Wie lange wollen Sie denn noch in London bleiben, Mr. Swashbuck?«

»Das hängt ganz davon ab, was London mir bieten kann. Bis jetzt ist es eine recht langweilige Stadt für mich.«

»Nun, wenn Sie heute abend mit mir ausgegangen sind, werden Sie anders darüber denken.« Und er führte sein Opfer zur Schlachtbank.

Mr. Smith schien eine Persönlichkeit von gesellschaftlicher Bedeutung zu sein. Er hatte einen kleinen, aber schönen und eleganten Wagen. Sein Chauffeur trug eine dezente, aber sehr solide Uniform.

»Es gibt hier in der Stadt viele Plätze, die im allgemeinen nicht bekannt sind«, sagte Mr. Smith, als sie durch die hellerleuchteten Straßen fuhren. »Ein Mann, der hier nicht Bescheid weiß, könnte jahraus, jahrein suchen und würde sie doch nicht finden. Ich bringe Sie jetzt zu dem Haus meines Freundes, Mr. Wetbury Vach.«

»Das ist ja sehr liebenswürdig von Ihnen«, entgegnete Anthony bedeutend höflicher.

»Oh, das hat nichts zu sagen. Ich habe schon so viele Freundschaftsdienste von Amerikanern erfahren, daß es mir ein großes Vergnügen ist, mich dafür dankbar zu erweisen.«

Bald darauf hielt der Wagen vor einem stattlichen Gebäude in Cadogan Gardens. Offenbar wurde getanzt, denn in den großen Gesellschaftsräumen im Erdgeschoß bewegte sich eine Gesellschaft vornehm gekleideter Damen und junger und älterer Herren. Später ging Mr. Smith auch mit Anthony in einen Salon im ersten Geschoß, in dem sich weniger Menschen aufhielten.

»Man hat hier ein kleines Spielchen aufgelegt«, sagte Mr. Smith gleichgültig. »Kennen sie Trente-et-quarante? Es ist ganz interessant zuzusehen, aber ich würde Ihnen nicht raten zu spielen, obgleich in ganz London nirgends fairer gespielt wird als hier.«

In diesem Hause wurde am niedrigsten gesetzt. Mr. Jepburns Unternehmungen waren je nach den Vermögensverhältnissen seiner Opfer abgestuft.

»Ja, die Einsätze sind hier nicht sehr hoch«, sagte Mr. Smith beinahe entschuldigend. »Aber kommen Sie mit, ich werde Sie noch zu einem anderen Platz führen.«

Als sie wieder im Wagen saßen, erklärte Mr. Smith, daß er mit Mr. und Mrs. Cresslewaite befreundet sei, deren Haus in einer Straße in der Nähe des Berkeley Square lag. Als sie dort ankamen, öffnete ihnen ein Diener, und wieder sah Anthony, daß getanzt wurde. Aber im oberen Geschoß saßen ungefähr fünfzig Damen und Herren um einen großen, grünen Tisch, und hier war das Spiel schon aufregender.

»Man spielt auch hier Trente-et-quarante. Die Einsätze sind mit fünfzig Pfund begrenzt.«

Um drei Uhr morgens verabschiedete sich Anthony von seinem neuen Freund. Er war um hundert Pfund ärmer, aber die Erfahrungen, die er gesammelt hatte, waren ihm mehr wert als diese Summe. Er hatte im ganzen vier von Mr. Jepburns Häusern kennengelernt.

Anthony Newtons kleines Büro in der City diente weniger dem Geschäft; es war mehr ein Zufluchtsort für verarmte frühere Infanterieoffiziere. Denn nachdem Anthony einen gewissen Erfolg hatte, wurde den Besuchern Whisky-Soda angeboten. Hier versammelten sie sich und rauchten, bis die Luft dick und blau war. Sie sprachen weniger von alten Kriegserinnerungen als von ihrem harten Kampf ums Dasein.

Anthony kam am Montagmorgen nach seinem Ausflug in sein Büro und fand schon fünf prächtige, junge Leute dort, die sich den Wind auf den granatendurchfurchten Feldern Frankreichs um die Nase hatten wehen lassen, deren Ruhm und Ansehen jetzt aber etwas gelitten hatte.

»Anthony«, sagte Bill Farrel, »es ist auch nicht der Hauch einer blassen Hoffnung für uns alte Soldaten vorhanden. Frieden ist nun einmal die Hölle!«

Anthony blickte auf die nun schon reichlich abgetragenen Anzüge, in denen seine Kameraden vom Militär entlassen worden waren. Erinnerungen an jene heiteren und schönen Tage wachten in ihm auf, als jüngere Offiziere mit hundert Pfund in der Tasche so häufig waren wie Brombeeren im September. Er lachte bitter.

»Ich freue mich, daß ich euch heute morgen alle hier sehe. Wenn ihr nicht gekommen wäret, hätte ich den meisten von euch geschrieben.«

»Was hast du denn wieder vor, Anthony?« fragte Bill Farrel.

»Einen kleinen Raubzug«, entgegnete dieser gelassen.

Bill seufzte.

»Ich bin jetzt an dem Punkt angekommen«, erklärte er, »daß ich mir aus meinen alten Strümpfen schwarze Masken schneide und meine Pistole wieder hervorsuche und sie gebrauchsfertig mache.«

Die anderen stimmten ihm bei.

»Niemand erwartet irgendeine bevorzugte Behandlung, weil er im Krieg war«, fuhr Farrel fort. »Wir wollen nur haben, daß unser Militärdienst in Frankreich während des Krieges nicht als ein Tadel oder ein Hindernis beim Fortkommen angesehen wird. Ich habe schon immer in der letzten Zeit darüber nachgedacht, daß es eigentlich das beste wäre, wenn ich einmal der Bank in der Nähe meiner Wohnung einen kleinen Besuch machte.«

»Den Plan kannst du dir ruhig aus dem Kopf schlagen«, erwiderte Anthony sofort. »Hört einmal zu. Ich habe euch eine neue Weltanschauung vorzutragen. Seht ihr denn nicht, daß der ganze überflüssige Reichtum der Welt in den Händen zweier Klassen ist – der Anständigen und der Unanständigen, der Ehrenwerten und der Diebe? Und da nun auch eine große Anzahl von Dieben herumläuft, die sich dieser Reichtümer bemächtigen wollen, hat es gar keinen Zweck, daß ihr euch den Kopf damit zerbrecht, in ein Postamt oder eine Bank einzubrechen. Das Problem liegt vielmehr darin: Man muß einen Mann auffinden, der auf unrechte Weise zu seinem großen Vermögen gekommen ist. Hat der Kerl einen Mord auf dem Gewissen, um so besser. Wir Soldaten von hohem Verdienst und Wert befinden uns noch immer im Kriege mit Leuten, die ihr Geld auf unehrliche, gemeine Weise verdient haben und die gegen die Gesetze des Anstandes und der Ehre verstoßen!«

»Da hast du recht, Anthony!« rief Bob. »Aber gegen wen richtet sich denn unser nächster Plan?«

»Ihr könnt den Kerl täglich von sieben bis acht in Paronis Restaurant sehen. Er ist ein Blutsauger, ein Erpresser, ein gemeiner Schuft ohne Vaterland, einer, der die früheren Soldaten um ihren letzten Pfennig geprellt hat, ein männlicher Vampir!«

Er sah sich in dem Raum um. Alle schauten ihn erwartungsvoll und begierig an.

»Jungens«, sagte er feierlich, »meine verschiedenen Namen sind Ali Baba, Chu-chin-chao und Robin Hood, und ich werde eine Räuberbande zusammenstellen, aber nur für einen einzigen Anschlag. Unsere ruhmreiche Fahrt mag uns schließlich auch ins Gefängnis von Wandsworth bringen, aber das glaube ich nicht. Die Sympathien der Allgemeinheit werden auf eurer Seite sein, wenn man euch faßt, obwohl das wahrscheinlich nicht ausreichen würde, um euch vor Gefängnisstrafen zu schützen. Ich frage euch nun, wollt ihr mitmachen?«

Das Hurrageschrei, das sich jetzt erhob, störte die alten Rechtsanwälte, die in den Büros unter ihnen arbeiteten.

»Gehen Sie ruhig wieder hinunter und sagen Sie Ihren Chefs«, erklärte Anthony dem Angestellten, der heraufkam, um sich diesen Lärm zu verbitten, »daß es uns sehr leid tut, daß wir ihnen solche Unannehmlichkeiten bereitet haben. Aber wenn die Sache zum Schlimmsten kommt, werden wir ihnen auch unsere Verteidigung vor Gericht übertragen!«

Der bestürzte Büroschreiber brachte die Botschaft nach unten, aber seine Chefs konnten mit dem besten Willen nicht aus seinen Worten klarwerden. –

Am folgenden Mittwoch abend, als die Straßen schon ganz verlassen dalagen, hielt ein großes Auto vor dem Haus Nr. 903 Cadogan Gardens. Es war ein alter Wagen, der einen dementsprechenden Lärm beim Fahren machte. Der arme Wagen war allerdings auch dazu berechtigt, denn er war stark überlastet. Acht Mann stiegen aus, und im günstigsten Fall war er für fünf Personen bestimmt.

Anthony klopfte an die Tür. Der livrierte Diener öffnete, aber bevor er irgendwie um Hilfe rufen oder die Klingel an dem Holzpaneel erreichen konnte, hatte sich Bill Farrel auf ihn geworfen und ihm mit der Hand den Mund verschlossen.

Einer der acht nahm seinen Posten an der Tür ein, die zum Salon führte, wo getanzt wurde. Die übrigen eilten unter Anthonys Führung die Treppe zu dem Spielsalon hinauf.

»Ruhe!« rief Anthony mit einer achtunggebietenden Kommandostimme durch den Raum. »Ich erkläre Sie alle für verhaftet. Nehmen Sie den Mann, Sergeant!« Er zeigte auf den Croupier, der zusammenzuckte.

Gleich darauf erhob sich ein Stimmengewirr, ein Schrei wurde laut, als eine Dame ohnmächtig umfiel, aber das waren ja Zwischenfälle, die in solchen Situationen nicht zu vermeiden waren. Anthony zog einen großen Leinensack hervor und fegte das ganze Geld, das auf dem Platz des Croupiers lag, rasch hinein, während Bill Farrel die Diener in einen besonderen Raum führte und dort einschloß.

»Ich kenne alle Ihre Namen und Adressen«, sagte Anthony dann. »Ich werde Sie heute abend nicht verhaften, aber Sie bleiben hier in diesem Raum, bis mein Sergeant, der draußen Wache hält, Ihnen erlaubt, das Haus zu verlassen.«

Fünf Minuten später raste der Wagen zum Berkeley Square. Hier spielte sich derselbe Vorgang ab, nur leistete der Diener am Tor weniger Widerstand. Anthony eilte die Treppe hinauf, aber als er in den Spielsalon trat, blieb er erschrocken stehen.

Denn die beiden ersten Menschen, die er sah, waren Jepburn und die Dame in Grau. Sie sprang entsetzt auf, als sie die vielen Leute im Gang sah. Jepburn blickte sich verzweifelt um und erhob sich dann auch langsam.

»Was hat das zu bedeuten?« fragte er.

Aber Anthony antwortete ihm nicht, er starrte nur die Frau an.

»Die Polizei«, sagte sie atemlos.

Anthony kam wieder zu sich.

»Alle Spieler stellen sich der Wand entlang auf!« befahl er. Mit drei Schritten war er an der Seite des Croupiers und warf wieder den großen Haufen Banknoten und Geld in seinen offenen Sack. Gleich darauf trat er zu Mrs. Martin.

»Ich muß mit Ihnen sprechen«, sagte er ruhig.

Er ging mit ihr auf das einsame Treppenpodest hinaus.

»Was machen Sie hier?«

»Ich bin – ich bin die neue Hausherrin«, stammelte sie.

»Was, die neue Dame des Hauses?« fragte Anthony, der seinen Ohren nicht trauen wollte. »Was meinen Sie damit?«

»Ich bin in der Schuld Mr. Jepburns. Er hat von mir Schuldscheine im Wert von dreitausend Pfund«, erklärte sie, vermied es aber, ihm in die Augen zu sehen.

»Aber ich dachte doch . . .«

»Sie dachten, ich wäre wohlhabend«, entgegnete sie bitter. »Aber Sie sehen, ich bin es nicht. Der arme Jim hat mir nur wenig Geld hinterlassen, das ich längst verbraucht habe.«

»Auf diese Art und Weise?« Er zeigte düster nach dem Spielsalon, und sie nickte. »Warten Sie.«

Anthony ging zu Jepburn zurück, der drinnen in merkwürdig erregter, halb französischer und halb englischer Sprache auf den unerschütterlichen Farrel einsprach. Als Anthony zu ihm trat, sah er ihn haßerfüllt an. »Sie waren also der Polizeibeamte? Das war sehr gerissen! Wenn ich das nur geahnt hätte!«

»Halten Sie den Mund!« rief Anthony. »Sie haben Schuldscheine von Mrs. Martin – wo sind sie?«

Jepburn kniff die Augenlider zusammen.

»Was wollen Sie damit machen?«

»Sie haben die Wahl, Jepburn. Entweder verhafte ich Sie und lasse Sie in Ihr Heimatland deportieren, oder ich ziehe meine Leute zurück und lasse von der ganzen Sache unter der Bedingung nichts verlauten, daß Sie mir die Schuldscheine von Mrs. Martin aushändigen.«

Mr. Jepburn dachte einen Augenblick nach.

»Gut, Sie sollen sie haben, wenn Sie mich nach Hause begleiten. Aber was wird aus dem Geld, das Sie genommen haben?«

»Das wird einem wohltätigen Zweck zugeführt«, erwiderte Anthony gewandt, »und zwar der Unterstützungskasse für frühere Offiziere.«

6. KAPITEL

Anthony als Buchmacher

»Die menschliche Natur«, erklärte Anthony Newton, »wird von zwei bösen Fehlern beherrscht – von Leichtgläubigkeit und Dummheit. Man sagt, daß jede Minute ein Narr geboren wird – und das stimmt auch. Aber es dauert sehr lange, bis er aufgewachsen ist, und wahrscheinlich hat ihm schon jemand das Fell über die Ohren gezogen, bevor du ihm begegnest.«

»Das hast du gesagt wie ein alter, herzloser Verbrecher«, erwiderte Bill Farrel lässig. Sie saßen gerade bei einem opulenten Abendessen im Empress-Hotel.

»Ich mache diese Bemerkung nur, weil ich gerade von einer Unterredung mit dem liebenswürdigen Polizeiinspektor Parrit von Scotland Yard komme. Der Polizei ist eine merkwürdige Heldentat berichtet worden, die von Leuten ausgeführt wurde, die anscheinend wenig Respekt vor dem Gesetz haben. Mit anderen Worten, man erzählt sich in den offiziellen Kreisen des Polizeipräsidiums, daß eine inoffizielle Polizeitruppe in zwei Spielhäusern eine Razzia abhielt und dabei achthundert Pfund erbeutete. Außerdem haben die Leute Mr. Jepburn, den vornehmen Eigentümer, noch um gewisse Kunstgegenstände bestohlen, die ihr Gefallen erregten, als sie ihn in seiner Wohnung besuchten.«

»Ich habe doch aber nicht die goldene Schnupftabaksdose genommen«, rief Bill Farrel.

»Das habe ich getan«, sagte Anthony seelenruhig. »Ich habe eine gewisse Vorliebe für kleine goldene Dosen, die mit Rubinen besetzt sind. Nebenbei bemerkt, soll sie auch noch ein gewisses historisches Interesse haben. Ich glaube, sie stammt von einem der Zaren. Es war ein Geschenk Friedrichs des Großen an einen Vorfahren Mr. Jepburns. Ich will damit nicht behaupten, daß dieser Jepburn überhaupt einen Vorfahren hatte, den zu erwähnen sich lohnte. Aber es ist eine Schwäche reicher Leute, sich zu ihren Lebzeiten eine ganze Reihe von Ahnen zuzulegen.«

»Was hat denn die Polizei gesagt?« fragte Farrel interessiert.

»Man weiß ganz genau, daß ich für die Sache verantwortlich bin«, erwiderte Anthony kühl. »Und man hat mich davon verständigt, daß man nicht hoffe, daß ich noch einmal die Polizei nachahme. Ich habe gefragt, ob die Leute, die in die Spielhöllen eindrangen, sich denn selbst als Polizei bezeichnet hätten, und man mußte zugeben, daß das nicht der Fall war. Nur das schlechte Gewissen der Damen und Herren, die Mr. Jepburns Spielhöllen besuchten, führte zu der Annahme, daß die acht wetterharten, gut aussehenden früheren Infanterieoffiziere, die so bestimmt auftraten und das Spiel so rauh unterbrachen, von Scotland Yard kommen müßten.« Er lachte laut.

»Die Sache ist aber weniger zum Lachen«, sagte Bill Farrel ernst. »Ich bin fest davon überzeugt, daß der wahnsinnige Grieche, der dich neulich auf der Straße anfiel, von Jepburn gedungen war.«

»Das steht fest. Ich war heute morgen bei Mr. Jepburn und habe ihm mitgeteilt, daß ich ihn mit meinen Freunden wieder in seiner Wohnung besuchen würde, wenn noch einmal ein verrückter Ausländer versuchen sollte, mir auf offener Straße ein Messer zwischen die Rippen zu jagen. Ich habe ihm versprochen, ihn ans Bett zu binden und seine Fußsohlen so lange mit Federn zu kitzeln, bis er verrückt würde.«

Farrel sah ihn atemlos an.

»Das ist aber eine schreckliche Drohung!«

»Anders kann man mit solchen Kreaturen nicht sprechen. Wie geht es denn unseren Kameraden?«

Bill grinste.

»Die freuen sich über ihre unrechtmäßig erworbenen Gelder je nach ihrer Veranlagung. Dinky Brown wird einen Hutladen in der Regent Street aufmachen, Tommy Barlow hat sich ein neues System ausgedacht, wodurch er beim Rennen verdienen will, Foreman, der frühere Oberst des 112. Regimentes, hat sich eine kleine Farm gekauft.«

Anthony nickte.

»Und was hast du selbst mit deinem Geld angefangen?« fragte Bill.

»Ich habe meinen Anteil angelegt. Es reichte gerade dazu.«

»Wo hast du ihn denn angelegt?«

Anthony faßte in seine Westentasche und zog einen Zeitungsausschnitt hervor. Bill nahm ihn und las.

Stiller Teilhaber gesucht mit etwa tausend Pfund Einlage. Große Verdienste. Kein Risiko. Anfragen unter Box 943 Megaphone.

»Der Herr heißt Yarrow«, erklärte Anthony. Dabei blies er den Rauch seiner Zigarre zur Decke empor. »Er betreibt das Geschäft eines Buchmachers.«

»Eines Buchmachers?« fragte Bill ungläubig.

Anthony bejahte.

»Er hat eine etwas bewegte Vergangenheit und hat früher schon andere Teilhaber gehabt, die sich mit tausend Pfund an seinem Geschäft beteiligten. Aber diesmal bekommt er keinen stillen Teilhaber.«

»Welchen Zweck hat es denn, tausend Pfund in dem Geschäft eines obskuren Buchmachers anzulegen? Wahrscheinlich wird der Mann auch nicht genügend Kunden haben?«

»Yarrows Vater hat einen großen Namen an der Börse. Er hat sehr viel Geld, aber er ist ein schlechter Mensch, geradezu ein Verbrecher. Er ist genauso ein Schwindler und Schuft wie sein Sohn. Aber vergiß das eine nicht, Bill, Yarrow senior ist ein vermögender Mann.«

»Ich fürchte, du wirst dabei zu Schaden kommen«, warnte ihn Bill.

Aber Anthony lächelte nur.

Am nächsten Morgen ging er zu Silvester Yarrow, der zwei Geschäftsräume im dritten Stockwerk eines Hauses in der Nähe von Piccadilly unterhielt. Die Büros waren sehr hübsch möbliert, auch Schreibmaschine und Telefon waren zu sehen.

Mr. Yarrow selbst war ein geschniegelter, tadellos gekleideter junger Mann, der sich viel Pomade in die Haare gestrichen hatte, so daß sie glänzten. Als er in das Büro trat, brachte er ein feines Parfüm mit sich, irgendeinen exotischen Duft, den er besonders bevorzugte. Er reichte Anthony eine weiße, wohlmanikürte Hand.

»Guten Morgen, Mr. Newton«, sagte er lächelnd. »Wollen Sie bitte näher treten.«

Anthony folgte ihm in den inneren Raum, den man eigentlich nach seiner Einrichtung eher für ein Boudoir als für ein Büro hätte halten können. Mr. Yarrow liebte schöne Dinge, Gemälde von Kunstwert, dicke Teppiche, dickes Briefpapier und purpurroten Siegellack.

Er war geschmeidig, sah etwas melancholisch aus, hatte glänzende, dunkle Augen und sprach sehr liebenswürdig mit einer weichen, fast frauenhaften Stimme.

»Ich halte mir weder einen Sekretär noch eine Sekretärin. Man kann solchen Leuten niemals trauen«, erklärte er. »Nun, Mr. Newton, Sie haben ja meinen Vorschlag gelesen. Sind Sie entschlossen, in mein Geschäft einzutreten?«

»Ja, das ist meine Absicht. Nur ...«

Mr. Yarrow sah ihn schnell von der Seite an.

»Nur möchte ich kein stiller Teilhaber sein, ich möchte aktiv in dem Geschäft tätig sein.«

Mr. Yarrow schaute zur Decke empor:

»Kennen Sie denn das Buchmachergeschäft? Das ist ein ganz schrecklicher Beruf, und ich schäme mich fast, daß ich selbst ihn ergriffen habe. Aber man muß schließlich leben.«

»Ich weiß von all diesen Dingen sehr wenig«, erwiderte Anthony. »Es ist mir nur bekannt, daß die Leute Ihnen telegrafieren und Geld auf Pferde setzen. Wenn sie gewinnen, dann haben Sie den Gewinn auszuzahlen, und wenn sie verlieren, dann müssen die Leute Ihnen zahlen.«

Mr. Yarrow lächelte glücklich.

»Ja, es ist ein verteufelt anziehendes Metier, das gebe ich zu. Verteufelt interessant. Nun gut, wenn Sie gern tätig mitarbeiten wollen und nichts dagegen haben, daß Sie draußen an dem Schreibtisch in dem anderen Raum Platz nehmen, dann soll es mich freuen, wenn Sie tätigen Anteil am Geschäft nehmen. Wie gesagt, ich habe keinen Sekretär, und Sie können ja das Telefon bedienen, die Telegramme öffnen und auf ein Formular alle Wetten eintragen.«

Es schien Anthony ein trostlos langweiliges Geschäft zu sein, denn den ganzen Nachmittag rief niemand an, und es kamen auch keine Telegramme.

»Es ist heute der erste Tag der Rennen von Newmarket«, erklärte Mr. Yarrow. »Da wettet niemand.« Er sah auf die Uhr. »Gehen Sie jetzt und trinken Sie eine Tasse Tee. Wenn Sie zurückkommen, werde ich gehen.«

Anthony ging auf den Vorschlag ein und blieb etwa eine Viertelstunde weg. Als er zurückkam, sah er, daß Mr. Yarrow ein verzweifeltes, ernstes Gesicht machte.

»Es ist inzwischen eine verflucht unangenehme Sache passiert«, sagte er. »Gerade nachdem Sie weggegangen waren, kam ein gewisser Bertie Feener ins Büro und setzte fünfzig Pfund auf ›Merriboy‹ – und der verrückte Gaul hat doch tatsächlich mit 6:1 gewonnen!«

»Das ist ja gut«, sagte Anthony.

Mr. Yarrow erhob sich und verließ das Büro.

Am nächsten Tag gab es mehr zu tun. Fremde Leute riefen an und wetteten, allerdings nur sehr geringe Beträge. Anthony schrieb alles genau auf und berichtete es seinem Partner, der bequem in seinem duftdurchtränkten Raum saß und nur damit beschäftigt war, seine Fingernägel zu polieren. Um vier Uhr ging Anthony wieder weg, um eine Tasse Tee zu trinken. Als er zurückkam, trat ihm Mr. Yarrow schon entgegen.

»Dieser Feener hat doch ein verteufeltes Glück! Gerade vorhin hat er wieder hundert Pfund auf ein Pferd gesetzt, das mit 4:1 durchs Ziel ging.«

»Das ist ja ein gutes Geschäft«, sagte Anthony. »Sie haben vermutlich öfters solche Glücksserien.«

»O ja«, sagte der andere anscheinend äußerst erleichtert, daß sein Partner die Sache so ruhig aufnahm, »Manchmal dreht sich auch die Sache, und wir haben dann auch ganze Serien von Gewinnen. Die Tausender rollen dann nur so ins Büro.«

Am nächsten Nachmittag ging Anthony nicht zum Tee.

»Es ist eigentlich zu teuer«, meinte er. »Außerdem möchte ich gern auch einmal mit Bertie Feener sprechen.«

Mr. Yarrow schien sich nicht recht wohl zu fühlen.

»Das ist ein verdammter Kerl! Ich wünschte, er würde einmal tausend Pfund auf einen falschen Gaul setzen, aber merkwürdigerweise passiert ihm so etwas nie.«

Offensichtlich wettete Bertie Feener an diesem Tag nicht, denn er ließ sich im Büro nicht sehen, und die paar Wetten, die am Telefon abgeschlossen wurden, brachten Gewinn für die Firma.

Der vierte Tag war ein Freitag. Um drei Uhr nachmittags läutete das Telefon. Yarrow eilte hin und nahm den Hörer ab. Anthony gab sich den Anschein, als ob er an seinem Schreibtisch eifrig beschäftigt sei, aber er horchte genau auf die einsilbigen Antworten, die der sonst so gesprächige und höfliche Mr. Yarrow gab. Plötzlich wurde Mr. Yarrow jedoch mitteilsamer.

»Jawohl, alter Freund«, sagte er. »Sicher. Wird gemacht. Zweihundert Pfund? Dreihundert? Gut!«

Der Schreibtelegraf an Anthonys Tisch begann zu schwirren – es war das Ergebnis der Rennen von zwei Uhr dreißig.

»Jawohl ..., ich nehme Ihre Wette an zu dreihundert Pfund – sicherlich.« Mr. Yarrow schaute zu Anthony hinüber und fragte leise: »Welches Pferd hat gewonnen?«

»›Black Emperor‹«, sagte Anthony.

Wieder verdüsterte sich das Gesicht seines Teilhabers.

»Ist das nicht einfach verflucht? Der Teufel hat den Kerl wieder gewinnen lassen!«

»Fragen Sie ihn doch, ob er nicht ein anderes Pferd gemeint hat als ›Black Emperor‹?«

Mr. Yarrow nickte.

»Sind Sie noch da, Bertie?« fragte er. »Welches Pferd war es doch, auf das Sie dreihundert Pfund gesetzt hatten? Der ›Black Emperor‹? Sind Sie dessen auch sicher? – Nun, Sie Glücklicher, das Pferd hat gewonnen!«

Er hing den Hörer an und kam ganz verzweifelt zu dem Telegrafen.

»Ist das nicht ärgerlich?« fragte er, aber seine Stimme klang nicht sehr betrübt. »Solch ein Pech kann auch nur ich haben! Ausgerechnet eine Minute, bevor das Resultat durchkommt, muß er noch auf das Pferd setzen!«

Mr. Yarrow sah auf den Papierstreifen und plötzlich änderte sich sein Gesichtsausdruck.

»Der ›Black Emperor‹ hat ja gar nicht gewonnen«, rief er. »Es war ja ›Rarebell‹!«

»Das ist mein Versehen«, erwiderte Anthony kühl.

Wenn man Mr. Yarrows Stimme hörte, hätte man meinen können, daß ihm der Gewinn von dreihundert Pfund leid tat.

»Das ist aber sehr nachlässig von Ihnen, alter Freund«, meinte er, und es fiel ihm schwer, seine alte Liebenswürdigkeit beizubehalten. »Ich habe Bertie erzählt, daß sein Gaul gewonnen hat. Möglicherweise werden wir den Kunden dadurch los.«

»Das würde mir unendlich leid tun.«

An diesem Abend sah Anthony Bill Farrel.

»Nun, wie geht das Geschäft?« fragte Bill.

»Großartig«, erwiderte Anthony begeistert. »Aber denke dir, Yarrow hat überhaupt keine Kunden. Er bucht nur zum Schein, wenn ich nicht im Büro bin. Die ganze Sache ist furchtbar einfach. Sobald ich nur den Rücken drehe, telefoniert ein gewisser Bertie Feener und setzt auf ein Pferd, das später todsicher gewinnt. Dadurch verliere ich dann einige hundert Pfund. Und wenn meine Einlage erschöpft ist, wird er sich ja einen anderen Teilhaber suchen.«

»Wer ist denn eigentlich Bertie Feener?«

»Es gibt überhaupt keinen Bertie Feener. Als Mr. Yarrow diese nette Unterhaltung darüber hatte, daß sein Freund auf den ›Black Emperor‹ setzte, habe ich genau gesehen, daß er mit seinem Finger den Haken herunterdrückte. Das eine Gespräch hatte er längst beendet.«

Am nächsten Nachmittag ging Anthony zu Yarrows größtem Erstaunen wieder zum Tee, obwohl es ein großer Renntag war. Aber bevor er das Büro verließ, stellte er noch eine wichtige Frage.

»Haben Sie eigentlich eine Begrenzung Ihrer Wettsummen mit Mr. Feener verabredet?«

»Nein«, entgegnete Mr. Yarrow lächelnd. »Das wäre nicht ratsam, wenn wir so tief in seiner Schuld stecken. Ich bin der Ansicht, man soll ihm nur genügend Spielraum lassen, dann wird er sich schon einmal selbst hereinlegen.«

Als Anthony zurückkehrte, hatte ihm Mr. Yarrow wieder

eine sehr traurige Geschichte zu erzählen. Er ging unter den Zeichen sichtlich größter Erregung im Büro auf und ab.

»Dieser verdammte, niederträchtige Kerl!« stöhnte er. »Ich wünschte, ich hätte mich niemals mit ihm eingelassen.«

»Was – ist es wieder mit Bertie Feener?« fragte Anthony unschuldig. »Was hat er denn schon wieder gemacht?«

»Hat der Mensch doch gerade wieder zweihundert gewettet und ist mit 4:1 herausgekommen. Kaum waren Sie die Treppe hinunter, als er anrief. Zuerst wollte ich seine Wette nicht annehmen, aber schließlich war ich doch wieder dumm genug und habe seine Buchung angenommen.«

»Dann haben wir also achthundert Pfund verloren?« fragte Anthony nachdenklich.

Mr. Yarrow nickte.

»Sie haben verdammt wenig Glück, mein Junge. So etwas ist früher noch nie im Geschäft passiert. Wir haben doch diese Woche faktisch mehr als tausend Pfund verloren.«

»Ja, damit müssen wir uns eben abfinden«, entgegnete Anthony gelassen. »Gehen Sie jetzt zum Tee, Mr. Yarrow. Ich werde inzwischen den Scheck für Mr. Feener ausschreiben. Sie können mir ja seine Adresse geben, wenn Sie zurückkommen.«

Mr. Yarrow machte sich vergnügt auf den Weg. Das letzte Rennen war vorüber, und das Resultat war schon zwanzig Minuten durchgegeben, bevor er zurückkehrte.

»Nun, ist irgend etwas passiert?« fragte er, als er seinen Hut anhängte.

»Ja. Bertie Feener hat angeläutet und wettete zwölfhundert Pfund auf ›Blue Diamond‹. Er hat verloren. Ich gratuliere Ihnen.«

Mr. Yarrow sah ihn mit offenem Mund an.

»Was hat Bertie Feener gemacht?« fragte er dumm. Er schien seinen Ohren nicht trauen zu wollen.

»Er hat zwölfhundert Pfund auf ›Blue Diamond‹ gesetzt. Der Gaul gewann aber nicht«, erwiderte Anthony zuversichtlich und froh. »Er hat gerade in dem Augenblick angerufen, als Sie die Treppe hinuntergingen, ich zögerte schon und wollte ihn ablehnen, aber dann besann ich mich, daß Sie ihm bei seinen Wetten keine Grenzen gesetzt haben, und dachte, man sollte es ruhig riskieren. Wir sind nun mit ihm quitt, Yarrow.«

Er reichte seinem Partner die Hand, aber der nahm sie nicht.

»Aber Mr. Feener ist doch aufs Land gefahren – er wollte doch mit dem Vieruhrzug reisen. Er hat es mir gesagt, als ich ihn heute nachmittag am Telefon sprach.«

»Das stimmt auch – er hat nämlich vom Bahnhof aus angerufen«, entgegnete Anthony ruhig.

Mr. Yarrows Gesicht verfärbte sich. »Nun, dann ist es ja gut.«

»Aber ich glaube, es wäre besser, wir lassen uns nicht mehr auf telefonische Wetteinlagen ein. Es ist viel vernünftiger, wenn Ihre Kunden telegrafieren.«

»Damit bin ich auch einverstanden«, sagte Mr. Yarrow kurz.

»Es war aber doch wirklich ausgezeichnet, daß ich hier war, als Bertie anrief. Ich nenne ihn jetzt nur noch mit dem Vornamen, ich denke, er wird mir deswegen nicht böse sein.«

Mr. Yarrow saß an seinem Tisch und wagte nicht aufzuschauen.

»Wenn Sie hiergewesen wären, hätten Sie wahrscheinlich gezögert, eine so große Wette anzunehmen. Glücklicherweise können wir die Woche nun ohne Verluste beschließen.«

»Ich verstehe aber nicht recht, wie wir unser ganzes Geschäft nur telegrafisch abmachen wollen«, meinte Mr. Yarrow jetzt unwirsch. »Kaum ein Wettbüro nimmt höhere Wetten als fünfzig Pfund an, wenn das Rennen beginnt. Es sind nur wenige, die so etwas machen.«

»Dann wollen wir eben eine Ausnahme sein«, meinte Anthony und sah, wie sich die Züge seines Teilhabers erhellten. »Wollen wir den Leuten doch eine Chance geben, daß sie eintausend oder zweitausend auf ein Pferd setzen können, wenn der Start eben begonnen hat, solange sie nur die Telegramme mit ihrem Namen zeichnen und sie uns bekannt sind. Es ist doch möglich, Yarrow, daß wir auf diese Weise ein kolossales Geschäft machen.«

»Das könnte sein«, sagte Mr. Yarrow nun wieder etwas vergnügter. »Ich werde mir die Sache überlegen und Ihnen am Montag morgen darüber Bescheid geben.«

Am Montag morgen war Mr. Yarrow sehr zufrieden.

»Sie sind ein verdammt schlauer Kerl, Newton. Ich habe mir alles überlegt. Ihr Vorschlag ist eine ganz gute Idee. Ich habe meinen Vater gefragt, der mit meinem Geschäft ja eigentlich nicht einverstanden ist, wie Sie wohl begreifen können. Aber er sagt auch, daß das eine ausgezeichnete Sache sei. Er wettet auch ab und zu, er läßt ja selbst sechs Pferde laufen. Unter diesen Bedingungen will er uns alle seine Wettaufträge zukommen lassen. Wir werden einen eigenen, einfachen Code ausarbeiten, mit der Maschine schreiben lassen und an alle unsere Kunden schicken, so daß sie lange Nachrichten senden können, ohne daß nachher Mißverständnisse entstehen. Was sagen Sie dazu?«

Nach Anthony Newtons Haltung und Gesichtsausdruck zu urteilen, war er außer sich vor Freude.

»Wir wollen es zunächst einmal eine Woche lang versuchen«, meinte er. »Am Mittwoch muß ich nach Gloucester fahren, aber an diesem Tag kann ja auch nichts Großes passieren.«

»Aber da sind doch die Rennen in Hurst Park«, sagte Mr. Yarrow aufgeregt und gab sich die größte Mühe, gleichgültig zu erscheinen. »Aber ich glaube auch nicht, daß wir an dem Tag große Wettaufträge bekommen werden. Nach welchem Teil von Gloucester werden Sie gehen?«

»Nach Gloucester selbst. Ich bin aber abends schon wieder zurück. Würden Sie so gut sein und mir ein Telegramm senden, wenn etwas Ungewöhnliches vorgehen sollte?«

Anthony verließ London mit dem Zehnuhrzug, der den Vorteil hatte, daß er in Reading hielt. Mr. Yarrow, der absolut sicher sein wollte, war auf die Paddington-Station gekommen, um seinen Partner abfahren zu sehen. Er wußte allerdings nichts davon, daß der Zug in Reading hielt.

»Ganz zufällig und merkwürdig, daß ich auch hier bin«, meinte er, als er vor der Coupétür stand. »Aber ich muß eine Tante abholen, die in einer Viertelstunde von Cardiff kommt. Deshalb dachte ich, es wäre ganz gut, wenn ich zum Zug käme und mich von Ihnen verabschiedete. Wann sind Sie zurück?«

»Ungefähr um sechs heute abend. Ich werde mich nur eine Stunde in der Stadt aufhalten.«

In Reading nahm Anthony ein Mietauto, mit dem er schnell die nicht allzu große Entfernung nach Hurst Park zurücklegte. Mr. Yarrow senior kannte Anthony nicht, aber Anthony kannte den Vater seines Teilhabers dem Aussehen nach, der ein großer, etwas vornübergeneigter Mann mit großem Mund und einer langen Nase war. Mr. Yarrow hatte in früheren Zeiten soviel merkwürdige und sonderbare Abenteuer, besonders bei Rennen, erlebt, daß er seine Memoiren hätte herausgeben können. Jetzt war er Friedensrichter und ein voraussichtlicher Kandidat für die nächsten Parlamentswahlen. Mit dem großen Vermögen, das er erworben hatte, mußte er jetzt die Art und Weise verdecken, mit der er es gewonnen hatte. Es muß aber gesagt werden, daß Mr. Yarrow sich jetzt mehr in acht nahm und nicht mehr derartige Indiskretionen beging, die früher seinen Namen in den besten Sport- und Buchmacherkreisen herabsetzten.

Das dritte Rennen des Tages war ein Ereignis, wie man es nicht häufig auf Rennbahnen findet. Alle die Einjährigen, die von ihren hoffnungsvollen Besitzern auf die Rennen geschickt werden, treffen sich drei Jahre nach ihrem Eintritt wieder bei einem besonderen Rennen, um sich um den Preis von tausend Pfund zu bewerben. Und es waren diesmal von fünfundneunzig nur drei übriggeblieben. Anthony hatte bei dem Überfliegen des Programms ganz richtig vermutet, daß Mr. Yarrow senior seinem Sohn bei diesem Rennen zur Erfüllung seines Herzenswunsches verhelfen wollte – nämlich die tausend Pfund Anthonys einzustecken.

Von den drei Pferden hatten offensichtlich nur zwei eine Chance, das dritte hatte nach den Erfahrungen bei allen vorhergehenden Rennen gar keine Aussicht. Aber Mr. Yarrow wollte nichts riskieren.

Anthony beobachtete ihn genau, als er sich mit dem Rücken gegen die Schranken lehnte, die den Raum umgaben, wo die Pferde abgesattelt wurden. Er sah, wie der alte Herr drei Telegrammformulare nahm und alle drei ausschrieb. Er ließ ihn nicht aus den Augen und bemerkte, daß er die drei Formulare in den Kasten warf, wo der Telegrafenbeamte saß. Sie waren an Yoksey, London, adressiert. Das war Mr. Yarrows Telegrammadresse. Auf jedem stand der Name eines anderen Pferdes und dahinter das Codewort ›Yail‹. Nach ihrem Code bedeutete das ›Ich wette zweitausend Pfund auf‹.

Es ist kein Verbrechen, wenn man in einem Rennen auf drei verschiedene Pferde wettet. Das haben schon viele Sportsleute getan, die dadurch aber auf den Hund gekommen sind. Man konnte durchaus nichts Strafbares an der Tatsache sehen, daß man bei einem Rennen, in dem nur drei Pferde liefen, auf jedes Pferd setzte. Es war allerdings, um es milde auszudrücken, verrückt, aber es war schließlich kein Vergehen.

Anthony ging wieder auf seinen Platz, um das Rennen zu beobachten. ›Bird's Eye‹ war erster Favorit, und die meisten Chancen nach ihm hatte ›Morton's Pride‹. Die Wetten, die auf das dritte Pferd abgeschlossen waren, standen zwanzig zu eins.

Anthony beobachtete den Start. Es war aber weniger ein Rennen als eine Prozession, denn ›Bird's Eye‹ führte von Anfang an und gewann das Rennen mit großer Überlegenheit.

Zufrieden kehrte Anthony nach London zurück und kam Viertel nach sechs wieder im Büro an. Mr. Yarrow machte keinen Versuch, seine gute Stimmung irgendwie zu verbergen.

»Ja, mein alter Junge«, sagte er, »diesmal ist die Sache ins Auge gegangen.«

»Was ist denn los?«

»Mein alter Herr hat zweitausend Pfund auf ›Bird's Eye‹ gesetzt. Das ist nun einmal ein entsetzliches Pech. Aber was soll man dagegen machen? Hier ist das Telegramm. Aufgabezeit und alles ist in Ordnung.«

Anthony nahm das Formular.

»Jawohl, das ist in Ordnung.«

»Wir haben nun tausend Pfund verloren und damit ist unsere Kasse erledigt, wenn Sie nicht neues Kapital einschießen können«, meinte Mr. Yarrow und strich seinen Schnurrbart.

»Aber ich rechne doch einen Verdienst von dreitausend Pfund für uns heraus«, erwiderte Anthony nachdenklich.

»Woher denn?« fragte Yarrow verwirrt.

»Wo sind denn die beiden anderen Telegramme, die Ihr Vater geschickt hat?«

Mr. Yarrow wurde rot.

»Was, zum Teufel, meinen Sie?«

Aber Anthony machte nur eine energische Handbewegung.

»Ihr Vater hat drei Telegramme gesandt, und zwar hat er auf jedes Pferd gesetzt. Seine einzige Chance wäre gewesen, wenn der Outsider das Rennen gemacht hätte. Aber der war so weit hinter den anderen, daß ich Bedenken habe, ob er jetzt schon das Ziel erreicht hat. Sie würden mir einen großen Gefallen tun, Yarrow, wenn Sie heute abend Ihren Vater aufsuchten und ihn dazu veranlaßten, daß er mir morgen früh die Summe von dreitausend Pfund zahlt. Sollte das nicht der Fall sein, so werde ich Sie beide verhaften lassen wegen gemeinsamen Betrugs. Ich weiß ganz genau, daß ich selbst mit dem Gesetz in Konflikt komme, wenn ich unter Drohungen Geld von Ihnen fordere. Aber ich weiß auch sehr wohl, was ich tue, Yarrow.«

»Ich sage Ihnen doch, daß keine anderen Telegramme angekommen sind!« brüllte der junge Mann.

»Doch es sind noch zwei andere angekommen«, erwiderte Anthony geduldig. »Aber Sie haben sie verbrannt oder sonst irgendwie beseitigt. Wahrscheinlich befinden sich die beiden zerknitterten Formulare in Ihrer Hosentasche. Aber es ist ja so leicht für mich, die Sache herauszubringen: Ich kann auf der Post Kopien von all den Telegrammen erhalten, die Ihr Vater von Hurst Park abgeschickt hat. Also seien Sie nun vernünftig und gehen Sie zu ihm. Ich gebe Ihnen Zeit bis morgen mittag um zwölf. Wenn dann meine Forderung nicht erfüllt ist, erstatte ich Anzeige in Scotland Yard. Und«, fügte er noch hinzu, als er schon in der Tür stand und sich zum Gehen wandte, »sagen Sie Ihrem Vater ausdrücklich, daß ich keinen Scheck, sondern nur Banknoten, und zwar von kleinen Werten, nehme.«

7. KAPITEL

Miss Plumpudding

»Noch niemand ist dadurch ruiniert worden, daß er sich mit kleinen Profiten begnügte«, orakelte Anthony Newton.

»Der Ausspruch kommt mir so bekannt vor – ich muß ihn in einem Buch gelesen haben«, sagte Pinkey.

Sie speisten miteinander in einem vornehmen Lokal zu Abend.

»Es ist doch merkwürdig, daß ich noch niemals hereingelegt worden bin. Ich habe aus den schärfsten und schlimmsten Geschäftsleuten der Stadt Geld herausgeholt, ich habe selbst Kautionsschwindler übers Ohr gehauen, ich habe Geld von einem Wucherer der schlimmsten Sorte genommen und es nicht zurückgezahlt. Ich habe mich mit Tod und Teufel herumgeschlagen und dem Schicksal meinen Lebensunterhalt abgetrotzt.«

»Das Merkwürdigste an Ihnen ist Ihre schamlose Bescheidenheit«, meinte Pinkey.

Pinkey Stephens war ein Rechtsanwalt, der zwar ein Büro unterhielt, aber außerdem als Autor von Liebesgeschichten viel Geld verdiente. Seine Romane erschienen meistens in der Jungmädchenzeitschrift »Jedes Mädchenherz schlägt höher«. Seine Praxis als Jurist brachte ihm nur so viel ein, daß er seine Zigaretten und seine Fahrten in das Büro davon hätte bezahlen können. Trotz seiner Jugend besaß Pinkey schon einen kahlen Kopf; eine einzige, glänzende, glatte Fläche zog sich von der Stirn bis zum Genick. Außerdem hatte er die Angewohnheit, eine lange Pfeife zu rauchen und nie mit Autobussen zu fahren.

»Es tut mir leid, daß Sie mir das sagen«, erwiderte Anthony nachdenklich. »Ich dachte immer, daß Schüchternheit meine Schwäche sei. Möglicherweise irre ich mich darin. Aber sehen Sie, ich brachte mein kleines Vermögen dadurch zusammen, daß ich gemeinen Menschen Geld abnahm, das sie auf unehrliche Weise erworben hatten. Ein Erfolg zieht den anderen nach sich. Der Name eines erfolgreichen Mannes geht von Mund zu Mund. Ich darf wohl sagen, daß ich einigermaßen stolz sein kann, daß mir jetzt eine hervorragende Firma in der City eine schwierige Aufgabe anvertrauen will, bei deren Lösung andere, ich will gerade nicht sagen bessere Leute, versagt haben.«

»Wer will denn Ihre Hilfe haben – etwa die Rothschilds?«

Aber Anthony schüttelte den Kopf.

»Darüber muß ich natürlich Stillschweigen bewahren«, sagte er ernst, als er sich erhob und es Pinkey überließ, das Essen zu zahlen. »Entschuldigen Sie mich, wenn ich jetzt schon aufbreche, aber ich muß noch einige Zeitungen durchsehen.«

»Ich habe den ›Star‹ auch noch nicht gelesen – wer hat eigentlich das Lehrlingsrennen gewonnen?«

Anthony Newton hatte seine Schwächen. Er gab sie zwar zu, aber doch in einer solchen Weise, daß man sie in Wirklichkeit für Tugenden und Charakterstärke halten mußte. So besaß er auch eine ausgeprägte Vorliebe für schöne Frauen, die sich jedoch – nach seiner Behauptung – nur in scheuer Bewunderung äußerte.

Als er am nächsten Morgen die Treppe von seiner kostspieligen Wohnung am Russel Square hinunterstieg, sah er Miss Plumpudding. Und er wunderte sich, daß die Natur, wenn sie schon so etwas Hilfloses wie ein Mädchen hervorbrachte, ihm nicht wenigstens die Schönheit mit in die Wiege legte, um etwas zu schaffen, das gut anzusehen sei. Aber Miss Plumpudding war keine Augenweide. Sie war plump und dick, ihre Haare sahen aus, als wären sie mit einem Staubsauger frisiert worden, und ihr Teint erweckte den Eindruck, als sei er durch ein Sieb von der Sonne bestrahlt worden. Wenn sie lächelte, was bei ihrem gutmütigen Charakter häufig geschah, zeigte sich auch, daß sie sehr schlechte Zähne hatte.

»Wer ist denn diese aufgetakelte Schönheit?« fragte Anthony den Portier. Er wohnte nämlich in einer Pension, in der es einen richtigen Portier und wirkliche Kellner mit weißen Vorhemden gab.

»Das ist Miss Jibble, mein Herr, Miss Eliza Jibble.«

»So sieht sie auch aus«, sagte Anthony ungalant.

Er dachte für sich, daß sie wie ein Plumpudding aussähe, den allerdings ein Koch zubereitet hatte, der nur aushilfsweise tätig war, während der wirkliche Koch Ferien hatte.

Zum erstenmal hatte er sie in der Diele gesehen, die von der Inhaberin der Pension ›der Ruheplatz‹ genannt wurde. Aber sie wäre wohl sehr ärgerlich geworden, wenn sie jemand dabei ertappt hätte, der sich dort auf der Chaiselongue wirklich hingelegt hätte. Miss Jibble saß damals mit einem dunkelhäutigen, dicken, jungen Mann zusammen. In ihrer Gesellschaft befand sich noch eine ältere Frau, die offenbar Miss Jibbles Mutter war. Sie trug überall Diamanten, wo man sie nur überhaupt anbringen konnte.

Sie unterhielten sich eifrig und leise, als Anthony an dem Vorhang vorbeikam, der den Zugang zur Diele nur halb verdeckte. Er sah, wie der junge Mann Miss Plumpudding neckisch ins Ohr zwickte, und schüttelte sich vor Grauen.

»Du mußt das abnehmen, Liz«, sagte Miss Jibbles Mutter.

Miss Plumpudding drehte sich um und erblickte Anthony in der Türöffnung. Sofort zog sie ihre dicke Hand vom Tisch.

Anthony beobachtete es, als er die Pension verließ. Dies hatte sich ein paar Tage früher ereignet, bevor er ihren Namen erfuhr und bevor er den ungewöhnlichen Auftrag von der Firma Tanker & Co. erhielt.

Es ging Anthony verhältnismäßig gut, und er war fest entschlossen, es weiterzubringen. Er hatte jenen festen Glauben an sich, der den Grundstock jedes Vertreters und besonders des Geschäftsreisenden ist. Er war davon überzeugt, daß er auch altmodische Hüte an die Mitglieder einer Freiluftkolonie verkaufen könnte, die Sandalen trugen, barhäuptig herumliefen und nur von Liebe und Rohkost lebten.

Als er aus dem Krieg zurückkam und die Uniform auszog, fand er, daß die Welt hart und unfreundlich geworden war und man darin schwer seinen Platz behaupten konnte. Wenn er die Zeitung aufschlug, fand er Annoncen und Stellenangebote, unter denen ausdrücklich die Worte standen: »Frühere Offiziere und Sträflinge dürfen sich nicht melden.« Trotzdem bewarb er sich, obgleich er das eine war und ernstlich überlegte, ob es nicht ratsam sei, das andere zu werden.

Nun war er auf dem Weg zur City. Er schwang einen Spazierstock mit einem beinahe goldenen Knopf und hatte ein Monokel ins Auge geklemmt. Sein Zylinder war tadellos glatt und spiegelblank, und seine echte Platinuhrkette glitzerte in der Sonne. Außerdem trug er zitronengelbe Handschuhe.

Zu dem Büro der Firma Tanker & Co. mußte man eine Anzahl von Treppen emporsteigen. Das Haus lag in einer engen Seitenstraße der City, wo von morgens bis abends von Pferden schwere Wagen auf Schienen gezogen wurden und den ganzen Verkehr behinderten. Die Straße ist beinahe unpassierbar, nur ganz dünne oder rücksichtslose Leute können sich durchzwängen. In der City kennt man mehrere solcher Straßen.

Anthony eilte die Treppe empor, indem er immer zwei Stufen zugleich nahm, und drängte sich durch eine Tür, die gerade groß genug war, um die Büros, die dahinter lagen, zugig zu machen. Er kam durch einen schmalen, engen Gang zu einem Schalter, der durch ein Messinggitter geschlossen war. Dahinter saß eine Frau, die Anthony für eine frühere Bardame hielt und die wohl schon bessere Tage gesehen hatte.

»Mr. Tanker erwartet Sie bereits – wollen Sie bitte näher treten?« fragte sie in einem halb traurigen Ton. Er ging durch eine andere Tür in einen Büroraum, von dem aus man die enge, schmutzige Straße übersehen konnte.

Ein älterer Herr saß vor seinem Schreibtisch und schaute den Besucher über die Gläser seiner Brille an.

»Ach, Sie sind Mr. Newton. Treten Sie bitte näher, treten Sie näher. Was für ein schöner Tag, was für ein schöner Tag!«

»Das stimmt, das stimmt!« erwiderte Anthony.

Mr. Tanker hatte die Angewohnheit, alle platten Redensarten, die er vorbrachte, zu wiederholen.

»Nehmen Sie Platz, nehmen Sie Platz, Mr. Newton. Ich glaube, ich kann diese Angelegenheit sehr schnell und in sehr kurzer Zeit mit Ihnen erledigen – in sehr kurzer Zeit. Ich habe Ihnen geschrieben, daß ich von Ihnen hörte.« Mr. Tanker sprach sehr rasch. »Sind noch ein junger Mann, ein junger Mann? Noch kräftig, gesund und all dergleichen? Haben Sie auch Geld?«

»O ja, ich habe ein wenig Vermögen«, entgegnete Anthony.

»Natürlich haben Sie das! Mein Freund Belter erzählte mir, daß Sie sich mit dem Gedanken tragen, das Medusa-Hotel zu kaufen.«

In der Tat hatte Anthony schon daran gedacht, die verschiedensten Hotels zu kaufen. In seiner freien Zeit ging er zu Häuseragenten, und in seinem Zimmer lagen ihre Ankündigungen herum. Er hatte schon manchen schönen Prospekt durchgeblättert, in dem meistens auf kostbaren Papieren eine Ansicht der Halle oder des Parkes, eine Partie aus dem Rosengarten oder von der Terrasse oder der Speiseraum von der Musikgalerie aus abgebildet waren. Er pflegte seine Post im Bett zu öffnen und war unentschlossen, ob er sich wohler fühlen würde in Fothingay Manor (›540 Morgen, weitere Ländereien können dazu erworben werden. Vier Einzelhäuser: jeder moderne Komfort‹) oder in Soke Priory (›Der Eigentümer hat ungefähr zehntausend Pfund zur Verbesserung der Anlage aufgewandt. Sandiger Boden und herrliche Aussicht auf die Gegend von Chiltern Hundreds‹).

Und dann pflegte er aufzustehen und sein Bankbuch nachzurechnen, weil der Leiter der Depositenkasse geschrieben hatte, daß sein Konto überzogen sei.

»Ja, da haben Sie recht, aber ich will gerade jetzt im Augenblick noch nicht kaufen.« Er wußte nicht, ob die Firma Tanker & Co. Hausagenten waren. Auf dem Briefkopf stand nur: »Generalagentur in Vertrauenssachen.« Das ließ sich doch nicht gut mit einem Häuseragenten in Einklang bringen, denn an dessen Geschäft ist nichts Geheimnisvolles, da er ja im allgemeinen nichts zu verschweigen hat. Er erzählt höchstens dem Käufer nicht gleich alle Mängel des Daches und der Rohre und ähnliches.

»Ich verstehe, verstehe«, sagte Mr. Tanker, der dadurch in keiner Weise berührt zu sein schien. »Wirklich, Mr. Newton, ich glaube, da tun Sie ganz gut daran, da tun Sie ganz gut daran, Häuser und feste Liegenschaften sind zur Zeit eine schlechte Kapitalanlage, eine schlechte Kapitalanlage.«

Also war Mr. Tanker kein Häuseragent, dachte Anthony.

»Ich will Sie in einer sehr diskreten Angelegenheit sprechen.

Ich möchte Ihnen gern etwas anvertrauen. Kann ich das? Kann ich das?«

»Tun Sie es nur, tun Sie es nur.«

»Ich bin gestern abend direkt in Ihre Pension gekommen, um Sie zu sehen. Nicht um mit Ihnen zu sprechen, o nein, o nein. Ich wollte Sie nur sehen, nur sehen. Ich verstehe mich sehr gut auf die Beurteilung der Charaktere. Ich wußte vorher noch nicht, ob Sie der richtige Mann für mich wären, auch noch nicht, als ich Ihre Zusage erhalten hatte. Aber jetzt weiß ich es, Mr. Newton. Sie sind mein Mann, Sie sind mein Mann.«

Er streckte seine Hand aus, und Anthony nahm sie, obgleich nichts darin war.

»Ich will Ihnen jetzt einmal den Fall ganz kurz erzählen. Wir sind keine Rechtsanwaltsfirma. Früher war ich es wohl, aber jetzt habe ich es aufgegeben. Vor vielen Jahren ist einmal eine unangenehme Sache passiert. Ich konnte eigentlich nicht dafür verantwortlich gemacht werden, weil ich zu der Zeit verreist war, aber es wurde mir doch schließlich alles in die Schuhe geschoben, aber das hat nichts zu sagen, das hat nichts zu sagen.«

Mit einer Handbewegung hatte er die ganze Sache abgetan. Solche Kleinigkeiten wie die Ausstoßung aus dem Rechtsanwaltsstand waren nicht wert, daß man darüber sprach.

»Aber obwohl ich kein Rechtsanwalt bin, habe ich doch viele Klienten, Leute mit großen Titeln, Leute mit bedeutendem Vermögen. Manchmal haben wir auch ganz sonderbare und merkwürdige Aufträge auszuführen.«

»Natürlich«, sagte Anthony zuvorkommend. »Jedes Geschäft, das mehr als zehn Prozent abwirft, ist sonderbar und merkwürdig.«

Mr. Tanker zog die Stirne kraus.

»Ich spreche augenblicklich nicht von Geldgeschäften, nein, nein. Obgleich wir sehr gut bezahlt werden und auch sehr gut zahlen.«

Er öffnete eine Schublade seines Schreibtisches und nahm ein Bündel Papiere heraus, das mit einer roten Schnur zusammengebunden war. Er öffnete die Schnüre nicht, sondern sah Anthony an.

»Haben Sie jemals Liebesbriefe geschrieben?« fragte er plötzlich unerwartet.

»Hunderte, es können auch Tausende gewesen sein.«

Mr. Tanker nickte.

»Würden Sie für ein gutes Gehalt, sagen wir einmal zwanzig Pfund für das einzelne Schreiben, Liebesbriefe an eine Dame schreiben, die Sie noch nicht gesehen haben? – Ich muß Ihnen das natürlich erklären«, fuhr er fort, als er Anthonys erstauntem Blick begegnete. »Meine Klientin ist eine reiche Witwe, die eine junge, wunderbar schöne, aber romantisch veranlagte Tochter hat. Unglücklicherweise hat sich das Mädchen in den Chauffeur Ihrer Hoheit – bitte vergessen Sie, was ich eben sagte, und denken Sie nur, daß es sich um eine ganz gewöhnliche Frau handelt. Meine Klientin hat natürlich den Chauffeur sofort entlassen. Das junge Mädchen trauert ihm nun nach – sie ist gerade nicht verliebt in ihn – sie ist eben verliebt, weil sie gerade in dem Alter ist – Sie verstehen, was ich meine?« Er machte eine Pause und sah seinen Besucher bedeutsam an.

»Was soll ich denn nun tun?« fragte Anthony, der schon ganz für die Sache gewonnen war.

»Sie sollen ihr schreiben, daß Sie sie im Park gesehen haben. Erzählen Sie ihr, daß ihr bloßer Anblick Sonnenschein ist, daß, na, und all so etwas. Sagen Sie ihr, vielmehr schreiben Sie ihr, daß Sie sich ihr selbst zu Füßen werfen wollen – aber das alles müssen Sie doch selber viel besser wissen. Wir wollen nur erreichen, daß das Mädchen den Chauffeur vollständig vergißt. Eine Liebe verdrängt die andere. Jetzt ist nur noch die Frage, ob Ihre Ausdrucksweise auch genügend romantisch und blumenreich ist?«

»Ach, darüber brauchen Sie sich keine Sorgen zu machen«, erwiderte Anthony. »Ich habe einen wunderbaren Stil. Soll ich die Briefe mit meinem eigenen Namen unterzeichnen?«

Mr. Tanker zuckte die Schultern.

»Ein Anfangsbuchstabe würde genügen, aber das können Sie machen, wie Sie wollen. Ich möchte jedoch nicht, daß das junge Mädchen sich nun tatsächlich in Sie verliebt, Mr. Newton. Sie ist die Erbin eines großen Vermögens, das würde heillose Verwicklungen geben. Ich verlange von Ihnen, daß Sie die Dame nicht ohne mein Vorwissen treffen und daß Sie alle Briefe durch meine Hände gehen lassen.«

»Ich will mir die Sache noch überlegen«, meinte Anthony.

Aber noch am selben Abend schrieb er an die Firma Tanker und legte einen Probeliebesbrief bei, der alle Wirkungen beschrieb, die der erste Anblick ihres Blumengesichts in ihm hervorgerufen hatte. Er schilderte mit einer solchen Genauigkeit, wie sein Herz darauf reagierte, wie wild es schlug, wie seine Pulse bebten und flogen, daß ein begeisterter Medizinstudent nach seiner ersten klinischen Erfahrung es nicht besser hätte machen können. Er schrieb davon, wie sein Kopf schwirrte und wie die ganze Welt plötzlich dreimal schöner erschien, und er sprach von den Erinnerungen, die er nun in seine einsame Wohnung mitgenommen hatte, und von dem kleinen Blatt, das er aufgehoben hatte, nachdem ihre Elfenfüße über den Rasen gewandelt waren.

Das Antwortschreiben kam sehr prompt und enthielt eine Zwanzigpfundnote. Später am Morgen klingelte Mr. Tanker Anthony an.

»Sie haben Ihre Sache sehr gut gemacht, bitte, fahren Sie nur so fort. Aber der zweite Brief müßte ein bißchen leidenschaftlicher sein. Sie wissen schon, was ich meine? Dann zu der Sache: Blatt und Rasen. Die Dame geht stets nur auf geebneten Wegen, meistens auf Asphalt. Sie haben doch hoffentlich nichts dagegen, daß ich Ihnen diesen kleinen Fingerzeig gebe?«

»Ich bin Ihnen sehr dankbar dafür. Wird mir die Dame auch schreiben?«

»Das ist möglich«, entgegnete Mr. Tanker diplomatisch. »Wenn irgendwelche Briefe bei mir einlaufen, werde ich sie Ihnen sofort zusenden.«

Die Antwort auf seinen Brief kam denn auch zwei Tage später. Sie war begeistert und ekstatisch, und Anthony sah daraus, daß die Erinnerung an den Chauffeur längst aus ihrem Gedächtnis verschwunden war und sie sich danach sehnte, ihren unbekannten Liebhaber zu sehen. Sie fragte auch an, ob er jemals in Baden-Baden oder in Aix gewesen sei.

Anthony suchte in seiner Pension nach Kursbüchern und Reiseführern, um die Kosten eines solchen Aufenthaltes wenigstens ungefähr berechnen zu können. Er schrieb wieder, und der zweite Brief war schon zehn Seiten lang. Als er von Tanker wiederum zwanzig Pfund erhielt, dachte er, daß es eigentlich eine Schande sei, das Geld anzunehmen. Der dritte Brief folgte am nächsten Sonntag. Er schrieb darin von den Wundern der Natur, von Sternen, vom Mond und vom Himmel, von Lilien, Wolken, Rosen, duftdurchglühten Nächten, von Seen, von zarten, schmeichelnden Winden, von Träumen, von Visionen und von Baden-Baden. Schon innerhalb vierundzwanzig Stunden hatte er die Antwort in der Hand. Das junge Mädchen erzählte ihm nun von Hunden, von Kleidern, von Geistlichen, von Liebe, von Motorrädern, vom Firmament und von Lockenwicklern, vom Tod und von kastanienbraunen Handschuhen.

Anthony war ganz hingerissen, als er das alles las. Und ohne an seine Belohnung zu denken, setzte er sich die halbe Nacht hin und beantwortete das Schreiben. Er hörte erst auf, als er kein Briefpapier mehr hatte. Am nächsten Morgen sandte er den Brief an Tanker. Der Portier, der das Kuvert in der Hand wog, meinte, es wäre doch wohl billiger, wenn man es mit der Paketpost schickte.

Der Tag ging zu langsam hin, und der Morgen brachte seiner von Sehnsucht gequälten Seele keine Linderung. Er liebte sie schon, diese kleine Herzogin. Ihr Name war Phyllis, Lady Phyllis Blank. Er lehnte sich in seinen Stuhl zurück und träumte von ihr, von ihren tiefen, blauen, durchsichtigen, ernsten und klaren Augen. Er überlegte sich, ob sie wohl Milanese-Strümpfe trüge. Er wußte, daß sie klein und zierlich von Gestalt war und eine elfenbeinfarbene Haut besaß. Natürlich konnte sie auch singen und musizieren. Er stellte sie sich vor in einem dunklen Raum, mit großen weiten Fenstern, die sich nach einem Rasenabhang öffneten. Weit hinten in der Ferne zogen sich bewaldete Hügel hin und erglänzten feuerrot im Schein der untergehenden Sonne gegen den amethystfarbenen Himmel. Sie spielte eine weltferne Melodie, klagend und doch wunderbar süß, einen Sang von Tod und Liebe und von süßen, entschwebenden Erinnerungen.

Am dritten Tag kam endlich Nachricht. Zu seinem größten Erstaunen erhielt er sie direkt zugestellt. »Anthony Newton, Esq.« Seine Adresse war ganz richtig angegeben. Schon bei den ersten Worten schlug sein Herz heftiger.

»Einzig Geliebter meiner Träume«, war die Anrede. Sie wollte ihn sehen, ihm nahe sein, ihm in die Augen schauen, den süßen Klang seiner wohllautenden Stimme hören . . .

Anthony wischte sich den Schweiß von der Stirn und lächelte zärtlich. Er war ihr alles. Verwandte, Reichtum, selbst liebenswürdige Chauffeure waren in Nichts versunken. Und so ging es fort bis zur Nachschrift.

Aber dann kam eben die Nachschrift.

»O Anthony, was soll ich tun? Meine Mutter hat einen deiner Briefe gefunden, und mein Bruder ist furchtbar wütend und sagt, daß ich dich sofort heiraten muß.«

Anthony taumelte eine Sekunde. Glücklicherweise war er in seinem Zimmer. Es wäre nicht gut gewesen, wenn ihm das in der Öffentlichkeit passiert wäre. Er las weiter.

»Mein Bruder sagt, daß er schließlich noch den Chauffeur hätte entschuldigen können, weil er meine Hand hielt, während er mir Fahrunterricht gab. Auch daß der Kühler vollständig zertrümmert wurde, als wir gegen einen Baum auf der Landstraße fuhren, wäre nicht so schlimm gewesen. Aber er kann und will mir jetzt nicht vergeben, er weist mich aus dem Hause. Anthony, mein Lieber, ich komme zu dir!«

Anthony zerknitterte den Brief und steckte ihn in die Tasche, setzte seinen Hut auf und raste die Treppe hinunter. Unten angekommen, sprach er noch schnell mit dem Portier.

»Wenn irgendeine Frau hierherkommt und nach mir fragt – ich bin aus – ich bin gestern abgereist. Und wenn ein Herr kommt, dann sagen Sie ihm, daß ich schon vorige Woche weggefahren bin. Wenn sie fragt, ob ich wohlhabend bin, dann sagen sie: Nein! Und wenn sie fragt, ob ich gut aussehe, dann sagen Sie: NEIN!«

»Ja, das kann ich wohl ganz gut tun, Mr. Newton«, meinte der Portier.

Anthony sprang in das erste Mietauto, das ihm begegnete, und fuhr im schnellsten Tempo in die City. Die Straße, in der das Büro von Tanker & Co. lag, war wieder durch drei große Möbelwagen blockiert. Aber er arbeitete sich durch, und ohne sich vorher von der Dame hinter dem Messinggitter anmelden zu lassen, brach er sofort in Mr. Tankers Büro selbst ein. Der alte Herr schaute ihn wohlwollend über seine Brillengläser an.

»Kommen Sie wegen Ihres Geldes, Mr. Newton? Ich war gerade im Begriff, es Ihnen zu schicken.«

»Nein«, rief Anthony atemlos. »Deswegen bin ich nicht hier. Ich brauche kein Geld. Sie will mich heiraten!«

»Die Dame, mit der Sie in Korrespondenz stehen? Aber natürlich!«

»Was?« schrie Anthony wild auf.

»Aber natürlich, aber natürlich. Was ist denn nicht richtig dabei?«

»Ihre Mutter hat meine Briefe gefunden, Mr. Tanker. Sie müssen mir jetzt aus dieser Geschichte heraushelfen. Ich brauche ein Schreiben von Ihnen, das genau erklärt, warum ich an die Dame geschrieben habe.«

Mr. Tanker schüttelte traurig den Kopf.

»Dann würde ich das Vertrauen meiner Klientin verraten. Ich will noch weitergehen, Mr. Newton. Ich werde alle Kenntnis, die ich von der Sache habe, ganz abstreiten. Sie sind sehr gut bezahlt worden, und da müssen Sie natürlich auch alles Risiko mit in Kauf nehmen. Es tut mir sehr leid, wirklich sehr leid. Aber offiziell weiß ich von Ihnen überhaupt nichts.«

Anthony setzte sich in den Stuhl ihm gegenüber und staunte.

»Das Vertrauen eines Klienten ist für mich unantastbar«, fuhr Mr. Tanker geschäftsmäßig fort. »Ich würde ebensowenig auch nur im Traum daran denken, die Diskretion zu brechen und mich eines Vertrauensbruchs schuldig zu machen, als es mir einfiele, mich auf den Kopf zu stellen.«

»Aber ich werde Sie vor Gericht verklagen, Sie alter Schuft!« rief Anthony zornig.

Aber Mr. Tanker lächelte nur traurig.

»Wie wollen Sie denn das machen? Das ist ja ganz unmöglich. Sie werden es nicht dahin bringen, daß mein Name vor Gericht auch nur genannt wird – es sei denn, daß eine Klage wegen gebrochenen Heiratsversprechens erhoben wird. Aber Sie haben ja keine Beweisgründe.«

»Wer ist denn eigentlich die Dame?« fragte Anthony, der wieder Herr über seine Erregung geworden war.

»Es ist eine Dame aus guter Familie, die Sie eben liebt. Also machen Sie keine Dummheiten – Sie hören ja, daß die Dame Sie liebt. Sie ist sogar so sehr von Ihnen eingenommen, daß sie eine Woche lang in Ihrer Pension wohnte, bevor sie uns den Auftrag gab, daß wir uns Ihnen nähern sollten.«

»Meine Pension ... gute Familie –«, wiederholte Anthony mit hohler Stimme.

Mr. Tanker nickte.

»Sie ist eine Miss Jibble – eine von den reichen Jibbles.«

»Jibble ...!« Anthony sprach den Namen heiser aus. »Miss Plumpudding!« stöhnte er dann und sank in seinem Stuhl zusammen.

»Ich sehe, Sie haben sich schon getroffen«, sagte Mr. Tanker zufrieden. »Sie haben sich schon getroffen. Wenn nur nicht schon mehr passiert ist. Sie ist ein recht angenehmes junges Mädchen.«

Anthony ging die Treppe ganz langsam hinunter und stand dann bestürzt und verwirrt zwischen zwei großen Wagen auf der Straße. Plötzlich fiel ihm Pinkey ein, und er ging zu dessen Büro.

Pinkey Stephens waren Besuche eigentlich zu keiner Zeit willkommen, und es dauerte lange, bevor er Anthony die Türe öffnete. Er nahm an, daß vielleicht ein Klient käme, der ihn sprechen wollte, und er richtete es gewöhnlich so ein, daß er seine Klienten nicht zu sehen bekam.

»Hallo«, sagte er recht unliebenswürdig, »was wollen Sie denn hier?«

»Pinkey, ich bin ruiniert, ich bin ein geschlagener Mann!« seufzte Anthony.

Der Rechtsanwalt war betroffen.

»Sie sind doch nicht etwa hierhergekommen, um juristischen Beistand von mir zu verlangen?« fragte er ängstlich. »Ich habe eigentlich meine Rechtsanwaltspraxis vollständig aufgegeben, seitdem das ›Megaphone‹ meinen letzten Roman ›Getrennte Seelen‹ angenommen hat. Darf ich Ihnen etwas zu trinken anbieten?«

Anthony schüttelte den Kopf.

»Kennen Sie einen Mr. Tanker?« fragte er.

Pinkey Stephens' Züge erhellten sich plötzlich. Zufällig kannte er diesen Mann. Er gehörte zu den wenigen Bekannten außer den Literaten, die sich in der Bar »Zum grünen Drachen« trafen.

»Tanker war früher Rechtsanwalt, aber er wurde aus dem Verband ausgestoßen, weil er in irgendeine dunkle Affäre verwickelt war. Es ist schon lange her. Jetzt hat er ein Heiratsbüro –«

Anthony stöhnte schwer auf wie ein verwundeter Hirsch.

»Nehmen wir einmal an, Sie haben eine Tochter, die Sie nicht an den Mann bringen können«, fuhr Pinkey fort, der nun mit einmal gesprächig wurde, »dann holen Sie sich den alten Tanker, der versorgt sie schon. Ich werde an einem der nächsten Tage einen neuen Roman anfangen ›Eine Frau durch das Heiratsbüro‹ . . .«

»Wir wollen aber bitte im Augenblick nicht Ihre literarischen Pläne erörtern«, bat Anthony. »Also was geschieht dann, wenn man Tanker zu Rate zieht?«

»Der findet eben einen Mann. Er ist in der Beziehung der schlaueste Teufel, den es überhaupt gibt. Er hat schon die unmöglichsten Partien zusammengebracht. Er hat Lola Sabino verheiratet – Sie wissen doch, die junge Dame mit den Schwanenfüßen – und ausgerechnet mit Lord Pinnut. Sie ist jetzt Lola Gräfin von Pinnut und hat ein großes Haus in Regent's Park. Sie spricht mit niemand, der nicht mindestens in Eton erzogen wurde. Dann hat er doch das junge Mädchen an den Mann gebracht, dessen Mutter einen Trödelladen mit alten Kleidern hatte. Er hat ihr Lesli Majest verschafft, den Löwen der vornehmen Gesellschaft, und dann . . .«

»Aber wie macht er denn das?« fragte Anthony ganz krank und blaß.

Aber hierüber konnte ihm Pinkey keine Auskunft geben.

»Das ist eben sein Geheimnis. Die meisten Leute glauben, daß er seine Verbindungen durch Erpressungen und Drohungen zustande bringt. Aber es gelingen ihm auch nicht alle Partien, einige werden noch im letzten Augenblick abgesagt, wenn man sich mit dem alten Tanker ins Einvernehmen setzen kann. Ich weiß zufällig sehr viel von ihm, weil einmal einer meiner Freunde auf ihn hereingefallen ist. Er war aber sehr reich, sein Vater hatte ein großes Messinggeschäft.«

»Wie hat er denn den gefangen?«

»So einfach und durchsichtig war die Sache, daß ich heute noch nicht verstehen kann, wie Bob auf diesen Leim gegangen ist«, sagte Pinkey zornig. »Dieser alte Kerl hat ihn doch angestiftet, einem unbekannten Mädchen Liebesbriefe zu schreiben – na, was ist denn mit Ihnen los?«

»Nichts, nichts«, erwiderte Anthony hastig. »Aber wie hat er ihn denn dazu gebracht, das zu tun?«

»Er hat ihm erzählt, daß die junge Dame gerade eine unglückliche Liebe gehabt hätte und daß man sie dem Leben erhalten müsse. Die Familie stände dahinter, und der Vater würde gern für diesen Dienst zahlen. Bob ist natürlich in die Falle gegangen. Es gibt ja keinen Mann, der nicht glaubt, daß er viel bessere und schönere Liebesbriefe schreiben könnte als alle anderen. Außerdem hat sich der dumme Kerl noch obendrein wirklich in das Mädel verliebt – aber wie er sie gesehen hat, war es aus! Es hat ihn fünftausend Pfund gekostet, um eine Klage wegen gebrochenen Heiratsversprechens abzuwenden. Ich habe nie verstanden, wie er so ein verrückter Esel sein konnte!«

»Ja, ja, das kann passieren«, sagte Anthony verbissen. »Lassen Sie mich einmal nachdenken.«

Pinkey sah ihn plötzlich entsetzt an.

»Großer Gott, hat er Sie etwa auch hereingelegt?«

»Bis jetzt hat mich noch niemand hereingelegt«, erwiderte Anthony kurz. »Stören Sie mich jetzt einmal nicht. Ich überlege gerade, wie ich ihn fassen kann.«

Plötzlich lächelte er, denn es war ihm etwas eingefallen. Sein gutes Gedächtnis hatte ihm schon in vielen Fällen geholfen. Er ging zu seiner Wohnung zurück. Der Portier erzählte ihm, daß eine Dame gekommen sei und nach ihm gefragt habe. Sie warte mit ihrer Mutter oben in der Diele.

»Es ist Miss Jibble, mein Herr. Sie wohnte einmal eine Woche lang hier. Vielleicht entsinnen Sie sich ihrer noch?«

»Bestellen Sie den Damen, daß ich sie auf meinem Zimmer erwarte«, sagte Anthony ernst.

Kaum war er in seinem Wohnzimmer angekommen, als es auch schon an der Tür klopfte.

»Herein!« rief Anthony mit fester Stimme.

Miss Jibble trat näher und sah sich scheu um. Sie schien sehr aufgeregt zu sein. Mrs. Jibble war entsetzlich aufgedonnert und konnte nicht abstoßender aussehen.

»Nehmen Sie bitte Platz!«

»Nein, ich kann mich nicht setzen«, sagte die ältere Dame. Sie hatte eine tiefe Baßstimme und sprach so laut, daß fast die Fensterscheiben klirrten. »Ich werde mich nicht länger in diesem lasterhaften und herzlosen Hause aufhalten, als es irgendwie nötig ist.«

»O Mutter, sprich nicht so zu ihm«, bat Miss Jibble in herzzerreißendem Ton. »Ich bin sicher, er hat einen guten Charakter. Rede doch mit ihr, Anthony.«

»Sie haben mit den Gefühlen eines jungen und unschuldigen Kindes gespielt, mein Herr! Ich fordere eine Erklärung von Ihnen!«

»Es ist weiter gar keine Erklärung nötig. Ich sah Ihre Tochter im Park, war von ihrer überirdischen Schönheit berauscht und habe mich unsterblich in sie verliebt.«

Einen Augenblick lang war selbst die hartherzige Mrs. Jibble sprachlos.

»Niemand, der diese Dame gesehen hat«, fuhr Anthony fort und schaute flüchtig auf Miss Plumpudding, die ihm erstaunt und mit offenem Munde zuhörte, »kann sich ihren Reizen verschließen. Wenn man sie sieht, muß man sie lieben!«

Er breitete seine Arme aus, aber Eliza trat einen Schritt zurück.

»Sie wollen also meine Tochter heiraten?« fragte Mrs. Jibble aufgeregt. »Sie haben ihren guten Ruf entehrt ... «

»Sie heiraten?« rief Anthony in höchster Ekstase. »Das wäre das höchste Glück meines Lebens!«

»Wollen Sie sie wirklich heiraten?« Mrs. Jibbles Stimme klang zweifelhaft und ungläubig, was gerade nicht sehr schmeichelhaft für ihre Tochter war.

»Aber natürlich, das ist doch der Traum meines Leben! O Eliza – endlich!«

Aber wieder wich Miss Jibble zurück, und einen Augenblick sahen sich Mutter und Tochter voller Verwirrung an.

»Aber es ist doch gar nicht nötig, daß Sie Eliza heiraten«, sagte Mrs. Jibble hastig. »Meine Tochter muß jetzt nach Südfrankreich gehen, um sich von dieser Aufregung zu erholen. Sie als Gentleman werden für die Kosten dieser Reise fraglos aufkommen. Was bedeuten denn tausend Pfund für Sie?«

»Genau tausend Pfund«, antwortete Anthony prompt. »Und Südfrankreich ist gerade der Platz, den ich mir für die Flitterwochen ausgesucht habe.«

Mrs. Jibble atmete schwer.

»Die Sache muß doch nicht gleich übers Knie gebrochen werden. Vielleicht werden Sie morgen früh anders denken. Vielleicht sehen Sie morgen früh ein, daß eine so übereilte Heirat Sie beide nur unglücklich macht. Hier ist meine Karte, Mr. Newton.« Sie legte eine schön gravierte Visitenkarte auf den Tisch. »Morgen werden Sie es sich vielleicht überlegt haben und nicht mehr darauf bestehen, das Leben meines armen Kindes zu ruinieren. Komm mit, Eliza.«

Sie verließen beide das Zimmer, und Eliza war zuerst draußen.

Anthony brachte eine Stunde in einem öffentlichen Auskunftsbüro zu und ging anschließend noch zu einem wirklichen Rechtsanwalt, der noch niemals Liebesgeschichten und Romane geschrieben hatte. Anthony kannte ihn oberflächlich. Er war ein erfolgreicher und gesuchter Jurist, der so überlaufen war, daß man in seinem Büro kaum einen Stuhl finden konnte, der noch einen ganzen Sitz hatte. Auch der große Teppich auf dem Boden war schon sehr abgenutzt.

»Ich möchte Sie ersuchen, unverzüglich eine Klage gegen Miss

Eliza Jibble, Clarence Palace Hotel, Regent's Park, zu erheben.«

»Warum wollen Sie sie denn verklagen?« fragte der geschäftige Anwalt, indem er die Adresse aufschrieb.

»Wegen Bruch des Heiratsversprechens«, erwiderte Anthony ruhig.

Der Rechtsanwalt zeigte nicht das mindeste Erstaunen.

»Meine Klage ist sehr dringend«, betont Anthony. »Wenn es nötig ist, will ich den ganzen Nachmittag in Ihrem Büro zubringen.«

»Das ist weder nötig noch erwünscht«, entgegnete ihm der Anwalt und klingelte seinem Schreiber.

Am nächsten Morgen um elf Uhr wurde Anthony von Mr. Tanker angerufen.

»Eben war ein Mann von der Rechtsanwaltsfirma Hall & Bennet hier.« Mr. Tankers Stimme zitterte ein wenig. »Er überreichte mir eine Vorladung unter Strafandrohung, weil ich Zeuge in einem Prozeß wegen Bruch des Heiratsversprechens sein soll. Was, zum Teufel, soll denn das heißen?«

Anthony war eiskalt.

»Sie sagten mir doch seinerzeit, daß Ihr Name vor Gericht nur genannt werden könnte, wenn eine Klage wegen Bruchs des Heiratsversprechens anhängig gemacht würde. Diese Klage habe ich jetzt eben erhoben.«

»Aber Sie werden doch mit dieser verdrehten Sache nicht weitergehen? Das ganze Gericht wird Sie ja auslachen!«

»Ich klage mindestens tausend Pfund Schadenersatz ein«, entgegnete Anthony entschieden. »Und wenn ich die tausend Pfund erst habe, können die Leute, die lachen wollen, ruhig lachen.«

»Sie sind verrückt«, schrie Mr. Tanker. »Es ist doch unerhört, eine junge Dame wegen Bruchs des Heiratsversprechens anzuzeigen! Nun seien Sie doch einmal vernünftig . . .«

»Das bin ich immer gewesen. Wir jungen Leute müssen ein für allemal gegen die Anschläge dieser hinterlistigen Weibsbilder geschützt werden.«

Eine Pause trat ein.

»Wenn Sie hundert Pfund bekommen, ist die Sache doch

wohl in Ordnung?« fragte Mr. Tanker nach einer Weile. »Hundert Pfund ist eine Menge Geld – eine Menge Geld.«

»Das stimmt, das stimmt«, sagte Anthony. »Aber es sind nicht tausend, nicht tausend.«

Drüben wurde der Hörer angehängt.

Später erschien Mrs. Jibble auf der Bildfläche. Sie war in einer Verfassung, die an Wahnsinn grenzte.

»Was soll denn das heißen, mein Herr?« fragte sie und hielt Anthony ein Schriftstück entgegen.

»Das heißt, daß Ihre Tochter mich entweder heiratet oder mir Entschädigung dafür zahlt, daß sie meine heiligsten Gefühle verletzt hat. Ich lasse nicht mit mir spielen. Miss Plum – Ihre Tochter hat mein Leben vergiftet! Ich bin fest entschlossen, sie für ihr schändliches Betragen zahlen zu lassen!«

»Aber mein Herr ...« Mrs. Jibble war den Tränen nahe, »wenn wir tausend Pfund zahlen sollen, sind wir ruiniert.«

»Sie können doch Ihre vielen Diamanten verkaufen«, sagte Anthony mit unerschütterlicher Ruhe. »Sie haben ja genug. Als Ihr zukünftiger Schwiegersohn ...«

»Das werden Sie niemals werden«, schrie die Frau verzweifelt auf. »Ich würde lieber ... ich würde eher ...«

Die Unterredung endete sehr wenig zufriedenstellend für Mrs. Jibble.

Nachmittags um die Teezeit kam Mr. Tanker persönlich.

»Also sehen Sie, Mr. Newton, es hat doch gar keinen Zweck, daß wir vor Gericht gehen und uns streiten. Mrs. Jibble will nicht haben, daß Sie ihre Tochter heiraten. Sie ist bereit, Ihnen zweihundertfünfzig Pfund zu zahlen. Ich habe das Geld dabei.«

Er warf geräuschvoll ein Paket Banknoten auf den Tisch, und einen Augenblick lang war Anthony versucht, sie anzunehmen.

»O nein«, sagte er dann, »ich kann nicht meine heiligsten Gefühle für eine so schäbige Summe verkaufen. Das ist es ja, Mr. Tanker, ich habe Prinzipien.«

»Das ist ja alles gut und schön«, sagte Mr. Tanker unruhig. »Aber wir wollen nicht über Nebensachen sprechen, sondern uns an die Hauptsachen halten. Hier sind zweihundertfünfzig Pfund.«

»Hebe dich weg von mir, Satanas!« erwiderte Anthony.

Abends um elf Uhr suchte Anthony noch Pinkey Stephens auf, und diesmal war der Rechtsanwalt erfreut, seinen Bekannten zu sehen, denn er hatte ihm eine große Neuigkeit mitzuteilen.

»Mein Junge, wir werden eine Flasche Wein trinken.« Er suchte in seinem Büfett und brachte eine Flasche mit schwarz-goldenem Verschluß zum Vorschein. »Ich habe heute nämlich eine Geschichte für 300 Pfund verkauft.«

»Und ich habe meinen Roman für tausend verkauft«, entgegnete Anthony prompt. »Die Überschrift lautet: ›Trage niemals öffentlich deinen Ehering.‹ Der böse Schuft in der Geschichte ist ein früherer Rechtsanwalt, der irgendein verheiratetes Weibsstück engagierte, um den Helden in Liebesbande zu verstricken. Aber er vergaß dabei das Wichtigste, er sagte ihr nicht, daß sie ihren Trauring ablegen müsse. Das Frauenzimmer ist ebenso lieblich und anziehend wie eine bombardierte Lohgerberei. Der Kerl hat sie nur dazu angestellt, damit der jeweilige junge Mann, der immer ein hübscher und verständiger Junge ist, so aufsässig wird, daß er gerne ein kleines Vermögen zahlt, um dieses Scheusal wieder loszuwerden. Aber am Ende meines Romans triumphiert doch der Held. Er ist, wenn ich es noch nicht erwähnt haben sollte, ein schöner, junger Mann mit freundlichem Lächeln und tadellosem Auftreten, das überall Bewunderung hervorruft. Wenn er durch die Straßen geht, schauen ihm die Frauen nach . . .«

»Das klingt nach Owen Nares«, sagte Pinkey, und Anthony fühlte sich ein wenig beleidigt.

8. KAPITEL

Der Gast im Minnow-Klub

Anthony Newton war fest davon überzeugt, daß er sein Brot, wenn er es ins Wasser würfe, als Kuchen wieder herausfischen könnte. Und zwar war es sicherlich kein gewöhnlicher Kuchen, sondern einer von der besten Qualität mit Zuckerguß und Mandeln. Viele Leute haben große Hoffnungen im Leben, aber Anthony Newton glaubte ein verbrieftes und versiegeltes Recht auf die Erfüllung seiner Wünsche zu haben. Optimismus gründet sich auf das feste Vertrauen, daß einem etwas zusteht.

Anthony glaubte auch, daß die Welt sich einmal in vierundzwanzig Stunden um ihn drehte, daß sie für ihn geschaffen sei und daß der liebe Gott am siebenten Tage geruhte nachzusehen, ob er nicht etwas vergessen hätte, was Anthony Newton gebrauchen könnte.

Als Pinkey gerade mit einer sehr schwierigen Situation in seiner neuesten Geschichte (»Hätte er sie heiraten sollen?« Ein erschütterndes Drama von Liebe und Leidenschaft) beschäftigt war, trat Anthony in sein Arbeitszimmer und wurde recht unliebenswürdig begrüßt.

»Hallo«, rief Pinkey unwirsch, »haben Sie denn wirklich nichts zu tun?«

Anthony setzte sich bedachtsam hin, zog vorher die gutgebügelten Beinkleider hoch und legte seinen Zylinder behutsam auf einen Nebentisch.

»Ich brauche eine Sekretärin«, sagte er dann.

Pinkey fuhr entrüstet auf.

»Bin ich etwa ein Stellenvermittler?«

Aber Anthony brachte ihn durch eine Handbewegung zum Schweigen.

»Die Sache ist sehr ernst«, entgegnete er ruhig. »Ich brauche wirklich eine Sekretärin. Ich habe mir die Sache reiflich überlegt. Ich habe ein vollständig eingerichtetes Büro, habe eine schöne Schreibmaschine gekauft und meinen Namen an die Tür malen lassen. Alles, was ich nun noch nötig habe, ist eine Sekretärin. Ich möchte aber kein zerstreutes junges Mädchen haben, selbstverständlich darf sie auch nicht wie eine alte Schreckschraube aussehen. Sie muß nett und hübsch sein, das heißt in dem Maße, wie es sich eben für ein Büro gehört. Ruhig, anständig, klug und verständnisvoll.«

»Maschinenschreiben braucht sie wohl nicht zu können?« fragte Pinkey ironisch.

»Das ist doch die Hauptsache! Ich habe eine Schreibmaschine, also muß sie auch darauf schreiben können.«

Der Rechtsanwalt legte die Feder nieder, lehnte sich in seinen Stuhl zurück und runzelte die Stirn.

»Wenn Sie sonst zu mir gekommen wären, um hier eine Sekretärin zu suchen, wäre es eine Verrücktheit gewesen, aber unter den gegebenen Verhältnissen kommen Sie gerade in einem glücklichen Moment.« Er suchte auf seinem Schreibtisch und fand ein Stück Papier.

»Miss Agnes Portland«, las er und reichte dem anderen die Adresse. »Sie kam heute morgen zu mir. Einer meiner Freunde hat sie hergeschickt, ob ich ihr nicht eine Stelle verschaffen könnte. Sie ist eine gute Stenotypistin, war auch schon als Sekretärin tätig und ist sehr tüchtig. Wenigstens brachte sie einen solchen Empfehlungsbrief.«

»Ist sie denn auch ...?« Anthony zögerte.

»O ja, sie ist auch hübsch und gesetzt, das heißt, ich kann nicht für sie garantieren. Ich hatte keinen Posten für sie – ich lasse alle meine Arbeiten in einem Schreibbüro herstellen. Ihre Adresse ist auf der Rückseite vermerkt. Und nun, mein alter Freund, entschuldigen Sie mich bitte, ich habe zu schreiben.«

Anthony erhob sich, zog seinen Rock zurecht und nahm seinen Hut auf.

»Wozu brauchen Sie denn überhaupt eine Sekretärin?« fragte Pinkey. Seine Neugier war doch erwacht.

Anthony seufzte.

»Sie passen nicht mehr in die Welt«, sagte er ein wenig traurig. »In alten Tagen war das Zeichen eines Geschäftsmannes ein Laden und eine Waage – heute ist es ein Büro und eine Sekretärin. Im Augenblick bin ich ein Paria in den Geschäftskreisen der City. Die Leute sehen mich schief von der Seite an. Wo ich mich auch immer sehen lasse, flüstern sie sich zu: ›Der hat keine Sekretärin.‹ Das fällt mir auf die Nerven.«

»Aber das bilden Sie sich doch alles nur ein!«

Anthony verteidigte sich nicht. Er hatte sich wirklich ein neues Büro gemietet, hoch oben in einem kleinen Gebäude in der Nähe von Piccadilly Circus. Er hatte sich auch Briefpapier mit seinem Namen drucken lassen, hatte sich eine Schreibmaschine, ein Telefon sowie alles andere Zubehör zugelegt, das ein Geschäftsmann haben muß, obwohl er noch kein Geschäft hatte. Anthony war jedoch in diesem Punkt sehr zuversichtlich. Das würde schon noch kommen.

Am nächsten Morgen stellte sich Miss Portland bei ihm vor. Sie war jung, hübsch, selbstbewußt und frei in ihrem Auftreten. Sie untersuchte zunächst die Schreibmaschine, die Anthony gekauft hatte, und sagte, daß sie absolut nichts wert sei. Sie ließ sich auch nicht im mindesten von ihm irremachen. Sie sortierte Anthonys Briefe und las nicht einmal den Inhalt, oder sie sagte wenigstens, daß sie es unterlassen hätte, irgendeinen Brief zu lesen, der privaten Charakter zeigte. Dann nahm sie die Schreibmaschine, trug sie in das Geschäft zurück, wo Anthony sie gekauft hatte, und kehrte erhitzt, aber frohen Mutes mit einer viel älteren Maschine zurück, auf der man aber gut und schnell schreiben konnte.

Anthony war begeistert.

Sie tranken zusammen Tee im Büro, und Anthony erzählte ihr die traurige Geschichte seines Lebens. Sie glaubte ihm nur so viel, wie ihr gut schien, und ließ ihn auch einiges aus ihrem Leben wissen.

»Wollen Sie nicht irgendein Empfehlungsschreiben oder ein Zeugnis von meinem letzten Chef haben?« fragte Miss Portland gegen Ende des Nachmittags. »Aber ich glaube, es wird Ihnen auch nicht viel helfen.«

»Ich stelle Leute nur nach dem persönlichen Eindruck ein, den ich von ihnen habe«, erklärte Anthony ein wenig von oben herab. »Ich habe mich selten getäuscht.«

Sie lächelte.

»Mr. Anquilina denkt dasselbe«, meinte sie trocken, »aber er hat doch einen großen Fehler gemacht ...«

»Anquilina?« Anthonys Interesse war erwacht. »Sie meinen doch nicht den südamerikanischen Millionär?«

»Er ist Südamerikaner, das stimmt«, erwiderte Miss Portland. »Aber ich glaube nicht, daß er eine Million hat.«

»Aber mein liebes Kind« – Anthony konnte sehr liebenswürdig und väterlich sein – »das steht doch in den Zeitungen. Er hat das Triforium-Theater gekauft, Jollity, das Neue Hypoceum und ...«

Sie sah ihm gerade ins Gesicht, und ein schalkhafter Zug lag in ihren Augen. Sie war klug und ohne Illusionen, wie es die jungen Mädchen heute sind, die in den Büros zur Sachlichkeit erzogen werden. Sie war so verständig und vernünftig wie ein männlicher Angestellter.

»Mr. Newton«, sagte sie, »wenn Anquilina Geschäfte oder große Geschäftshäuser gekauft hätte, würde davon eine Zeile in die Zeitungen gekommen sein? Wenn er die halbe Threadneedle Street gekauft hätte, würde sich jemand darüber aufregen? Die Bankleute wohl, die würden sich nach seiner finanziellen Lage erkundigen. Aber nur weil man annimmt, daß er die Absicht hat, Theater zu kaufen, beschäftigt sich die Öffentlichkeit mit ihm. Über Theater wird ja in den Zeitungen an sich viel geschrieben. Ich kann Ihnen nur sagen, der ganze Anquilina ist ein Bluff. Er lebt in dem besten Hotel Londons und zahlt seine Hotelrechnungen prompt, er hat eine Sekretärin – vielmehr er hatte eine, bis ich von ihm wegging –, er kennt in London alle Theaterleute. Er hat darüber gesprochen, daß er Theater kaufen will, aber ich habe ihn durchschaut. Ein Mann ist meistens sehr offen einer jungen Dame gegenüber, die er zum Souper einlädt. Aber ich liebe das nicht, und die Soupers bei Cavolo sind mir besonders unsympathisch, weil dort der Kellner immer erst diskret anklopft, bevor er eintritt.«

»Aber was in aller Welt ist er denn?« fragte Anthony aufs höchste erstaunt.

»Ich möchte es Ihnen nicht erzählen«, entgegnete Agnes zurückhaltend. »Aber wenn Sie mich fragen, was er für einen Beruf hat, so bin ich gerne dazu bereit. Er hat neben seinem Schlafzimmer noch ein größeres Wohnzimmer im Hotel – dort gibt er seine Gesellschaften. Er kann Baccarat besser spielen als die meisten anderen Leute. Deswegen mußte er ja auch schon das Rex-Hotel verlassen – der Geschäftsführer sagte, man habe sich darüber beschwert, daß seine Gäste so furchtbar fluchten und schimpften, wenn sie morgens um zwei Uhr von ihm weggingen. Ich habe den Brief selbst gesehen, den er vom Hotel bekam. Sie glauben vielleicht, daß es nicht richtig von mir sei, über meinen früheren Chef zu sprechen, aber auf gewisse Menschen braucht man keine Rücksicht zu nehmen, und Antonio Anquilina gehört zu diesen.«

Anthony schaute nachdenklich auf seinen Schreibtisch.

»Also ist er ein Verbrecher?«

»Das weiß ich nicht. Leute, die ihren Lebensunterhalt durch ihren Witz und ihre Pfiffigkeit erwerben, können eigentlich nicht ehrlich sein, denn ehrliche Verstandesarbeit führt zu einem ehrlichen Geschäft.«

Anthony nickte ernst.

»Ich danke Ihnen, Agnes.«

»Ich heiße Portland, und ich möchte auch so angeredet werden.«

Am selben Abend hörte Anthony von dem Minnow-Klub. Er war weniger bekannt, als man hätte annehmen sollen. Seine Mitgliederzahl war beschränkt, und seine finanziellen Hilfsquellen waren gering. Ursprünglich war er gegründet worden als ein Klub für die Geschäftsführer der großen Modehäuser im Westen Londons.

Allmählich kam er aber herunter, und es gehörten schließlich nur noch gewöhnliche Leute mit kleinem Einkommen dazu. Der Krieg war auch hieran schuld; ein großes Modegeschäft nach dem anderen hatte den Konkurs erklären müssen, und einige der bedeutendsten Leute waren zu Gefängnis verurteilt worden. So war der Klub nach und nach entartet.

Der letzte Eigentümer, Felix Sandyman, kaufte das Unternehmen für die Summe von siebenhundert Pfund. Davon zahlte er hundert Pfund bei Zeichnung des Vertrages, den Rest in monatlichen Raten von fünfzig Pfund und erhielt dafür alles Inventar, das der Verkäufer fein säuberlich in eine Liste eingetragen hatte, einen ziemlich wertlosen Vorrat an Konserven und die Einrichtung des Billardzimmers; außerdem übernahm er einen französischen Küchenchef mit Namen Youngarry.

Anthony Newton traf Felix Sandyman zufällig an diesem Abend. Sie tranken zusammen, und Felix, der ernst veranlagt war und wenig Sinn für Humor hatte, schlug Anthony vor, Mitglied des Klubs zu werden.

»Nein, danke, das möchte ich nicht tun«, entgegnete Anthony.

Felix seufzte.

»Ich habe den Klub von einem gewissen Aronsohn gekauft, der ihn für eine faule Schuld übernommen hatte. Ich wünschte nur, daß die Leute ihre Schulden bezahlten, dann hätte ich jetzt nicht diesen Minnow-Klub am Halse.«

»Geht das Geschäft denn nicht gut?« fragte Anthony interessiert.

Mr. Sandyman machte ein so verzweifeltes Gesicht, daß Anthony die Antwort daraus erraten konnte.

»Ich dachte auch schon daran, den Klub dem Südamerikaner anzubieten, von dem alle Leute hier in der Stadt sprechen.«

Anthony erhob sich halb vom Tisch und schaute ihn an.

»Ich meine einen gewissen Angelina . . .«

»Anquilina«, verbesserte Anthony.

»Das ist er. Man sagt, daß er Häuser und Liegenschaften in London für einen Trust aufkauft, auch Theater und anderes.«

Anthony holte tief Atem.

»Ich werde Ihren Klub kaufen.« Es war ungewöhnlich, daß Anthony etwas kaufte, ohne vorher über den Preis zu feilschen. Aber diesmal tat er es. Am nächsten Mittag war er schon Eigentümer des Minnow-Klubs. Er hatte alle die alten Stühle, den abgenutzten Billardtisch, die vielen eingerahmten Stoffbilder und das nicht mehr vollständige Geschirr gekauft.

Er hatte nun das Recht (das er aber nicht ausübte), den französischen Koch Youngarry zu entlassen und neue Kellner anzustellen. Statt dessen mietete er hübsche Möbel, anständige Bestecke und Geschirr, kaufte einen neuen Teppich für das Spielzimmer, ließ ein neues Schloß an der Tür anbringen und stellte einen Schreiner an, der ein Loch in eine Türfüllung sägen und einen Schieber daran befestigen mußte, der von innen geöffnet werden konnte. Als er mit allem fertig war, ging er zu dem Stellennachweis früherer Offiziere.

Anthony kannte das große Zimmer, in dem seine jungen Kriegsfreunde darauf warteten, von Leuten, die in dieser Stadt gern Abenteuer erleben wollten, engagiert zu werden. Sie grüßten ihn mit großer Begeisterung, denn in früheren Tagen war Anthony eines der revolutionärsten Mitglieder dieses kleinen Klubs gewesen.

»O nein, ich habe meine Stellung nicht verloren, ich hatte auch keine, die ich hätte verlieren können«, erklärte er. »Ich lebe jetzt nur von meinem Witz und meinem Verstand.« Er mußte an den Ausspruch der gescheiten Miss Portland denken. »Nun, gerade nicht davon allein, aber das ist ja gleich. Ich lebe und habe drei Abende hindurch Arbeit für jeden von euch, der Baccarat spielen kann und einen Smoking besitzt. Ich zahle gut – zehn Prozent von meinem Verdienst. Es wird schon eine ganz nette Summe dabei herauskommen. Ich will einem gemeinen, niederträchtigen Ausländer einen Streich spielen.«

Es waren zehn Leute dort, und alle zehn wollten mitmachen. Aber nur neun hatten die erforderliche Kleidung.

»Du machst dann den Portier, Fairy«, sagte Anthony zu dem zehnten, und der gerade nicht sehr elegant aussehende junge Mann grinste vergnügt. »Du hast auch das dazu passende Gesicht. Nun setzt euch einmal hier um den Tisch und hört zu ...«

Mr. Antonio Anquilina war ein untersetzter, mit viel Geschmack gekleideter Mann mittleren Alters. Er bewohnte eins der teuersten Appartements des Hotels Belami, und er fand, daß der Luxus, den er trieb, sich wohl rentierte. Er war Mitglied eines Klubs, in dem hauptsächlich prominente Persönlichkeiten der Theaterwelt speisten, und während des Mittagessens klagte er bewegend über die Verluste, die er am vergangenen Abend gehabt hatte. Durch diese Taktik gelang es ihm, immer wieder neue Leute zu seinen Spielpartien einzuladen, denn jeder spielt gern mit einem Mann, der dauernd verliert. Am nächsten Morgen war er dann gewöhnlich in der fröhlichsten Stimmung, denn sein Jammern hatte sich glänzend gelohnt.

Er hatte niemals wirklich ein Theater gekauft, aber er hatte sich doch nach vielen erkundigt und überall Verhandlungen geführt, die ziemlich weit gediehen waren. Geld schien bei ihm keine Rolle zu spielen, das hatte er auch immer betont. Wenn er nur die richtige Bühne finden könnte, dann würde er sofort zugreifen und kaufen. Aber unglücklicherweise fand er sie niemals. Er war auch gewillt, Theatergruppen zu finanzieren, wenn ihm der Spielplan und alles andere zusagte. Er speiste dann einige Wochen auf Kosten erwartungsvoller Theaterdirektoren, Autoren und Regisseure. Aber bisher war es noch niemand gelungen, einen Spielplan zu entwerfen, der ihm vollständig zugesagt hätte. Und zwischendurch lud er Leute, die Geld hatten und mehr dazu haben wollten, zu kaltem Putenbraten und einer Flasche Sekt auf sein Zimmer ein. Die Einladungen wurden gerne angenommen, nach Tisch wurde dann ein kleines Spielchen aufgelegt. Seine Gäste nahmen meist das Mißgeschick, das sie traf, mit philosophischer Ruhe hin, das heißt, sie kamen am nächsten Abend wieder, um ihre Verluste wettzumachen, was ihnen jedoch niemals gelang.

Dann gab es Unannehmlichkeiten im Hotel. Ein höflicher Geschäftsführer interviewte Mr. Antonio Anquilina und teilte ihm mit Bedauern mit, daß seine Zimmer von nächster Woche ab anderweitig vermietet seien. Antonio, der nun schon aus mehreren Hotels ausgewiesen worden war, spielte den Beleidigten, sprach davon, daß er gerichtliche Schritte gegen die Direktion unternehmen würde, und führte dasselbe Theater auf wie bei allen früheren Gelegenheiten.

Er dachte gerade über neue Pläne nach, als ihm eine Visitenkarte überreicht wurde.

»Wer ist denn dieser Mr. Anthony Newton?« fragte er seinen neuen Sekretär.

»Ich habe noch niemals von ihm gehört«, erwiderte der junge Mann.

Mr. Newton wurde hinaufgebeten, und so standen sich Anthony und Antonio gegenüber; der eine von dunkler Gesichtsfarbe, höflich lächelnd, und von einer geradezu orientalischen Liebenswürdigkeit, der andere mit harten, energischen Gesichtszügen, kühl und geschäftsmäßig.

»Ich habe gehört, daß Sie ein Theater kaufen wollen«, erklärte Anthony.

Mr. Anquilina, der nicht recht wußte, was er mit dem Fremden anfangen sollte, zeigte sich nach außen hin interessiert und nickte.

»Ich möchte nämlich auch ein Theater kaufen«, fuhr Anthony zum größten Erstaunen des anderen fort. »Und ich dachte mir, daß ich Ihr Partner werden könnte, Mr. Anquilina, wenn Sie Ihren Plan ausführen sollten. Ich habe ein Theaterstück, das ich gerne zur Aufführung bringen möchte ...«

Den ganzen Nachmittag sprachen sie über Theater und Aufführungen und nichts anderes.

»Geld spielt bei mir keine Rolle«, sagte Anthony, als er sich erhob, um zu gehen. »Wenn ich nur das richtige Theater finde, werde ich es sofort kaufen. Geradeheraus gesagt, bin ich nicht auf einen Partner angewiesen, ich würde es auch vorziehen, die volle Verantwortlichkeit allein zu übernehmen.«

Mr. Anquilina gab ihm nicht nur vollkommen recht, sondern er lobte Anthony auch noch in einer schmeichlerischen Art, die an Schamlosigkeit grenzte, für sein liebenswürdiges und ehrendes Angebot. Dann lud er ihn ein, mit ihm zu Abend zu essen.

»Essen Sie doch mit mir im Minnow-Klub«, entgegnete Anthony.

»Wo?«

»Im Minnow-Klub.« Anthony lächelte geheimnisvoll. »Vermutlich haben Sie noch nie davon gehört? Es verkehren nur auserwählte Leute dort, es wird nicht annonciert. Ich erzähle Ihnen im Vertrauen, daß mir der Klub gehört. Ich habe ihn vor einiger Zeit gekauft, aber er macht jetzt zuviel Umstände und Unannehmlichkeiten. Auf mein Wort, wenn man mir zehntausend Pfund dafür böte, würde ich ihn losschlagen.«

»Rentiert er sich denn nicht?«

Anthony antwortete nicht direkt.

»Es ist weniger eine Frage des Geldes – es ist die Verantwortung, die ich mir aufgeladen habe. Ich bin aus einer sehr angesehenen Familie, und manchmal mache ich mir Gedanken, daß ich trotz aller Vorsichtsmaßregeln doch eines Tages noch große Unannehmlichkeiten durch den Klub haben könnte.«

Mr. Anquilina nahm die Einladung bereitwillig an.

Als sie zu Tisch saßen, konnte er aber nichts Ungewöhnliches erkennen. Zuerst erschien ihm der Klub sogar ein wenig heruntergekommen und schäbig. Die Mitglieder, die dort speisten, waren aber sicherlich aus guten Verhältnissen. Er vermutete sogar, daß sie wohlhabend seien, als sie zu zweien und dreien das Lokal verließen. Schließlich blieb Anthony mit seinem Gast allein, der sich täuschen ließ.

»Gehen denn alle Mitglieder schon so früh?« fragte er. Anthony zuckte die Schultern.

»Heute abend sind nur wenige hier . . . es sind doch verschiedene Galabälle und andere große Veranstaltungen angesagt.«

»Aber haben denn alle den Klub verlassen?« fragte Antonio hartnäckig.

Mr. Newton zögerte.

»Ich weiß nicht, ob ich Sie damit behelligen darf, daß ich Sie in mein Vertrauen ziehe. Aber wenn Sie sich dafür interessieren – aber nein, ich habe es mir überlegt, ich will es lieber nicht tun.«

Mr. Anquilina war sichtlich erregt.

»Ich versichere Ihnen, daß ich mich Ihres Vertrauens in jeder Weise würdig zeigen werde. – Sie erweisen mir einen großen Gefallen damit.«

Anthony sah ihn düster an.

»Nun gut, dann kommen Sie mit mir.«

Er stand auf, und Mr. Anquilina, der auf ein romantisches Abenteuer gefaßt war, folgte ihm. Sie stiegen eine enge Treppe hinauf und kamen zu einem kleinen Vorraum. Anthony klopfte dreimal an eine Tür. Ein Guckloch im Paneel öffnete sich und ein grimmiges Gesicht schaute sie an.

»Es ist alles in Ordnung, Fairy«, sagte Anthony begütigend. »Das ist ein Freund von mir.«

Aber der Mann schüttelte den Kopf.

»Ich glaube aber nicht, daß Sie jemand hereinbringen sollten, Mr. Newton, ohne daß die anderen Gäste ihre Einwilligung dazu geben.«

Anthony runzelte die Stirn.

»Bin ich denn nicht der Eigentümer des Klubs?« fragte er.

Das kleine Fensterchen schloß sich wieder. Mr. Anquilina, der vor Erwartung fieberte, hörte, wie die Riegel zurückgezogen wurden. Dann öffnete sich die Tür. Anthony geleitete ihn in einen mittelgroßen Raum. In der Mitte stand ein mit grünem Stoff bezogener Tisch. Er brauchte nicht erst lange zu fragen, was die neun feierlich aussehenden Leute an dem Tisch machten. Ein Mann in Hemdsärmeln mischte die Karten und teilte sie aus. Aber es war nicht das Spiel selbst, das den Südamerikaner in Erstaunen setzte, es war die Höhe der Einsätze.

Sie setzten Hunderte, ja Tausende mit einer so gleichgültigen Miene, daß selbst Mr. Anquilina verwirrt wurde. Der einzige Protest kam von einem Mann, dem offenbar das Geld ausgegangen war. Er schrieb einen Scheck aus und warf ihn fluchend auf den Tisch.

»Verdammt, sechzehntausend habe ich nun in den beiden letzten Tagen verloren!« rief er bitter.

Anquilina war starr vor Staunen.

Sie standen beide eine Zeitlang und beobachteten das Spiel, dann klopfte Anthony seinem Gast auf die Schulter, und sie verschwanden wieder schweigend.

»Was halten Sie davon?«

Anquilina konnte nur den Kopf schütteln.

»Jetzt wissen Sie, warum ich so besorgt bin. Das Spiel ist zu hoch. Die Leute können zwar Verluste ertragen, das ist schließlich ihre eigene Sache. Die Einnahmen sind ja auch recht beträchtlich, und es wird absolut fair gespielt, darauf sehe ich unter allen Umständen, aber . . .«, er schüttelte traurig den Kopf.

»Mein lieber Freund«, sagte Antonio, als er sich von seinem Staunen erholt hatte, »ich verstehe Sie. Ich kann Ihnen das lebhaft nachfühlen. Sie sind ein Gentleman, Sie haben Charakter. Ich möchte den Klub von Ihnen kaufen . . . ich bin wohlhabend, aber ich muß meinen Liebhabereien nachgehen können. Sie als

Engländer werden das begreifen. Wenn Sie einen annehmbaren Preis nennen würden, so etwa sechstausend ...«

»Zehn«, erklärte Anthony.

»Sagen wir sieben ...«

»Neun«, erwiderte Anthony entschieden. »Es fällt mir nicht ein, mit Verlust zu verkaufen. Ich habe es ja auch gar nicht nötig zu verkaufen. Ich habe auch meine Liebhabereien ...«

Schließlich einigten sie sich auf eine Kaufsumme von achttausendfünfhundert Pfund.

Als die Bank Mr. Anquilinas am nächsten Morgen öffnete, stand Anthony schon an der Tür mit seinem Scheck, und an der nächsten Straßenecke warteten trotz des strömenden Regens zehn frühere junge Offiziere, die am vorigen Abend um mythische Hunderte und Tausende gespielt hatten, auf ihren Anteil.

9. KAPITEL

Die Wahl in Bursted

Anthony war weder ehrgeizig noch rachsüchtig im gewöhnlichen Sinne des Wortes. Sein einziger Ehrgeiz bestand darin, möglichst viel Geld zu verdienen und möglichst bekannt zu werden. In jeder anderen Beziehung war er ungewöhnlich bescheiden. Und sein Bedürfnis, sich zu rächen, erstreckte sich nur darauf, seinen Feinden alles Böse, das sie ihm angetan hatten, zu vergelten.

Es ging ihm so gut, daß sich seiner eine gewisse Ruhelosigkeit bemächtigte. Als er eines Tages die Zeitungen durchblätterte, fielen ihm zwei Annoncen auf. Sie hatten beide mit dem Wahlbezirk Bursted zu tun, aber dies erfuhr er erst, als er einen Agenten aufsuchte und entdeckte, daß das ›aufstrebende, wöchentlich erscheinende Blatt, das die größte Verbreitung in hervorragenden landwirtschaftlichen Distrikten hatte und eine große Zukunftsmöglichkeit für einen tatkräftigen Mann bot‹, die Zeitschrift ›Rakete‹ war, die in dieser kleinen Stadt erschien und zum Verkauf angeboten wurde.

Daß Mr. Josias Longwirt als konservativer Kandidat für Bursted aufgestellt werden sollte, war in der Zeitung großartig angekündigt.

Als er den Namen dieses Mannes gedruckt in der Zeitung sah, erwachte in Anthonys Herz ein Wunsch nach ausgleichender Gerechtigkeit. Seit Jahren erinnerte er sich an eine häßliche Szene. Er traf einen besonders gut gekleideten jungen Mann, den er von früher her kannte, in der Hauptstadt und bat ihn um das nötige Geld zu einem Abendessen, da er sehr hungrig war. Es war in jenen Tagen, als er abgerissen in London herumlief und sich um eine Stelle abmühte, zu der er nach all den Opfern, die er dem Vaterland gebracht hatte, und nach seiner Begabung berechtigt war.

Mr. Longwirt hatte aber auch ein sehr gutes Gedächtnis, und er besann sich darauf, daß er dreimal tüchtig von einem Schulkameraden verprügelt worden war, und zwar von Anthony Newton. In seiner kleinlichen Einstellung sah er jetzt die Gelegenheit gekommen, sich dafür zu rächen.

»Tut mir furchtbar leid, Newton, ich kann Ihnen nicht helfen. Ich werde von so vielen Seiten angesprochen. Warum gehen Sie nicht ins Armenhaus, mein Junge? Dort gibt es ganz gut zu essen, und dort können Sie auch wohnen . . .«

Es klang unglaublich, aber das waren die weisen und trostvollen Worte, mit denen Mr. Josias Longwirt seinen früheren Schulkameraden abfertigte. Als er Anthony wieder begegnete, hatte er ihn überhaupt geschnitten.

Anthony war kein Journalist, aber die Möglichkeiten, die der Erwerb der ›Rakete‹ in sich barg, lagen auf der Hand.

Er hatte die etwas schadenfrohe Absicht, Mr. Longwirt ein wenig zu ärgern und zu blamieren und einige der wunden Punkte seines Charakters aufzudecken. Aber so merkwürdig und seltsam gestaltet das Schicksal das Leben der Menschen, daß keine unfreundliche Bemerkung über Josias Longwirt Esq. in den Spalten der Zeitung von Bursted erschien. Und das hatte auch seinen Grund.

Anthony Newton hatte sein Scheckbuch eingesteckt, einen Zeitungsausschnitt der ›Stationer's Gazette‹ in sein Zigarettenetui gelegt und ging nun mit großen Schritten auf dem vierten Bahnsteig der Station Waterloo auf und ab, um sich ein Abteil erster Klasse auszusuchen. Plötzlich entdeckte er an dem Fenster eines Wagens ein bekanntes Gesicht. Der andere hob zwar sofort seine Zeitung hoch, um nicht gesehen zu werden, aber Anthony stieg in das Abteil ein und setzte sich ihm gerade gegenüber.

»Mr. Longwirt!« sagte Anthony ruhig.

Der junge Mann ließ seine Zeitung sinken.

»Ach, das sind Sie ja, Newton«, sagte er mit schlechtgespieltem Erstaunen und reichte ihm nachlässig die Hand.

»Was haben Sie denn eigentlich während des Krieges gemacht?« fragte Anthony anklagend.

»Oh, ich war beim Militär und habe mitgekämpft«, erwiderte Josias triumphierend.

»Ja, ich habe auch davon gehört. Sie waren bei einer Abwehrbatterie in Bristol, wo die Flugzeuge ja nie hingekommen sind. Nun, wie geht es Ihnen denn, und was macht das Geschäft mit den Lumpen und Knochen?«

»Oh, ich bin zufrieden«, entgegnete Josias nicht gerade sehr begeistert.

Er sah blaß und schmal aus und hatte keinen klaren, offenen Blick. Sein Vater hatte ein Millionenvermögen durch An- und Verkauf von Knochen, Lumpen und anderen Abfällen zusammengescharrt. Außer Anthony Newton erwähnte niemand diese Tatsache in seiner Gegenwart, und deshalb konnte er auch Anthony durchaus nicht leiden.

»Ich hörte, daß es Ihnen gutgeht.« Mr. Longwirt hoffte, daß die unangenehme Vergangenheit nicht mehr erwähnt werden würde. »Ich freue mich, wenn es meinen früheren Kameraden gutgeht. Ich werde jetzt ins Parlament gehen. Und ich würde nach allem, was ich erfahren habe, nicht erstaunt sein, wenn man mir eine gute Stellung in der Regierung anböte.«

»Sie meinen wohl für Bursted«, sagte Anthony mit einer merkwürdigen Betonung. »Ich sah die Mitteilung in der Zeitung. Da werden Sie wohl einen leichten Sieg davontragen.«

Mr. Longwirt zögerte.

»Es ist noch ein unabhängiger Kandidat aufgestellt worden, der aber eigentlich nicht die mindeste Aussicht hat. Nebenbei bemerkt, ist es möglich, daß er zurücktritt.« Er lächelte verschmitzt.

Anthony blinzelte, und Mr. Longwirt blinzelte auch.

»Wollen Sie ihm eine Abstandssumme zahlen, daß er zurücktritt?«

»So verrückt werde ich nicht sein, mich derartig zu kompromittieren.« Und dann zwinkerte Josias wieder mit den Augen.

»Aha, daher der Ausdruck ›ehrenhafte Politiker‹. Haben Sie nicht auch schon gehört, daß die Bursteder Zeitung ›Rakete‹ zu verkaufen ist?«

»Ja. Sie gehört dem alten Murkle, einem verdrehten Kerl – ich werde wahrscheinlich das jüngste Mitglied im Parlament sein, Newton.«

»So?! Sehen Sie einmal an! Können Sie sich eigentlich darauf besinnen, daß Sie mich vor ungefähr zehn Monaten auf dem Strand getroffen haben?«

Josias runzelte die Stirn.

»Ich erinnere mich dunkel daran, aber ich habe so ein schlechtes Gedächtnis für Personen ...«

»Sie haben mich aber nicht nur gesehen, Sie haben sogar mit mir gesprochen und dabei das Armenhaus erwähnt. Ich sah da mals etwas heruntergekommen aus, und es ging mir nicht sehr gut. Seit der Zeit bin ich mit Ihnen fertig!«

Mr. Longwirt krümmte und wand sich, aber dann bekannte er doch offen Farbe.

»Wenn Sie sich beleidigt fühlen, kann ich Ihnen nicht helfen. Ich kann nicht allen Leuten Geld geben.«

»Sie werden noch allerhand zu tun haben, um sich selbst zu helfen«, meinte Anthony mit einer düsteren Andeutung.

In diesem Augenblick setzte sich der Zug langsam in Bewegung. Als er schon schneller fuhr, sprang plötzlich noch ein Mann auf das Trittbrett, riß die Tür auf und stürzte fluchend hinein.

Es war ein kahlköpfiger Mann von etwa sechzig Jahren, kurz und gedrungen gebaut. Er hatte ein großes, kräftiges, breites Kinn und scharfblickende Augen.

»... all diese verrückten Stationsmeister, Billettkontrolleure und Eisenbahnportiers«, schimpfte er laut.

»Haben Sie sich verletzt?« fragte Anthony höflich.

»Nein, durchaus nicht.« Auf einmal sah er Anthony scharf an. »Zuerst glaubte ich, daß Ihr Gesicht unsymmetrisch sei, aber jetzt sehe ich, daß es nur ein Schatten war. Verzeihen Sie mir, daß ich darüber spreche, aber ich habe seit Jahren kein gleichmäßigeres Gesicht gesehen als das Ihre.«

Anthony neigte ernst den Kopf.

»Darf ich Ihnen das Kompliment zurückgeben?« begann er.

»Nein, das dürfen Sie nicht. Mein Unterkinn ist vorgeschoben, mein rechtes Ohr ist anomal, die Verlängerungen der Scheitelbeinknochen sind gänzlich unregelmäßig. Einer der besten Gelehrten hat noch dieser Tage erklärt, es sei nach menschlicher Voraussicht einfach unmöglich, daß ich mit einem solchen Scheitelbein einen gesunden Verstand haben könnte.«

Er schaute dann Mr. Longwirt an, der ganz erstaunt dabeisaß.

»Großer Gott«, sagte der kleine Herr, »das ist aber ein merkwürdiges Gesicht!«

»Das interessiert mich«, erwiderte Anthony. »Bitte erläutern Sie es ein wenig.«

Mr. Longwirt war sprachlos.

»Die zurückfliehende Stirn deutet auf geringen Verstand – die abstehenden Ohren in dieser Form zeigen Veranlagung zum Mörder, der Unterkiefer ist zu schwach – wollen Sie einmal so gut sein und Ihren Kopf etwas drehen?«

»Das will ich durchaus nicht – ich drehe meinen Kopf nicht!« rief Mr. Longwirt beleidigt, der plötzlich seine Sprache wiederfand. »Wie dürfen Sie so etwas sagen?«

»Ihr Verhalten«, sagte der kleine, fremde Mann mit großer Genugtuung, »erklärt auch zum Teil die abstehenden Ohren. Sie sind ein unausgeglichener Charakter – leicht durch Geringfügigkeiten aus dem Gleichgewicht gebracht, die gewöhnlichen Anzeichen einer persönlichen Eitelkeit...«

»Ich bin Mr. Longwirt von Leathbro's Hall!«

»Und ich bin Dr. Clayfield vom Clayfield-Irrenhaus!« stellte sich der andere vor. »Longwirt – Longwirt – hat nicht einer Ihrer Verwandten seine Mutter vergiftet?«

»Nein!« brüllte Josias beinahe.

»Sind Sie dessen auch ganz sicher?« fragte Anthony.

»Aber selbstverständlich. Sie sind ein ungebildeter Mensch! Sie wissen sich beide nicht zu benehmen!«

Dr. Clayfield wechselte einen verständnisvollen Blick mit Anthony.

»Ich möchte Ihnen nur sagen, daß ich nächstens für den Bezirk von Bursted ins Parlament gewählt werde. Meine Wahl ist praktisch schon gesichert.«

Der Arzt schaute fragend auf Anthony, der aber den Kopf schüttelte und bedeutsam auf die Stirne zeigte.

»Alle Leute sind mehr oder weniger verrückt«, meinte Mr. Clayfield ruhig. »Diese Theorie habe ich mir aus langen Erfahrungen gebildet. Sie sind«, damit wandte er sich an Anthony, »der einzige vernünftige Mensch, den ich heute getroffen habe. Fahren Sie nach Bursted? Nun, das ist gut, ich gehe nach Larchleigh, das liegt zwei Stationen weiter. Ja, da können Sie stolz sein, Sie sind eine der drei vollständig gesunden Personen, die ich diese Woche gesehen habe. Werden Sie in Bursted bleiben?«

»Ja, Doktor, ich trage mich mit der Absicht, dort die Zeitung die ›Rakete‹ zu kaufen.«

»Dann sind Sie auch verrückt! Jeder, der Bursted als Wohnsitz aussucht, ist ein Narr, und jeder, der einen Groschen ausgibt, um die ›Rakete‹ zu lesen, ist mindestens schwachsinnig. Aber ein Mann, der diese verlotterte Zeitung kauft, ist unheilbar geisteskrank!«

Anthony kam also nach Bursted und verabschiedete sich steif von Josias, dagegen recht herzlich von dem Arzt. Josias hatte von der Möglichkeit, daß sich Anthony in Bursted der journalistischen Laufbahn widmen wollte, mit Unbehagen gehört.

Die Verbreitung der Bursteder Zeitung war wirklich groß: Bei der Eröffnung der neuen Gemeindehalle wurden tausend Exemplare gedruckt, aber sie wurden nicht alle verkauft. Mr. Murkle behauptete jedoch stolz, daß dieses Organ der öffentlichen Meinung, das auch in vielen Dörfern der Umgegend gelesen wurde, als wöchentlich erscheinendes Blatt die weiteste Verbreitung in einem Umkreis von zwanzig Meilen hatte. Und wenn Leute, die ihm übelwollten, auf die Tatsache aufmerksam machten, daß überhaupt keine andere Zeitung in der Gegend herauskam, so legte sich Mr. Murkle das als noch größeres Verdienst aus, weil er überhaupt die einzige dortige Zeitung besaß.

Die ›Rakete‹ wurde in Mr. Murkles Zeitungs- und Papierladen in der High Street ausgegeben und in einem Schuppen gedruckt, der auf der Rückseite des Ladens lag. Annoncen für die nächste Nummer wurden im Geschäft entgegengenommen bis zu dem Tage, an dem das Blatt erschien. Wenn sie groß genug waren, wurden sie sogar noch während des Druckes angenommen. Mr. Murkle ließ dann einfach die Maschinen stillstehen, und die neue Anzeige wurde noch irgendwo eingeflickt.

Roffles, der Lokalpoet, beklagte sich bitter, daß sein Beitrag unter diesen Umständen unmöglich erscheinen könnte. Diese Klage war aber insofern ungerechtfertigt, als Mr. Murkle ihm unweigerlich die fünf Schilling zahlte, ob sein Gedicht in der Nummer gedruckt wurde oder nicht.

Die Einwohner von Bursted bildeten sich ihre Meinung von der Welt und ihren Vorgängen nach den Nachrichten, die sie in der ›Rakete‹ lasen. Das war auch ganz natürlich, denn es gab in der ganzen Gegend keinen besser informierten Mann als Mr. Murkle. Er erzählte dies oft im Kreise seiner Freunde, die das unschätzbare Vorrecht genossen, aus erster Hand alle die Ansichten zu hören, die er später in seinen in fast klassischer Sprache abgefaßten Artikeln in der ›Rakete‹ zum Abdruck brachte.

Der Herausgeber und Eigentümer der ›Rakete‹ und voraussichtlich unabhängige Kandidat für den Wahlkreis von Bursted war bereits sechzig Jahre alt. Er trug einen kurzgeschnittenen weißen Bart und eine Hornbrille.

In Bursted lebte auch ein gewisser Mr. Dogbery, der sehr unzufrieden mit Mr. Murkle war, denn die Artikel, die er der ›Rakete‹ einsandte, wurden nicht angenommen. Alle Leute wußten das. Er erklärte, daß Mr. Murkle aussähe, als ob er sich mit Patentmedizinen kuriert habe, damit sein Bild in die Zeitung gebracht werde.

»Dogbery kann den Artikel nicht leiden, den ich letzte Woche über Anthony Eden in die Zeitung setzte«, sagte Mr. Murkle und kaute nachdenklich an einem Strohhalm. Er stand an diesem sonnigen Nachmittag vor seiner Ladentür und beobachtete das Schauspiel des vorüberziehenden Verkehrs, der besonders am Sonnabend in Bursted recht lebhaft war. Genaue Beobachter sahen sogar einmal zu gleicher Zeit drei Fordwagen auf der Straße. Neben Mr. Murkle stand ein Kaufmann, den er zur Aufgabe einer Annonce überreden wollte.

»Dogbery ist ein vollkommen unzufriedener Mensch. Mein Angriff auf die Amerikaner, den ich neulich schrieb, hat ihn ganz krank gemacht, wenigstens sagt er so. Und wegen meines Artikels, den ich über die Marine schrieb, hat er Leibschmerzen bekommen. Aber, Mr. Walsh, ich habe eine gewisse Pflicht dem Lande gegenüber, dessen bin ich mir immer bewußt. Die Amerikaner setzen doch keine Annoncen in die ›Rakete‹, auch Mister Eden nicht. Und was die Marine anbetrifft, so habe ich in den letzten fünf Jahren nur einen einzigen Anzeigenauftrag von ihr erhalten, zwei Spalten breit und drei Zoll hoch! Was aber die Konferenz in Genf angeht, so muß ich entschieden dagegen sein. Dogbery wird natürlich wild werden, aber wie gesagt, ich habe doch meine Pflichten dem Lande gegenüber. Wo liegt denn eigentlich Genf? Ich habe überhaupt noch nicht davon gehört, bevor die Geschichte anging. Ich wäre nicht erstaunt gewesen, wenn es in Rußland gelegen hätte. Irgendwo in der Schweiz ist es doch wohl? Man mag das zwar behaupten, aber Sie wissen ja, wie diese lahmen Kerle vom Kriegsministerium sind. Denken Sie daran, was ich Ihnen jetzt sage. Man teilt uns noch lange nicht alles mit. Warten Sie nur, bis Sie nächste Woche meinen Leitartikel lesen. Da habe ich es der Regierung aber einmal kräftig gesagt. Was Dogbery davon hält, ist mir ganz gleichgültig. Ich könnte Ihnen auch alles über die Konferenzen in Lausanne erzählen, aber nur unter uns, verstehen Sie – das dürfen Sie keinem anderen wiedersagen. Ich habe es aus erster Quelle – meine Tochter ist nämlich mit einem Regierungsbeamten verheiratet ... ich weiß wohl, daß Dogbery erzählt, mein Schwiegersohn wäre Fensterputzer bei der Admiralität. Aber er würde wohl staunen, wenn er erführe, daß er kein Fensterputzer ist. Er ist Heizer und transportiert Kohlen. Und wenn ein Mann, der eine Uniform mit Messingknöpfen trägt, kein Regierungsbeamter ist, dann weiß ich nicht, wer es sonst wohl sein sollte. Aber die ›Rakete‹ ist sehr gut informiert, alles, was darin steht, ist absolut wahr. Es ist ja auch möglich, daß eine andere Zeitung dasselbe sagt, aber dann hat sie es aus der ›Rakete‹ abgedruckt.

Was nun die nächste Wahl hier betrifft«, fuhr er nach einer Weile fort, »so weiß ich noch nicht, wen ich unterstützen werde. Mag sein, die eine Seite, mag sein, die andere. Aber darauf können Sie sich verlassen: mit wem ich es halte, der gewinnt bei den Wahlen!«

In mancher Hinsicht richtete sich Mr. Murkle in seinem Stil und seinen Gewohnheiten ganz nach der Londoner Presse.

»Es geht auch ein Gerede, daß ich als unabhängiger Kandidat für die Wahl auftreten werde. Man hat mich darum gefragt. Wenn ich es tue, dann ist es ganz sicher, daß ich in das Parlament komme. Longwirt hat große Angst vor mir und ebenfalls vor der ›Rakete‹. Ich mache ihm ja keine Vorwürfe, aber glauben Sie mir, die Zeitung wird in diesen Tagen noch in die Höhe kommen. Ich werde ein Vermögen mit ihr verdienen. Es ist die einzige Zeitung in dieser Gegend, mit der überhaupt Geld verdient wird, und das will etwas heißen. Sie können mir ruhig glauben, daß Sie einen großen geschäftlichen Erfolg haben, wenn Sie in der ›Rakete‹ annoncieren. Ich will in der nächsten Nummer eine vier Zoll hohe und zwei Spalten breite Annonce auf der ersten Seite einsetzen, wo der Leitartikel steht. Die würde ich gerne für Sie freihalten, aber Sie haben mir ja bis jetzt noch keinen Bescheid darüber zukommen lassen. Beecham hat schon lange nach einer solchen Gelegenheit ausgeschaut, ebenso Fry's Schokoladenfabrik. Auch eine Automobilfirma, so etwas Ähnliches wie Rolls-Royce, drängt sich danach, eine Annonce bei mir einrücken zu können. Wenn Sie fünfunddreißig Schilling zahlen, dann nehme ich Sie.«

Der Kaufmann sagte etwas davon, daß er sich die Sache erst noch überlegen und seinen Teilhaber fragen wolle, und drückte sich dann. Eine Weile schaute ihm Mr. Murkle mit bösen Blikken nach, dann wandte er sich um, trat in seinen Laden und sah zum ersten Male, daß dort schon ein Kunde auf ihn wartete.

»Was wünschen Sie?« fragte Mr. Murkle.

»Mein Name ist Newton, Anthony Newton«, erklärte der Fremde. »Ich bin auf die Annonce hin gekommen, die Sie in einer Londoner Zeitung einsetzten.«

»Treten Sie bitte näher«, sagte Mr. Murkle und führte seinen Besuch ins Wohnzimmer.

»Ich würde die Zeitung nicht verkaufen«, meinte er, nachdem sie eine Stunde lang über das Geschäft gesprochen hatten. »Aber ich bin über die Regierung sehr ärgerlich. Ich möchte nichts mehr mit dem politischen Leben zu tun haben. Ich mache einen Vorschlag. Solange ich den Druck der Zeitung weiter herstellen kann, werde ich Ihnen ein Büro hier einrichten. Ich rechne Ihnen zwölf Schilling die Woche dafür, und außerdem müssen Sie mir zehn Prozent von allen Annoncen geben, die ich für Sie hier im Laden annehme. Das ist ein faires Angebot.«

So wurde Anthony Newton der Herausgeber der ›Rakete‹, und Josias Longwirt erfuhr zu seinem nicht geringen Schrekken von dieser Tatsache. Man hätte annehmen sollen, daß sein einziger politischer Gegner, der gegen ihn auftreten konnte, sich dieses Organs der öffentlichen Meinung bediente, wenn er ernste Absichten hatte, sich ins Parlament wählen zu lassen.

Anthony widmete sich seiner neuen Tätigkeit als Journalist mit dem Eifer und der Begeisterung, die ein Kind einem neuen mechanischen Spielzeug entgegenbringt.

Zwei Nummern hatte er bereits herausgebracht, als die Hauptwahl wie eine Granate über Bursted platzte und die gewöhnlich friedliche Bürgerschaft in wilde, zähnefletschende Menschen verwandelte. Der erste der Wahlaufrufe, der erschien, lobte die Verdienste, die literarischen Fähigkeiten, das verwaltungstechnische Geschick und die politische Unantastbarkeit von Mr. Murkle. »Ein Mann aus Bursted für Bursted.« Und Mr. Murkle war sowohl der Verfasser als auch der Drucker.

Anthony ging die High Street entlang und traf Mr. Josias Longwirt, der sehr bedrückt aussah.

»Ich behaupte, Anthony, daß dieser alte, verrückte Kerl zum Schluß doch noch einen Rückzieher macht. Was halten Sie davon?« fragte er ängstlich. »Ich lege der Sache nicht viel Bedeutung bei, es ist nur eine Geldfrage.«

»Ich stehe auf Ihrer Seite. Ich will alles tun, um Ihnen zu helfen. Je mehr Anstrengungen und Aufsehen der alte Murkle macht, desto mehr wird es Sie kosten, ihn zu veranlassen, seine Kandidatur zurückzuziehen. Die Leute hier haben mir erzählt, daß sich Murkle in den letzten dreißig Jahren bei jeder Wahl als Kandidat aufstellen ließe und jedesmal in der letzten Minute zurücktrat. Ihn kostet es ja nichts; die Wahlaufrufe und die Zettelverteilung hat er so ziemlich umsonst. Das ist tatsächlich die beste Art und Weise, sich dauernd ein festes Einkommen zu sichern.«

Josias legte den Finger nachdenklich an die Nase.

»Ich kann eigentlich nicht verstehen, warum Sie hierhergekommen sind«, sagte er unsicher. »Ich dachte zuerst, daß Sie die ›Rakete‹ gekauft hätten, um gegen mich zu arbeiten. Aber Ihr Artikel über mich war absolut liebenswürdig und dezent.«

»Anständigkeit war stets meine Schwäche«, erwiderte Anthony ernst. »Und warum ich eigentlich hier bin, wird sich eines Tages schon zeigen. Was werden Sie nun mit Murkle anfangen?«

»Ich werde ihm vermutlich eine Abstandssumme zahlen; das hat jeder andere früher auch tun müssen. Es ist direkt Erpressung – wieviel will er denn haben?«

»Das müssen Sie ihn selbst fragen.«

Es fand eine persönliche Aussprache zwischen Mr. Longwirt und Mr. Murkle statt, und zwei Tage vor der Aufstellung des Kandidaten wurden die Wahlplakate Mr. Murkles mit weißem Papier überklebt. Am Abend ging Anthony von Gasthaus zu Gasthaus und fand viele Freunde. Was er eigentlich tat, wird man niemals sicher herausbekommen. Es steht nur das eine fest, daß er ein großes Schriftstück vorzeigte und sagte, es sei eine Petition um Aufschub der Vollstreckung der Todesstrafe für einen Mann, der gehenkt werden sollte. Und alle Leute, die er um ihre Unterschrift bat, setzten ihren Namen darunter.

Mr. Miller, ein Stockkonservativer, Mr. Jordan, ein Liberaler, und sogar Mr. Hallingay, der kommunistische Anwandlungen hatte – alle, alle unterzeichneten die vermeintliche »Petition«.

Am nächsten Tage war die Erregung in Bursted vollkommen verschwunden. Der erwartete Kampf fand nicht statt, obwohl es bis zuletzt Leute gab, die hofften, daß Murkle seine Kandidatur aufrechterhalten werde.

Aber Mr. Murkle erklärte traurig, daß das nicht möglich sei.

»Als ich meine Zeitung die ›Rakete‹ aufgab, habe ich auch mit meiner politischen Laufbahn Schluß gemacht. Es war ein Fehler, daß ich mich noch einmal als Kandidat aufstellen ließ.«

An diesem Abend wurde er von Anthony eingeladen. Andere Gäste erschienen nicht. Das Essen fand in einem Privatraum des Gasthauses »Zur Weizengarbe« statt. Die beiden tranken Ginger Ale. Mr. Murkle wurde um acht Uhr politisch, um neun bekam er musikalische Anwandlungen, um zehn rühmte er sich mit allem, was er schon geleistet hatte, und wurde zu Tränen gerührt. Um elf Uhr wurde er restlos vertrauensselig und erzählte Anthony Newton seine ganze Lebensgeschichte und auch, was er neulich mit Mr. Josias Longwirt vereinbart hatte.

Der Tag der Wahl dämmerte herauf, und Mr. Josias Longwirt schien der Himmel nur zu seinem Ruhmestag zu strahlen. Aber was er alles an diesem Tag noch erleben sollte, ahnte er nicht.

Er war in dem ersten Hotel der Stadt abgestiegen und hatte eben seine Morgentoilette beendet und sich der Bedeutung des Tages entsprechend gekleidet, als ein Brief für ihn abgegeben wurde, und zwar wurde er ihm von einem besonderen Sendboten persönlich ausgehändigt. Das Schreiben war schwer versiegelt und trug die Aufschrift: »Geheim und streng vertraulich.« Auf der Rückseite des Kuverts war ein Wappen eingeprägt. Das Briefpapier war schwer und kostbar und trug als Kopf nur die Worte: »Inneres Kabinett. Streng geheim.«

Das Schreiben lautete:

Sehr geehrter Mr. Longwirt:
Es ist plötzlich eine Krisis ausgebrochen. Wir treffen uns in Malby House, Blackpond. Wir brauchen Ihren unmittelbaren,

persönlichen Rat, Sie müssen sofort kommen. Fragen Sie nicht nach S. B. oder sonst jemand. Geben Sie auch nicht Ihren Namen an, sondern nennen Sie sich selbst Foch und fragen Sie nach dem König von Griechenland. Diese Anweisungen müssen Sie unter allen Umständen ausführen. Dies ist äußerst wichtig und dringend. A. C. kommt im Sonderzug. Malby House ist das weiße Gebäude auf der linken Seite der Straße, bevor Sie nach Blackpond kommen. S. B. (P. M.)

Mr. Longwirt wurde nicht ohnmächtig, er verlor nicht die Besinnung. In seinen Träumen hatte er ja schon derartige Dinge erlebt. Er ging hinunter und bestellte sofort seinen Wagen.

»Schließen Sie die Türen und ziehen Sie die Vorhänge vor«, wies er seinen Chauffeur an.

Der Mann wunderte sich, führte aber den Auftrag aus. Vor der Stadt zog Josias die Vorhänge wieder beiseite und überließ sich kühnen Träumen. Es war ihm, als ob die Würde der Staatsregierung auf seinen Schultern ruhte, und er machte ein ernstes Gesicht und legte die Stirn in Falten.

Als er in die Nähe von Blackpond kam, das er von früheren Besuchen her kannte, sah er das weiße Haus und gab seinem Chauffeur ein Zeichen. Sie fuhren durch schwere, eiserne Tore und hielten bei einer Säulenvorhalle.

Die Tür wurde sofort geöffnet, und ein Mann in einem weißen Rock trat heraus.

Josias nahm ihn vertraulich beiseite.

»Ich bin Foch«, sagte er mit leiser, vor Aufregung zitternder Stimme, »und ich möchte den König von Griechenland sprechen.«

Der Mann nickte. »Gewiß, General«, sagte er. »Wollen Sie bitte nähertreten.«

Mr. Longwirt befand sich in einem mit weißgestrichenem Paneel versehenen Büro. Plötzlich trat ein untersetzter Herr herein. Josias hatte eine schwache Erinnerung, ihn schon irgendwo einmal gesehen zu haben.

»Ich bin Foch«, sagte Mr. Longwirt wieder, »und ich möchte den König von Griechenland sprechen.«

Dr. Clayfield schaute den Besucher wohlwollend an.

»Jawohl, Sie werden zu ihm geführt werden, General – und Sie werden auch die Königin Elisabeth sehen und den Rajah von Bhong!« Er läutete und diesmal kamen zwei Männer in weißen Kitteln herein.

»Auf Zimmer Nr. 8 zur Untersuchung«, sagte der Arzt kurz.

Mr. Longwirt folgte den beiden freudestrahlend.

Ein paar Minuten vor zwölf Uhr mittags wartete der Wahlkommissar auf die Ankunft von Mr. Josias Longwirt. Aber an seiner Stelle erschien Anthony Newton, legte eine Summe Geldes auf den Tisch und eine mit unglaublich vielen Unterschriften versehene Wahlliste.

»Ich hatte keine Ahnung, daß Sie als Kandidat aufgestellt waren, Mr. Newton«, sagte der Beamte überrascht.

»Ich auch nicht«, erklärte Anthony.

Drei Rechtsanwälte hatten vier Stunden lang zu tun, um Mr. Josias Longwirt aus dem Clayfield-Irrenhaus zu befreien.

»Es hat gar keinen Zweck, daß Sie obendrein noch schimpfen und ärgerlich werden, junger Mann«, sagte der Chefarzt. »Wenn jemand zu mir kommt, sich als General Foch vorstellt und dann noch die höchsten Persönlichkeiten sehen will, habe ich wohl allen Grund, ihn hier zurückzuhalten. Dazu bin ich absolut berechtigt.«

»Ich werde Sie zur Anzeige bringen, ich werde Sie verklagen«, schrie Josias. »Ich werde eine Anfrage im Parlament einbringen!«

Aber er führte seine Drohungen nicht aus.

Mr. Anthony Newton, Mitglied des Parlamentes fur den Wahlbezirk von Bursted, gab ihm den Rat, von all diesen Dingen abzusehen.

»Das hat alles keinen Zweck. Es ist zwar ein Unglück, aber es wäre noch viel unglücklicher für Sie, wenn ich alle Ihre Durchstechereien und die Korruption des alten Murkle aufdecken würde. Ich kann alles beweisen und habe alles schwarz auf weiß. Kommen Sie einmal nach London ins Parlament – ich will Sie dann herumführen und Ihnen alles zeigen!«

10. KAPITEL

Der Witzbold

Mr. Anthony Newton hatte sich über manche Erfahrung gefreut, aber manche hatte er auch stillschweigend ertragen müssen. Seine Wahl in das Parlament hatte ihm großes Vergnügen bereitet, denn die Wählerschaft war erstaunt, als sie plötzlich im Unterhaus durch einen Mann vertreten war, von dessen Existenz sie bisher noch nichts gewußt hatte. Aber er hatte auch die Petition über sich ergehen lassen müssen, daß ihm sein Sitz genommen werden sollte, und nach einer aufregenden und nicht ganz angenehmen Woche in dem bedeutendsten Parlament der Welt hatte er seinen Platz aufgegeben.

»Es ist immer besser, freiwillig zu gehen, mein alter Freund«, sagte sein Rechtsanwalt, »als hinausgeworfen zu werden. Und obendrein drohte Ihnen auch noch eine Klage wegen Komplotts.«

Aber Anthony Newtons Wahl ins Parlament hatte wenigstens ein glänzendes Resultat – sein Name wurde dadurch äußerst bekannt. Die Folgen dieses Abenteuers waren in mancher Beziehung belustigend und auch vorteilhaft, denn Lammer-Green wurde hierdurch auf ihn aufmerksam. Anthony saß in der Halle seines Hotels und rauchte nach Tisch eine Zigarre, als die nähere Bekanntschaft begann. Ein paar große Hände legten sich plötzlich auf seine Schultern, er wurde buchstäblich von seinem Stuhl in die Höhe gehoben, und eine rauhe Stimme sagte zu ihm: »Geben Sie mir meinen Schilling wieder!«

Dann wurde er heftig gerüttelt, und man hörte eine Münze auf den Boden fallen.

»Ich danke Ihnen auch«, sagte die Stimme wieder, und Mr. Lammer-Green bückte sich, um ein Schillingstück aufzunehmen, das aus Anthonys Hosen gefallen war.

Vorher hatte er es ihm nämlich zwischen Hals und Kragen gesteckt und ihn dann so lange geschüttelt, bis es wieder auf den Flur fiel.

Anthony schaute wütend in das grinsende Gesicht Mr. Lammer-Greens. Er hätte ihn am liebsten umgebracht.

»Ach, Sie sind es!« rief er dann, denn er kannte den Witzbold und Spaßmacher von früher her oberflächlich.

Der ehrenwerte Mr. Lammer-Green war ein langer, knochiger, junger Mann, der keinen anderen Lebenszweck kannte, als Witze und Possen zu machen und seinen Spaß mit einer harmlosen Welt zu treiben. Früher war er einmal an Bord des französischen Kreuzers »Arlot« in der Verkleidung eines Sultans von Muskwash erschienen. Der Admiral war auch darauf hereingefallen und hatte zu seinen Ehren einen königlichen Salut abfeuern lassen.

Ein andermal war er mit einer großen Menge von Arbeitern erschienen und hatte die Fahrstraße von Piccadilly Circus aufgerissen, kurz vor Schluß der letzten Theatervorstellungen. Dadurch hatte er den Verkehr im Herzen Londons auf zwölf Stunden lahmgelegt. Auch hatte er schon drei Bürgermeister von drei Provinzstädten verhaftet und sie in einem extra für diese Zwecke gebauten schwarzen Gefangenenwagen nach London gebracht.

Er war der Sohn eines Lords und sollte später einmal den Titel erben. Außerdem war er sehr reich und Junggeselle.

»Man hat Leute schon für Geringeres als das totgeschlagen«, sagte Anthony etwas böse. »Na, nehmen Sie Platz, Sie lange, nutzlose Latte!«

Sie hatten sich, seit sie im Krieg zusammengekommen waren, nicht mehr getroffen. Anthony erzählte es dem anderen.

»Mit Krieg mag ich nicht gern etwas zu tun haben«, erwiderte Mr. Green entschieden. »Die Sache macht eigentlich keinen Spaß. Ich muß Frieden haben. Wissen Sie schon, welche großartige Sache ich in Greenwich angestellt habe? Beinahe hätte ich drei Monate Gefängnis dafür bekommen! Donnerwetter, das war einmal ein Vergnügen! Ich habe einen Kerl gemietet und ihm den Auftrag gegeben, auf das große Fernrohr des Observatoriums hinaufzuklettern und kleine, schwarze Flecke auf die Linse zu machen. Verstehen Sie, alter Freund, das waren dann Sonnenflecke!«

Er lachte laut auf und schlug sich vor Begeisterung auf die Knie.

Anthony sah ihn verwundert an.

»Ich kann gar nicht verstehen, wie ein großer, verständiger Mensch mit soviel Geld seine Zeit damit zubringen kann, nur dummes Zeug zu machen. Warum, zum Teufel, heiraten Sie denn nicht und lassen sich irgendwo auf dem Lande nieder?«

»Das paßt mir ganz und gar nicht in den Kram.« Lammer-Green schüttelte sich. »Wissen Sie, ich kann Weiber nicht leiden. Ich bekomme immer eine Gänsehaut, wenn ich davon höre. Eine Frau würde mich bald unter dem Pantoffel haben und mich beherrschen. Das ist meine schwache Seite.«

Plötzlich begann er wieder zu lachen.

»Ist doch ein merkwürdiger Zufall, daß Sie ausgerechnet das Heiraten erwähnen. Ich habe nämlich von Ihnen gehört.«

»Von mir?« fragte Anthony verwundert. »In Verbindung mit Heiraten?«

Mr. Green nickte heftig.

»Sie werden ja den Rechtsanwalt – so eine Art Heiratsmakler –, den Sie an der Nase herumführten, noch nicht vergessen haben?«

Anthony konnte sich sehr gut darauf besinnen.

»Ich habe auch von dem Spaß erfahren, den Sie sich mit der Wahl gemacht haben. Ich habe es mir überlegt und zu mir selbst gesagt: ›Diesen verrückten Kerl mußt du dir einmal ansehen.‹«

Nun war Anthony Newton alles andere, nur kein Spaßvogel. Er betrachtete die Methoden und Praktiken, durch die sich Mr. Lammer-Green einen Namen gemacht hatte, als kindisch und verächtlich. Die beiden hatten zwar zusammen im selben Regiment gedient, aber man hätte sie unter keinen Umständen Freunde nennen können. Green wurde als ein liebenswürdiger Narr angesehen, obwohl er auch beachtenswerten Mut besaß. Er war der letzte, dessen Bekanntschaft Anthony erneuern wollte. Selbst in den Tagen, als es ihm so schlecht ging, war ihm niemals der Gedanke gekommen, sich an ihn um Hilfe zu wenden.

»Ich muß Ihnen einmal etwas erklären – ich habe nämlich

eine große Sache vor.« Mr. Green sprach jetzt ganz leise. »Das wird ein Hauptspaß – das ist noch viel besser als die Geschichte mit dem Admiral. Unter allen Umständen ist es schon eine gute Vorbedeutung, daß Sie etwas von Heiraten erwähnt haben. Kennen Sie den alten Gaggle?«

Anthony schüttelte den Kopf.

»Der Mann hat Millionen mit Margarine verdient«, erklärte Green schnell. »Er hat einen Landsitz in Oxton, ist geadelt worden und besitzt eine Tochter mit einem schrecklichen Gesicht im Alter von dreißig Jahren. Wenn die in London über die Straße geht, hält sie den ganzen Verkehr auf. Sie ist ganz fürchterlich, mein alter Junge, geradezu häßlich. Färbt obendrein noch ihr Haar und hat Füße so groß wie Ruderboote. Der alte Gaggle ist ganz verrückt und will sie an einen alten Aristokraten verheiraten. Haben Sie auch alles verstanden?«

Seine Augen glänzten vor Erregung, und er quietschte vor Vergnügen, als er an seinen herrlichen Plan dachte. Anthony hatte schon davon gehört, daß sich Mr. Lammer-Green die Hilfe anderer Leute verschaffte, aber er hatte sich auch in seinen wildesten Träumen nie eingebildet, daß er sich an ihn wenden würde, und war begreiflicherweise sehr neugierig. Wenn Lammer-Green als Endziel seiner Pläne irgendeinen rohen Witz betrachtete, so liefen alle Pläne Anthony Newtons auf Geldverdienen hinaus.

»Was haben Sie denn vor?« fragte er. Aber es dauerte noch einige Zeit, bevor Green zu lachen aufhörte und sich wieder so weit in der Gewalt hatte, daß er antworten konnte.

»Der alte Gaggle ist scharf auf Lords. Er hat ganz offen erklärt, daß er seiner Tochter eine halbe Million Mitgift gibt, wenn sie einen wirklichen Lord heiratet. Mein alter Herr hat auch von der Sache gehört und mir sofort die Neuigkeit übermittelt – er liebt auch einen kräftigen Spaß.«

Der Vater Lammer-Greens war Lord Latherton, der auch noch andere Dinge als die Witze seines Sohnes liebte, wenn das Gerücht nicht log.

»Ich habe folgenden Plan«, sagte Mr. Green vertraulich. »Ich werde in Begleitung meines Sekretärs – den sollen Sie spielen,

Newton, alter Knabe – in der Nachbarschaft des Landsitzes vom alten Gaggle eine Autotour machen und werde in der Nähe des Hauses krank werden. Sie gehen hinein, bitten um Hilfe und lassen dabei die Worte ›Seine Hoheit‹ fallen – haben Sie mich auch verstanden? Der alte Gaggle wird uns dann in sein Haus einladen – ich werde in einem fremden Akzent sprechen, und der alte Gaggle wird sich sagen: Aha, das ist ein fremder Prinz, den wollen wir uns für die Gertie, oder wie seine Tochter sonst heißen mag, angeln! Ich werde dann erwidern: ›O ja, ich will mich in aller Stille trauen lassen, niemand darf um die Sache wissen, sonst werde ich meinen Thron verlieren.‹ Haben Sie verstanden?«

»Sehr gut«, sagte Anthony.

»Der Papa, der Prinz und Gertie werden dann zusammen zu irgendeinem Haus fahren, wo ein Geistlicher wartet. Sie müssen irgendeinen falschen Pfarrer besorgen, einer von Ihren Kameraden oder Freunden wird Ihnen zuliebe die Rolle schon übernehmen. Dann wird der Prinz zur Stadt fahren und geheimnisvoll verschwinden. Alle Zeitungen sind dann voll davon. ›Romantische Hochzeit. Das mysteriöse Verschwinden des prinzlichen Bräutigams. Wo ist Prinz Opscotch?‹ Was denken Sie von dem Spaß?«

»Und was soll denn mit mir geschehen? Soll ich auch verschwinden?« fragte Anthony trocken.

Er wollte eigentlich die ganze Sache ablehnen und nichts mit diesem phantastischen Vorhaben zu tun haben, das eigentlich recht roh und niederträchtig war. Anthony war Damen gegenüber immer sehr höflich, selbst wenn sie Füße wie Ruderboote hatten. Und er war auch etwas empört darüber, daß dieser verrückte Spaßmacher so selbstverständlich annahm, daß er ihm bei seinen dummen Streichen helfen würde.

Aber er war auch ein schneller Denker und wies infolgedessen den Auftrag nicht zurück.

»Das ist ein sonderbarer Plan. Aber er ist doch etwas grausam für die junge Dame«, sagte er vermittelnd.

»Ach was«, entgegnete Lammer-Green verächtlich. »Das tut gar nichts. Mein lieber, alter Freund, das wird mein Hauptspaß.

Das ist eine ganz grandiose Idee, die größte, die mir jemals gekommen ist. Die ganze Welt wird darüber sprechen. Ich werde eine größere Sensation hervorrufen als der deutsche Schneider, der vorgab, Kaiser Wilhelm zu sein!«

»Ich werde mir die Sache noch überlegen.«

Als Mr. Green am nächsten Morgen Anthony wieder besuchte, erhielt er eine Zusage.

Sir Joshua Gaggle lebte auf seinem Gut in Oxton Manor. Es war ein alter Besitz, der früher einem normannischen Freiherrn gehörte.

Aber Sir Joshua hatte die Besitzung weniger wegen ihres Alters als vielmehr wegen des klingenden Titels gekauft.

Matilda Gaggle war eine schlanke Dame im Alter von neunundzwanzig Jahren. Sie hatte eine rötliche, gesunde Gesichtsfarbe, die man schließlich bei einem liebenswürdigen, großzügigen Charakter noch ertragen hätte, aber Matilda besaß auch eine scharfe Zunge und war verbittert, weil noch niemand um ihre Hand angehalten hatte.

Sie wollte aber nicht den ersten besten nehmen, da sie von einem gewissen Ehrgeiz besessen war.

»Ich glaube nicht, daß wir es hier auf dem Lande zu etwas bringen«, sagte sie vorwurfsvoll. »Es wäre besser, wenn wir die Hälfte der Zeit in Hampstead wohnten, Vater. Durch deinen Adelstitel könntest du wenigstens in Hampstead eine gewisse Rolle spielen, aber diese Gegend wimmelt ja von Lords und ihrem Anhang, und niemand hält etwas von einem gewöhnlichen Sir. Du weißt doch, welche Erfahrungen wir gemacht haben. Wenn wir sie zum Essen eingeladen haben, waren sie immer irgendwo anders verabredet.«

»Es wird schon jemand kommen, mein Liebling«, meinte Sir Joshua hoffnungsvoll. »In Hampstead gibt es erst recht keinen richtigen Umgang für uns. Dort leben meistens nur gewöhnliche Leute, mit denen es sich nicht lohnt zu verkehren.«

»Aber hier ist überhaupt niemand«, sagte sie ärgerlich.

Vater und Tochter saßen im Wohnzimmer, von dem aus sie den Park überblicken konnten. Beide sahen zugleich einen fremden Herrn, der die Zufahrtsstraße entlangkam.

Er war jung und tadellos gekleidet, auch sah er sehr hübsch aus. Matilda stand auf und ging ans Fenster.

»Wer mag das sein?« fragte sie, als Sir Joshua an ihre Seite trat.

»Ich weiß nicht, wer das sein könnte«, entgegnete er stirnrunzelnd und eilte in die Halle, um die Ankunft des Fremden zu erwarten.

»Es tut mir furchtbar leid, daß ich Ihnen Unannehmlichkeiten mache«, sagte dieser bescheiden, »aber Seine Hoheit ... ich meine, mein Herr hat einen leichten Ohnmachtsanfall erlitten, und ich möchte Sie fragen, ob Sie uns erlauben würden, eine Weile hier zu bleiben?«

»Aber gewiß, natürlich!« antwortete Sir Joshua erregt. »Bitten Sie seine Hoheit ... wie darf ich ihn denn nennen?«

Anthony biß sich auf die Lippen.

»Sagte ich Hoheit – ach, wie indiskret von mir.« Offenbar war es ihm peinlich, daß er sich versprochen hatte. »Der Name meines Herrn ist Mr. Smith ...«

»Würden Sie dann so liebenswürdig sein, Seiner ... Mr. Smith zu sagen, daß er uns willkommen ist?«

Als Anthony gegangen war, eilte der aufgeregte Sir Joshua strahlend ins Wohnzimmer zurück.

»Es ist ein Prinz, Tilda, eine Hoheit – nein, nicht der Mann, der an die Tür kam. Das ist nur sein Angestellter. Oder so etwas Ähnliches. Ich meine den anderen. Er hat draußen einen Ohnmachtsanfall gehabt und ließ anfragen, ob er einige Zeit hereinkommen könnte, um sich auszuruhen.«

Miss Gaggle erhob sich schnell und ging rasch zur Tür. Ein prächtiges Auto fuhr die Zufahrtsstraße herauf. Der junge Mann, den sie eben gesehen hatte, saß am Steuer, und hinten im Wagen lehnte, ganz in seinen Pelz gewickelt, ein großer Herr von vornehmem Äußeren.

Er hatte die Augen geschlossen, und als der Wagen hielt, half ihm Anthony beim Aussteigen, denn er schien sehr schwach und angegriffen zu sein.

»Das ist sehr liebenswürdig von Ihnen, gnädiges Fräulein«, sagte er leise. »Wir werden Ihre Freundlichkeit nie vergessen.«

Tilda machte einen Hofknicks.

»Seien Sie versichert, daß wir es uns zur hohen Ehre rechnen, Euer . . . Mr. Smith«, sagte sie beinahe atemlos.

Der fremde Herr wurde in das Gastzimmer gebracht, und einige Minuten später kam Anthony mit sehr ernstem Gesicht die Treppe herunter.

»Ich fürchte, daß wir Ihre Gastfreundschaft diese Nacht in Anspruch nehmen müssen – ich kann einfach nicht zulassen, daß wir weiterfahren. Ach nein, er mag keinen Arzt sehen«, fügte er hinzu, als Sir Joshua diesen Vorschlag machte.

Sir Joshua hatte die Freude, daß sein hoher Gast mehrere Tage bei ihm blieb. Es waren für ihn hoffnungsfrohe, für seine Tochter angenehme Tage.

»Ich weiß noch nicht, ob er wirklich ein Prinz ist oder nicht«, sagte Matilda zu ihrem Vater, als sie allein in seinem Arbeitszimmer waren. »Aber er ist irgend jemand. Ich habe genügend Leute gesehen, die nichts vorstellen in der Welt, und ich weiß das. Er ist eine große, stattliche Erscheinung, und ich glaube, daß man ihn leicht leiten kann. Er ist ganz verliebt in mich.«

In der Abgeschlossenheit seines eigenen Zimmers sprach Mr. Lammer-Green über seine Hoffnungen und Befürchtungen zu Anthony.

»Ich hasse Frauen, die immer das Regiment führen wollen, Newton. Sie ist das herrschsüchtigste Mädchen, dem ich jemals begegnet bin. Es wäre besser, wenn die ganze Sache schon vorbei wäre, ich fühle mich schon gelangweilt. Ist es Ihnen gelungen, einen Geistlichen aufzutreiben?«

Anthony nickte.

»Dann werde ich ihr morgen meine Erklärung machen. Wie die wohl erstaunt sein wird!«

»Das glaube ich auch«, pflichtete Anthony bei.

Am Abend saß Anthony noch spät bei Sir Joshua, der nach einigen einleitenden Phrasen auftaute.

»Sehen Sie einmal, Mr. Newton«, sagte er, denn Anthony hatte seinen richtigen Namen angegeben, »ich bin ein einfacher Mann, und ich möchte einmal offen mit Ihnen reden. Wer ist denn eigentlich Seine Hoheit?«

»Das kann ich Ihnen nicht sagen.«

»Ist er – irgend jemand – ich meine, eine Persönlichkeit mit einem Titel?«

Anthony bejahte.

»Mehr wollte ich ja auch nicht wissen. Hat er Vermögen?«

»Er ist steinreich«, erwiderte Anthony prompt, aber Sir Joshua schien wenig damit zufrieden zu sein.

»Ich hoffte, daß er nicht über große Mittel verfügt. Im übrigen muß ich Ihnen sagen, daß meine Tochter für ihn schwärmt. Er ist doch noch nicht verheiratet?«

»Nein.«

»Haben Sie eigentlich einigen Einfluß auf ihn?«

»O ja, ich glaube schon.«

Nun ging Sir Joshua zum letzten Angriff über.

»Um es geradeheraus zu sagen, wenn Sie es fertigbringen, daß er meine Tochter heiratet, dann können Sie schon ein paar tausend Pfund verdienen!«

Anthony sah den Versucher lange Zeit an, bevor er antwortete.

»Auch ich bin ein Geschäftsmann«, sagte er schließlich. »Geben Sie mir Ihr Versprechen schriftlich.«

Sir Joshua streckte seine Hand aus.

»Geschäft ist Geschäft«, sagte er geheimnisvoll. Dann ging er zu seinem Schreibtisch und brachte unter gewissen Schwierigkeiten ein Dokument zustande, das unmißverständlich und klar abgefaßt war.

»Genügt das?«

Anthony las es durch und nickte.

»Wenn sich die Angelegenheit durchführen läßt, so werden Sie wohl verstehen, daß die Hochzeit in möglichst unauffälliger Weise vor sich gehen muß? Es wäre möglich, daß mein Freund unter einem angenommenen Namen heiraten muß.«

»Das habe ich mir auch schon alles überlegt«, erwiderte der geschäftstüchtige Sir Joshua. »Ich kenne auch ein wenig das Gesetz. Wenn man im Handel vorwärtskommen will, so muß man schon rechtskundig sein. Und es ist mir bekannt, daß eine Eheschließung eine Eheschließung bleibt, ob sie nun auf den eigenen oder auf einen anderen Namen vollzogen ist. Ich weiß, daß er irgend jemand ist, denn ich habe meinen Diener neulich beauftragt, seine Briefe durchzusehen. Ihrer Meinung nach habe ich mir sicherlich zuviel herausgenommen, aber ich will lieber Ihren Vorwurf ertragen, als ein Risiko auf mich nehmen. Mein Diener sah also einen Brief mit einer Krone und der Anrede: ›Mein lieber Sohn‹.«

Anthony war einen Augenblick bestürzt. Offenbar war Sir Joshua nicht so dumm, wie sich Mr. Lammer-Green einbildete.

»Ich erwarte nicht, einen Prinzen als Schwiegersohn zu bekommen«, fuhr der kleine, untersetzte Mann fort. »Sollte dies der Fall sein, so wäre ich natürlich aufs freudigste überrascht. Bringen Sie nur die Hochzeit zustande, mein Junge, dann werde ich Ihnen zweitausend Pfund auszahlen.«

Mr. Green lag in seinem Bett, als Anthony in sein Zimmer trat.

»Schließen Sie einmal die Tür«, sagte Mr. Green, »und sehen Sie die Zeitungsnotizen durch, die ich aufgesetzt habe. Lassen Sie alles mit der Maschine schreiben und schicken Sie es an möglichst viele Zeitungen, wenn die Hochzeit vorüber ist. Ich werde ihr sagen, daß ich der Großherzog von Litauen bin.«

»Aber Sie werden sich doch nicht unter diesem Namen und Titel trauen lassen?«

»Aber warum denn nicht? Das ist doch der beste Teil des ganzen Spaßes. Haben Sie sich denn schon nach einem Geistlichen umgesehen?«

»Ich habe auch schon die Kirche.«

Mr. Green richtete sich im Bett auf.

»Was meinen Sie?«

»Ich habe mir eine Kirche geliehen zu diesem Zweck – eine kleine Kapelle, die abseits am Wege liegt, ungefähr zwölf Meilen von hier, sie gehört zu einer größeren Pfarrgemeinde, und der Geistliche kommt nur einmal in der Woche dorthin. Mein Freund hat den Schlüssel.«

Mr. Green warf sich wieder in die Kissen und brüllte vor Vergnügen.

»Sie sind der beste Assistent, den ich jemals hatte«, erklärte er und wischte sich die Augen. »Das war wirklich ein schlauer Gedanke, mich an Sie zu wenden, Newton. Ganz London wird vor Freude schreien, wenn das bekannt wird!«

»Ich möchte Sie aber etwas fragen«, unterbrach ihn Anthony. »Angenommen, dies sei der größte Spaß, der jemals gemacht wurde, seitdem die Albert Memorial Hall steht – sind Sie auch davon überzeugt, daß Sie kein Unrecht begehen? Dieses unglückliche junge Mädchen hat Ihnen niemals etwas zuleide getan ...«

»Aber sie versucht doch, mich für die Ehe einzufangen, und sie ist furchtbar herrschsüchtig. Sie fängt schon jetzt an, mich zu kommandieren, und es ist so selbstverständlich, daß ich ihr gehorche, daß ich mich schon wahnsinnig über sie geärgert habe. Sie ist ein entsetzlich herrschsüchtiger Teufel, Newton, ich habe tatsächlich keine Frau getroffen, die ihr ähnlich ist.«

Anthony verließ ihn, damit er sich alle Einzelheiten seines Planes noch genau überlegen konnte.

Am nächsten Nachmittag kam die große Stunde, in der Mr. Lammer-Green Miss Matilda Gaggle seinen Antrag machen wollte. Sie waren im Rosengarten, und er lehnte sich in seinen großen Ruhestuhl zurück.

»Ach, Miss Matilda«, sagte er seufzend, »ich werde mich immer an diese glückliche Zeit erinnern!«

Er bedeckte seine Augen mit seiner großen Hand, und die praktische Miss Gaggle steckte ihm ihr Taschentuch zwischen die Finger.

»Ja, es waren sehr schöne Tage«, stimmte sie ihm bei. »Aber bewegen Sie doch Ihre Füße nicht so unvorsichtig, Sie werden noch die Weintrauben zertreten. Mr. Smith, warum tragen Sie eigentlich die Haare nicht auf der einen Seite gescheitelt? Ich kann diese zurückgebürsteten Haare nicht leiden!«

Mr. Lammer-Green hörte es und war verärgert.

»Ihr Diener hat Ihren Rock auch nicht ordentlich ausgebürstet.« Sie klopfte ihn leicht mit den Fingerspitzen ab.

Mr. Green zitterte. Sie war wirklich das unausstehlichste und herrschsüchtigste Mädchen, das er jemals getroffen hatte.

»Matilda«, sagte er so leise, daß sie einen Augenblick sogar ihren Ordnungssinn vergaß, »Matilda, müssen wir uns denn trennen?«

»Ich weiß nicht, warum wir das müßten«, erwiderte sie und küßte ihn einfach aufs Ohr ...

Anthony Newton arrangierte alles.

»Der junge Mann hat eine große Zukunft, meine Liebe«, sagte Sir Joshua strahlend.

»Das glaube ich auch«, meinte Matilda. »Aber ich weiß nicht, ob ich ihn nach der Hochzeit noch zu sehen wünsche. Die Idee, die Flitterwochen zu verschieben ...«

»Das schlug doch John vor. Er will doch nach der Trauung gleich zur Stadt fahren, um die Familienjuwelen zu holen.«

»Warum können wir denn das nicht zusammen tun? Nein, ich liebe diesen Mr. Newton nicht – er ist mir zu anmaßend.«

Der Bräutigam hatte allerhand Wünsche, die Anthony erfüllen sollte.

»Lassen Sie uns nur nicht allein, alter Junge«, bat er inständig. »Sie hat schon ohne weitere Umstände mein Ohr geküßt, ohne daß ich sie im mindesten dazu ermutigte. Sie ist eine schreckliche Frau, der man nicht trauen kann. Bleiben Sie bloß an meiner Seite, bis die Zeremonie vorüber ist. Ich habe Ihnen als Belohnung hundert Pfund versprochen, ich werde sie auf zweihundert erhöhen. Aber lassen Sie nur nicht zu, daß sie mich noch einmal küßt.«

»Aber eine junge Dame hat doch auch ihre Rechte«, sagte Anthony bestimmt. »Wenn sie Sie küssen will, dann steht ihr das doch frei.«

Trotzdem blieb er an dem Vorabend der Hochzeit immer an der Seite Mr. Lammer-Greens, worüber sich Miss Gaggle nicht wenig ärgerte.

Anthony hatte auch noch eine ernste Unterredung mit ihm.

»Ich habe mir alles überlegt, Mr. Green. Es scheint mir, daß Ihr kleiner Scherz sehr böse für Sie enden kann. Kennen Sie das Gesetz über diesen Punkt?«

»Ach, lassen Sie mich mit dem Gesetz in Frieden«, erwiderte der erzürnte Freier.

»Es gibt nur eine Möglichkeit, einer Gefängnisstrafe zu entgehen«, sagte Anthony. »Sie müssen beweisen können, daß Sie das Opfer einer Intrige sind. Und ich will ja ganz gern den Schuft in diesem Stück spielen.«

Anthony erklärte ihm seinen Plan.

Morgen auf dem Weg zur Kirche sollte Mr. Green sich die Ohren mit Watte zustopfen.

»Aber mein lieber, alter Junge, dann höre ich ja nichts!« protestierte der Bräutigam.

»Aber das rettet Sie doch. Sie brauchen doch auch gar nichts zu hören. Wenn ich nicke, dann sagen Sie ja, und wenn ich Ihnen winke, dann sprechen Sie die bekannten Worte: ›ich, der und der, und so weiter, nehme dich und so weiter.‹ Es ist gut, wenn Sie die Worte leise sagen. Das ist so Brauch, wenn die Leute heiraten. Wenn nachher irgendwie Unannehmlichkeiten kommen, können Sie ja sagen, daß Sie nichts gehört haben und dachten, ich heirate die junge Dame und Sie wären mein Brautführer. Die Zeitungen werden eine große Geschichte aus der Sache machen.«

Am nächsten Morgen waren sie eine Viertelstunde vor der Ankunft der Braut in der Kirche. Der Verabredung gemäß trug sie ein ganz einfaches weißes Kleid. Mr. Lammer-Green schüttelte sich, als er sie sah. Aber er war sehr zufrieden mit Anthony, denn der »Geistliche« sah ganz echt aus. Er hatte einen Schnupfen und war erkältet, genau wie die richtigen Landpfarrer. Seine Gewänder waren etwas alt und abgetragen und seine Finger steif vor Kälte. Offensichtlich langweilte ihn die ganze Geschichte.

Mr. Lammer-Green paßte genau auf, schaute immerfort Anthony an und sagte auch richtig »Ja«, als die Zeremonie so weit gediehen war. Mit heiserer, kaum vernehmlicher Stimme murmelte er die Trauungsformel, als ihre beiden Hände vereinigt waren.

Als das glückliche junge Paar in die Sakristei ging, nahm Anthony Sir Joshua beiseite.

»Es tut mir leid, daß ich jetzt schon gehen muß«, sagte er. Sir Joshua nahm einen Scheck aus seiner Westentasche und überreichte ihn Anthony.

»Ich sah draußen zwei Wagen warten – einer davon ist wohl der Ihrige?«

»Es ist ein Mietauto«, erwiderte Anthony lakonisch. »Ich nehme immer Mietautos, wenn ich schnell fortkommen will.«

Sir Joshua eilte in die Sakristei und kam noch zur rechten Zeit, um dem ersten Familienstreit beizuwohnen, dem noch viele folgen sollten.

»Dein Name ist John Lammer-Green«, rief die neugebackene junge Frau mit schriller Stimme. »Das ist der Name, auf den die Heiratslizenz ausgestellt ist, und das ist der Name, auf den du geheiratet hast. Nun sei doch nicht verrückt!«

Mr. Lammer-Green verfärbte sich, und seine Hand zitterte beim Schreiben. Er hatte die Watte aus den Ohren genommen und konnte jetzt sehr gut hören. Er starrte entsetzt auf den Pfarrer.

»Entschuldigen Sie eine Frage . . . sind Sie wirklich ein Geistlicher?«

Der andere nickte.

»Ich bin der Kurator der St.-Margareten-Kirche.«

Der Bräutigam machte ein langes Gesicht.

»Dann bin ich ja wirklich . . . verheiratet?«

»Aber natürlich . . . Sie haben auf eine besondere Lizenz hin heiraten können. Ihr Freund hat alles arrangiert.«

Mr. Lammer-Green atmete schwer.

»Nein, der war nicht mein Freund«, stöhnte er, »er war wirklich nicht mein Freund!«

11. KAPITEL

Kato

Mr. Newton hatte den Grundsatz, eine Räuberei auf möglichst höfliche Weise auszuführen, um vollen Erfolg zu haben. Nur einmal in seinem Leben wich er hiervon ab und ließ sich zu einer unbesonnenen Gewalttat verleiten. Aber die Erinnerung an den

Japaner Kato ging noch jahrelang wie ein furchtbares Schreckgespenst durch seine Träume.

Der Einbruch war von Anfang an ein böser Irrtum gewesen, und Anthony hätte beinahe in jungen Jahren weiße Haare bekommen. Sollte er jemals seine Autobiographie schreiben, so würde er wahrscheinlich Mr. Poltue und seinen großen Smaragden vollkommen unerwähnt lassen; auch von Kato, der seinen Herrn so bitter haßte, würde er nichts sagen.

Die Geschichte beginnt damit, daß an einem Frühlingsmorgen zwei Herren an der Rotten Row Promenade im Hyde Park saßen und die eleganten Leute an sich vorüberziehen ließen. Sie waren beide tadellos gekleidet und gehörten anscheinend zu der Klasse jener vornehmen Müßiggänger, die man jeden Morgen im Hyde Park antreffen kann. Ihr einziges Interesse schien darin zu bestehen, die Menschen zu beobachten.

Sie hatten ihre Stühle von den anderen so weit abgerückt, daß sie sich ungestört unterhalten konnten und nicht fürchten mußten, daß andere Leute ihr Gespräch belauschten.

Anthony Newton klemmte sein Monokel ins Auge, was sonst nicht seine Gewohnheit war, rückte den Zylinder etwas tiefer ins Gesicht und legte dann ein Bein über das andere. Weder er noch sein Begleiter machten den Eindruck von Briganten.

»Dort kommt unser Mann, Bill«, sagte Anthony und zeigte mit dem Kopf leicht nach der Richtung, wo ein großer, stattlicher Herr langsam vorbeiritt. »Das ist der ungeheuer reiche Millionär Poltue, der aus Japan zurückgekommen ist.«

»Ich wußte gleich, als ich ihn sah, daß er ein großes Vermögen haben muß«, erklärte Bill. »Er sieht nämlich so verflucht uninteressant und dumm aus.«

Anthony nickte.

»Mein Plan gegen ihn wird sich ausführen lassen«, meinte er. »Ich habe ein künstlerisches Empfinden und kann einen fetten Millionär nicht auf einem schönen Araberhengst sehen, ohne daß sich meine bösen Instinkte regen. Damit sich aber dein Gewissen nicht wieder meldet, will ich dir von vornherein sagen, daß Mr. Poltue das Schicksal wohl verdient, das ihn nächstens treffen wird.«

Bill Farrel wandte sich plötzlich um.

»Was, ich soll ein Gewissen haben?« protestierte er heftig. »Nun höre einmal ...«

Aber Anthony beachtete den Einwurf gar nicht.

»Poltue hat mit allen möglichen Dingen Millionen verdient. Er hat ein großes Handelshaus geführt, Kohlenminen und Schiffe besessen, aber niemals hat er etwas für die Allgemeinheit getan. Bei Ausbruch des Krieges war er in Japan und hat es so geschickt einzurichten verstanden, daß er Einkaufsagent für einen unserer Verbündeten wurde. Und den armen Staat hat er dann nach allen Regeln der Kunst ausgeplündert.«

»Das scheint mir auch ganz in Ordnung zu sein. Bundesgenossen sind dazu da, daß sie gerupft werden. Aber welche Gemeinheiten hat er denn wirklich begangen? Verzeihe mir, wenn ich danach frage, aber ich habe seit langer Zeit nicht mehr die Berichte über die Verbrechen in den Zeitungen gelesen, und ich kümmere mich ja im allgemeinen wenig darum.«

»Er ist ein ganz niederträchtiger Kerl«, sagte Anthony und beobachtete den stattlichen Reiter, der sich mehr und mehr entfernte. »Er ist nicht nur ein schlechter Mensch, weil er Geld verdiente, das wir nicht verdienten – obwohl das meiner Meinung nach schon ein genügend großes Vergehen ist –, sondern er hat auch seinen Reichtum während der Zeit erworben, als wir im Felde waren. Außerdem hat er einen ganz üblen moralischen Ruf. Er unterhält ein schlecht beleumundetes Unternehmen in der Nähe des Grosvenor Square, und man sagt, daß er an Bord eines Reisbootes außer Landes geschmuggelt werden mußte, als er Japan verließ. Eine Anzahl empörter Japaner wollten ihm einen bösen Abschied bereiten.«

»Ach, von der Art ist er?« fragte Bill nachdenklich. »Es ist doch eigentlich merkwürdig, wie diese großen Bösewichter es stets verstehen, ihre Schäfchen ins trockne zu bringen. Nun erzähle mir einmal von deinem Plan.«

Anthony sprach jetzt mit gedämpfter Stimme:

»Er hat einen japanischen Diener namens Kato, und ich glaube, daß dieser ein ebenso gemeiner Lump ist wie sein Herr. Aus irgendeinem Grunde haben sich die beiden überworfen, und neulich hat Mr. Poltue seinen Diener furchtbar verprügelt. Kato versuchte zwar, sich mit einigen Jiu-Jitsu-Griffen aus der Affäre zu ziehen, aber der große, starke Mann war ihm gewachsen, und schließlich lag Kato auf dem Boden, und sein Herr schlug ihn windelweich.«

»Woher weißt du denn das alles?«

»Kato selbst hat es mir erzählt. Ich war letzte Woche dabei, ein großes Unternehmen vorzubereiten. Unglücklicherweise ist aber der Mann, den ich beobachtete, nach Amerika abgereist. Das war unangenehm, denn ich hatte mir wegen der Sache schon viel Arbeit und Unkosten gemacht. Eine ganze Woche lang habe ich mich in der Uniform eines Chauffeurs herumgetrieben und speiste in demselben Restaurant wie Kato. Du kennst doch auch Ho Sings Restaurant in der Wardour Street. Dort begegnete ich ihm zuerst, während ich hinter einem anderen Japaner her war. Glücklicherweise spricht der Mensch englisch, sonst wäre es mir wohl sehr schwer geworden, mit ihm in Verbindung zu treten, da sich meine Kenntnisse des Japanischen auf einige Schimpfworte und Flüche beschränken.«

»Und was war das Ergebnis deiner Bekanntschaft mit dem Japaner?«

»Ich habe durch meine feinen und machiavellistischen Methoden die Andeutung weitergegeben, daß ich wirklich ein Gentlemanräuber bin.«

Bill schaute ihn ein wenig bestürzt an.

»Es gibt Augenblicke, in denen man offen sein muß«, entgegnete Anthony in geheimnisvoller Weise. »Ich bin jetzt soweit. Kato glaubt, daß ich einer amerikanischen Bande angehöre, die früher in Paris arbeitete, und er hat ein liebenswürdiges Interesse an meiner späteren Karriere.«

Er sprach noch leiser und dämpfte seine Stimme zu einem Flüstern.

»Hast du schon einmal von Poltues großem und berühmtem Smaragd gehört?« Bill schüttelte den Kopf.

»Es ist der wundervollste Stein, von dem ich jemals gehört habe«, sagte Anthony begeistert. »Sein Wert beträgt fünfzigtausend Pfund. Macht dir das nicht auch den Mund wässerig?

Mr. Poltue bewahrt ihn in einem eingebauten Geldschrank neben seinem Bett auf. Aber er ist ein todsicherer Revolverschütze, und der Geldschrank ist durch elektrische Alarmglocken geschützt. Es ist gut, daß du das alles weißt, denn du sollst auch dein Leben riskieren, wenn wir beide uns den kostbaren Smaragden aneignen.«

»Bist du denn schon zu irgendwelchen Abmachungen mit Kato gekommen?«

»Noch nicht, aber ich bin nahe daran. Heute treffe ich ihn wieder.«

Drei Stunden später ging ein geschäftiger junger Chauffeur in tadellosen, glänzenden Ledergamaschen und einer schönen Schirmmütze über die Wardour Street und trat gleich darauf in Ho Sings Restaurant ein. Es waren schon ein paar Leute da. Die Hälfte der Gäste bestand offensichtlich aus Asiaten. Aber auch Europäer aßen hier, denn Ho Sing führte eine sehr gute Küche, die manchen Feinschmecker anzog.

Der Chauffeur nickte einem kleinen Japaner zu, der an einem Tisch für sich saß, nahm den Stuhl, der angelehnt war, und setzte sich. Der Japaner begrüßte ihn mit einem freundlichen Grinsen.

»Ich dachte nicht, daß ich heute kommen könnte«, sagte er mit einem merkwürdigen Akzent und so abgehackt, wie es die meisten Japaner tun, wenn sie englisch sprechen. »Aber das Schwein ist ausgeritten, und hinterher speist er zu Mittag. Denken Sie, er zieht sich vor dem Essen nicht einmal um, er ist ein ganz gemeiner Kerl.«

Anthony war offensichtlich belustigt über den Ärger des Japaners.

»Aber der Schuft soll noch eine böse Zeit durchmachen! Wenn er eines Tages seinen schönen Smaragd nicht mehr hat, wird er im Herzen sehr krank sein!«

Kato sah Anthony lauernd von der Seite an.

»Ich bin ganz Ihrer Meinung, mein liebenswürdiger Freund aus Nippon, aber wie soll er denn seinen prachtvollen Stein verlieren?«

Der Japaner schaute ihn mit seinen schwarzen Perlaugen an,

und in seinem Blick lag etwas Unheimliches und Unergründliches.

»Nehmen wir einmal an, die Räuber kommen am Donnerstagabend«, begann der Japaner. »Sie kommen durch die Küchentür herein, die wahrscheinlich offensteht, und gehen dann die Treppe hinauf. Und oben steht eine kleine japanische Laterne vor der Tür dieses gemeinen Kerls?«

Einen Augenblick zitterte Anthonys Herz.

»Das scheint eine günstige Gelegenheit zu sein. Die Sache ist sogar sehr klug angelegt. Da braucht man sich nicht mehr die Mühe zu machen und Pläne von dem Haus zu zeichnen. Auch braucht man dann keinen Führer – mit anderen Worten sind Sie dann überhaupt nicht in die Sache verwickelt.«

»Ja, das stimmt. Ich habe alles genau bedacht.«

»Und wenn es uns gelingt, den Smaragd zu bekommen – wenn ich ›wir‹ sage, so meine ich damit den geheimnisvollen Räuber – und wenn wir ihn gut unterbringen können, wohin könnten wir dann den Anteil des Gentleman senden, der die Küchentür offenläßt und die kleine japanische Laterne vor die Tür von Mr. Poltues Schlafzimmer stellt?«

Der Japaner schüttelte den Kopf.

»Ich will nichts haben«, sagte er nachdrücklich. »Ich bin zufrieden, wenn es diesem Hund schlechtgeht.«

»Nun, darauf können Sie sich verlassen, er wird sich furchtbar ärgern.« Dann fragte Anthony ganz offen: »Was hat er ihnen denn eigentlich getan, Kato?«

Der Japaner preßte die Lippen zusammen, und es schien, als ob er nichts sagen wollte, aber plötzlich erzählte er in leidenschaftlichen und abgerissenen Worten von einer neuen Vergewaltigung, die Poltue erst gestern verübt hatte.

Am Abend berichtete Anthony seinem Freunde Bill, was er erfahren hatte.

»Ich habe mir aber nicht viel daraus gemacht, daß er wieder Prügel bekommen hat, denn er scheint wirklich ein geriebener Kerl zu sein. Eigentlich könnten wir ihn ebensogut bestrafen wie Mr. Poltue. Kato hat nämlich alle gemeinen Pläne seines Herrn in Japan ausgeführt, und auch er mußte unter polizeilichen Schutz gestellt werden, als er sein Vaterland verließ. Daß diese beiden Lumpen in Streit geraten sind, hat nicht viel zu sagen, nur hilft es uns beträchtlich, wenn wir diesen aufgeblasenen Millionär ein wenig erleichtern.«

»Dann werden wir also am Donnerstag die Sache ausführen?« fragte Bill interessiert.

Anthony bejahte.

»Wir brauchen Filzschuhe, einen Wagen, der am Eingang der Nebenstraße wartet – du mußt den schnellsten nehmen, den du überhaupt bekommen kannst –, Masken, einige Revolverattrappen, ein ziemlich langes, dickes Tau, dann noch einige seidene Taschentücher – für den Fall, daß Mr. Poltue Widerstand leisten sollte. Willst du das alles beschaffen, Bill?«

Der andere zögerte.

»Das sieht aber verteufelt nach gewalttätigem Einbruch aus, und ich muß ganz offen sagen, daß mir die Sache nicht recht geheuer vorkommt.«

»Ich gebe ja gern zu, daß es etwas Außergewöhnliches ist und aus dem Rahmen unserer bisherigen Tätigkeit herausfällt. Aber die Beute ist so kostbar, und die gute Gelegenheit, die beleidigte Menschheit an diesem Lumpen zu rächen . . .«

»Mache keine großen Sprüche. Die Frage ist nur, wie wir diesen kostbaren Smaragd später zu Geld machen?«

»Erst müssen wir ihn einmal haben.« Und hierin stimmte Bill schließlich mit seinem Freund überein.

Am Donnerstag abend regnete es, und der Wind blies ungestüm, aber dieses Wetter war für ihr Unternehmen günstig. Die Straßen waren leer, als der große Wagen an der Rückseite des palastähnlichen Hauses hielt, das Mr. Poltue gehörte. Es war für die Autos noch zu früh, die Theaterbesucher nach Hause zu bringen, und schon zu spät, die Leute zum Essen in die Restaurants zu fahren.

Mr. Poltue hatte offenbar eine gute Eigenschaft. Er ging jeden Abend um neun zu Bett und stand jeden Morgen um sechs auf. Kato hatte Anthony erzählt, daß sein Herr stets sehr fest schlief. Es war auch interessant und wichtig, daß der Millionär darauf bestand, daß alle seine Angestellten seinem Beispiel folgten.

Er lebte allein, was die Sache bedeutend leichter machte, denn wenn Frauen im Hause sind, finden sie meistens vor zwei Uhr nachts keine Ruhe.

Als die beiden ausgestiegen waren, gingen sie die hintere Straße entlang, bis sie an das kleine, grüne Tor in der Mauer kamen. Von hier aus gelangten sie durch einen engen Gang zu den Räumen des Hausmeisters. Anthony drückte vorsichtig gegen die Tür – sie gab nach. Er trat ein und betrachtete das Schloß eingehend, um sich zu vergewissern, daß sie auf ihrem Rückweg nicht behindert würden.

Kato hatte alles der Verabredung gemäß angeordnet. Die Türen öffneten sich lautlos, und sie kamen in die große Eingangshalle des Hauses. Man konnte von ihren Fußtritten nichts hören; nur eine große Wanduhr tickte unheimlich im Treppenhaus.

Beide trugen Filzschuhe. Anthony hielt in der einen Hand einen langen Strick, in der anderen seine elektrische Taschenlampe. Aber er brauchte sie nicht, denn ein schwacher Lichtschimmer fiel durch ein buntes Glasfenster oben an der Treppe. Geräuschlos schlichen sie die Treppe in die Höhe und erreichten den ersten Stock, aber sie konnten hier nichts von der versprochenen japanischen Laterne entdecken. Sie stiegen noch eine Etage höher, und hier fanden sie das kleine Licht.

Anthony wartete nur so lange, bis er die Kerze in der Laterne ausgeblasen hatte, dann drückte er vorsichtig die Türklinke herunter. Sein Herz schlug zum Zerspringen. Ein wirklicher Einbruch war doch etwas Sonderbares.

Die beiden traten in das Zimmer ein und schlossen die Tür leise hinter sich. Zuerst konnten sie nichts erkennen, aber nach einer Weile, als sich ihre Augen an die Dunkelheit gewöhnt hatten, unterschieden sie undeutlich die Umrißlinien der Möbel. Schwaches Licht kam durch die Schlitze der Jalousien, so daß sie das Bett in der Mitte der linken Wand stehen sahen.

Anthony schlich sich vorwärts. Der Teppich war so dick und so weich, daß unmöglich ein Laut das Ohr des Schläfers erreichen konnte. Trotzdem bewegte sich Anthony mit der größten Vorsicht, während sich sein Kamerad im Schatten des großen

Kleiderschrankes verborgen hielt und wartete, was geschehen würde.

Anthony sah undeutlich einen Mann in dem Bett liegen. Jetzt hatte er den kleinen Geldschrank erreicht und tastete behutsam nach den elektrischen Drähten, die die Tür des Schrankes mit den Alarmklingeln verbanden. Kato hatte ihm alles genau beschrieben. Man hörte ein schwaches Knipsen, als er die Drähte durchschnitt. Nun bewegte Anthony die Drehschlösser, um die richtige Buchstabenkombination einzustellen. Er brauchte dazu seine Lampe, aber das Licht blitzte nur ein paarmal ganz kurz auf, und er blendete den Lichtschein mit der Hand so ab, daß unmöglich ein Strahl auf den Schläfer fallen konnte.

Die Türe öffnete sich, er griff hinein und faßte auch sofort das große Lederetui, in dem Mr. Poltue nach Katos Angabe seinen Smaragden aufbewahrte. Krampfhaft schlossen sich seine Finger um den Kasten. Er machte sich nicht die Mühe, ihn zu öffnen, denn er konnte schon an seinem Gewicht und seiner Gestalt fühlen, daß der Stein in seinen Händen war. Schnell ließ er ihn in seine Tasche gleiten, aber in dem Augenblick entfiel ihm die elektrische Taschenlampe und schlug polternd auf dem Tisch neben dem Bett auf. Anthony hielt den Atem an, aber Poltue bewegte sich nicht. Der ruhige Schlaf dieses Mannes erschien ihm sonderbar, daß er sich schnell niederbeugte, seine Lampe aufnahm und das Bett einen Augenblick beleuchtete. Bill hörte einen erschrockenen Ausruf und eilte zu seinem Freund.

»Was ist los?« flüsterte er.

»Sieh dorthin!« erwiderte Anthony und beleuchtete Mr. Poltue.

Es war nicht nötig, irgendwelche Erklärungen zu geben. Der Millionär war tot. Der Griff eines Messers steckte in seiner Seite, und die Lagerstatt war völlig mit Blut befleckt.

»Das sieht ganz wie eine Falle aus!« sagte Anthony schnell. »Wir müssen aus dem Hause, so rasch es geht!« Schweigend flohen sie die breite Treppe hinunter und erreichten die erste Etage. Plötzlich faßte Bill Anthonys Arm und hielt ihn zurück.

»Hörst du nicht jemand sprechen?«

»Er telefoniert«, zischte Anthony.

Sie hörten ein schwaches Klingeln und schlichen sich den Gang entlang, bis sie an die Tür kamen, hinter der sie das leise Sprechen hörten.

Anthony drückte die Klinke herunter. Es war Licht in dem Raum, und sie sahen, wie sich Kato mit dem Rücken zur Tür über einen Tisch beugte. Er hatte den Telefonhörer in der Hand.

»Ist dort die Polizeistation?« fragte er. »Kommen Sie schnell zu Mr. Poltues Haus am Grosvenor Square. Es ist ein Mord geschehen . . .«

So weit war er gekommen, als Anthony sich auf ihn warf. Der Hörer polterte auf den Tisch, und die beiden rangen auf dem Boden miteinander. Anthony hielt dem Japaner den Mund zu und drückte ihm das Knie auf die Brust. Er und Bill hatten mehrere Minuten zu tun, bevor sie den sich heftig wehrenden Kato gefesselt und geknebelt hatten, und die Zeit war kostbar.

»Wir wollen ihn schnell nach oben in das Schlafzimmer tragen«, sagte Anthony wild.

Mit großer Mühe schleppten sie ihn die Treppe hinauf, denn er wehrte sich bei jedem Schritt.

»Löse schnell den Strick«, rief Anthony atemlos, und Bill gehorchte erstaunt.

Anthony ging zur Wand und drehte das Licht an.

»Sie sind aber ein niederträchtiger Kerl!« sagte er grimmig zu dem Geknebelten. »Sie haben noch das Blut des Ermordeten an Ihren Händen und rufen die Polizei! Sie dachten wohl, Sie könnten uns eine Falle stellen, wie? Und Sie könnten uns die Folgen Ihrer Privatrache aufbürden?«

Der Japaner antwortete nicht, sondern sprang ihn wieder wie ein wildes Tier an. Anthony wich einen Schritt zurück, hob seine Hand und ließ sie niedersausen. Kato fiel wie ein Stück Holz zu Füßen des Bettes nieder, auf dem sein Opfer lag.

»Nimm den Knebel aus seinem Mund! Beeile dich und nimm auch den Strick mit!«

»Hast du ihn mit dem Sjambok geschlagen?«

Anthony nickte, nahm die aus Rhinozeroshorn verfertigte Waffe aus seiner Tasche und zeigte sie ihm. Sie war das einzige Verteidigungsmittel, das er bei sich trug; aber es war wirksam.

Sie erreichten das Erdgeschoß und eilten durch die Hinterstraße, nachdem Anthony vorher die Tür verschlossen hatte. Den Schlüssel warf er über die Gartenmauer. Sie waren gerade abgefahren, als das Polizeiauto um die Ecke der Straße bog.

»Das war noch zu rechter Zeit!« meinte Anthony. Er war aufgeregt und sah bleich aus.

»Aber der Japaner wird sprechen und uns beschuldigen«, sagte Bill bedrückt. »Er muß es ja schon sagen, um sich zu verteidigen.«

»Er wird nichts sagen«, entgegnete Anthony kurz.

»Wo ist denn der Smaragd? Hast du ihn?«

»Ich hatte ihn schon in meiner Tasche, aber ich habe ihn zurückgelassen.«

»Du hast ihn dort gelassen?« fragte Bill atemlos. »Wo denn?«

»In Katos Tasche. Wenn die Polizei kommt, Poltues Leiche mit einem japanischen Messer in der Seite auffindet und später seinen Smaragd in Katos Tasche entdeckt, dann gibt es nur eine Lösung.«

Und er hatte richtig prophezeit, denn sechs Wochen später wurde Kato auf einen Indizienbeweis hin wegen Mordes verurteilt.

12. KAPITEL

Ein Spezialist

Anthony Newton war ein Opportunist und besaß wie alle diese Menschen die Fähigkeit, eine Situation sofort zu überschauen und auf Grund der gegebenen Lage unglaublich schnell zu handeln. Gut ausgearbeitete Schlachtpläne, die mühevolle Vorbereitungen erforderten, lagen ihm nicht. Das Leben bot ihm viele günstige Gelegenheiten, aber die meisten wies er sofort zurück; einige, weil sie nicht genügend Aussicht auf Erfolg hatten, andere wieder, weil sich der Erfolg nicht recht lohnte und ihm die

Mittel, mit denen er das Ziel hätte erreichen können, zu zweifelhaft erschienen.

Es war eigentlich zu erwarten, daß die Erscheinung eines jungen Mannes, der keinen offensichtlichen Verdienst hatte, auf großem Fuß lebte, stets elegant auftrat und immer viel Geld ausgab, die Neugierde anderer Glücksritter erregte, die jedoch nicht auf seinen Wegen gingen. Von Zeit zu Zeit begegnete er Leuten der Aristokratie, einer ihm unbekannten Welt. Tadellos gekleidete Herren und Damen, ebenfalls ohne irgendwie bekannte Erwerbsquellen, näherten sich ihm, prüften ihn vorsichtig und mit großer Geschicklichkeit und verschwanden dann wieder. Anthony spielte weder Karten noch besuchte er Spielhöllen, auch fiel er nicht der Versuchung zum Opfer, sich auf leichte Weise Geld zu verdienen. Trotzdem waren ihm diese Bürger von Londons Unterwelt sehr interessant, die gar nicht den Anspruch erhoben, Damen und Herren der Gesellschaft zu sein.

Einst lud Anthony einen solchen Mann zum Essen ein, und im Laufe des Abends wurde der Mann gesprächig und gab ihm manche Erklärung. Er hieß Jay Gaddit, war einer der vorzüglichsten Falschspieler und Kartenkünstler, dem Äußeren nach aber ein Mann von Welt, der viel herumgekommen war und sich daher in jeder Gesellschaft bewegen konnte.

»Alle diese Geschichten von Gentlemanverbrechern sind Unsinn«, sagte er und schaute nachdenklich auf seine Zigarre. »Wenn Sie, den ich zu den Fratzen rechnen will . . .«

»Danke verbindlichst«, erwiderte Anthony.

»Sie müssen wissen, es gibt nur zwei Arten von Leuten auf der Welt, die Diebe und die Fratzen. Ich habe absolut nicht die Absicht, Sie zu beleidigen. Nehmen Sie an, daß Sie einen von den Jungens treffen und mit ihm zu Abend essen. Nach Tisch schlägt irgend jemand, wahrscheinlich ein Mädchen, das auch mit der Gesellschaft arbeitet, ein Spiel Karten vor. Wenn nun der Verbrecher, der Sie hereinlegen will, ein Gentleman wäre und sich während des ganzen Essens mit Ihnen über Kunst, Wissenschaft und dergleichen unterhalten hätte und dann plötzlich das Gespräch auf Karten brächte, würden Sie sich doch sofort sagen: ›Der Mensch muß ein Verbrecher sein.‹ Denn ein Gentleman würde sich doch niemals mit einem Fremden über Karten unterhalten. Aber wenn er sich nun nicht wie ein Gentleman gibt, sondern so wie ich daherkommt und freimütig und derb über alles spricht, Späße macht und lustig ist und dann nachher ein Kartenspielchen erwähnt, würden Sie gar nichts dabei finden. Sie würden mich ansehen und denken: Nun ja, der junge Mann ist gut gekleidet und hat anscheinend viel Geld. Er ist ein reicher Farmer, vielleicht auch ein Pferdehändler. Aber Sie würden keinen Verdacht schöpfen. Daß ich so vorteilhaft aussehe, gehört zu meinem Beruf. Aber mein Spezialfach ist immer noch bedeutend besser als das von anderen Leuten. Sehen Sie einmal drüben den Menschen an.« Er zeigte auf einen vornehm gekleideten, ruhigen Herrn. »Das ist Sadbury – oder er nennt sich wenigstens so. Der rührt nie eine Karte an. Und er ist ein vollkommener Gentleman.«

Anthony schaute interessiert zu Mr. Sadbury hinüber.

»Welche Spezialität hat er denn?« fragte er.

Jay Gaddit lachte leise vor sich hin.

»Das ist ein Bigamist! Er ist schon sechsmal verheiratet gewesen, meistens mit reichen Witwen mittleren Alters«, sagte der Kartenkünstler mit verhaltener Bewunderung. »Er lernt sie an Bord eines Schiffes kennen. Er macht eine Reise nach Australien und ist drei oder vier Tage nach seiner Ankunft in Sydney verheiratet. Er hat sich schon in Kapstadt, Buenos Aires, Ottawa, New York, Colombo und Vancouver trauen lassen. Aber er ist noch niemals gefaßt worden, weil sich niemand über ihn beschwerte oder eine Klage gegen ihn erhob. Eine Frau, die ausgeraubt und zum Narren gehalten wurde, macht natürlich keine Anzeige, besonders, wenn sie nichts von den anderen weiß. Ich spreche jetzt natürlich im Vertrauen zu Ihnen, wie ein Bruder zum anderen.«

Anthony nahm dieses zweifelhafte Kompliment ruhig und geduldig auf.

»War er denn noch nie im Gefängnis?«

»O ja, er hat schon drei- oder viermal gesessen«, meinte Jay sorglos, »aber niemals wegen Bigamie. Ich kann nicht sagen, daß mir dieses Spezialfach zusagen würde. Meine Sache ist glatter Diebstahl und schnelle Flucht. Nebenbei bemerkt ist das auch weniger gefährlich.«

Anthony sah sich erstaunt nach Sadbury um. Der Mann sah gut aus, mochte etwa achtundzwanzig Jahre alt sein, hatte dunkles Haar und trug einen kleinen, schwarzen Schnurrbart. Ein nachlässig gekleideter Mensch saß bei ihm, der abgerissen aussah und sich scheu umblickte. Seine Hände zitterten – das konnte Anthony sogar aus dieser Entfernung wahrnehmen.

»Das ist aber doch kein Opfer, das er ausplündern will?«

Jay Gaddit schüttelte den Kopf.

»Das ist ein morphiumsüchtiger Kerl. Der Himmel mag wissen, was Sadbury mit dem vorhat.«

Im Laufe der Zeit kam Anthony in London mit allen möglichen Leuten in Berührung, die die verschiedensten Verbrechen als Spezialität betrieben und unter den Unbesonnenen, Einfältigen und Überklugen ihre Opfer suchten. Er hatte keine Freunde unter diesen Menschen, aber er brachte seine Abende manchmal mit ihnen zu und erfuhr auf diese Weise viele interessante Dinge.

Für Anthony gab es eigentlich nur ein junges Mädchen auf der Welt. Aber obgleich er romantischen Abenteuern nicht abgeneigt war, stand es doch bei ihm fest, daß er seine Augen niemals zu Vera Mansar, der Millionärstochter, erheben konnte, deren Lieblichkeit immer um ihn schwebte und die ihm als Maßstab weiblicher Schönheit galt, wenn er andere Frauen sah. Er war jetzt kein armer Abenteurer mehr. Dank einer Anzahl gut verlaufener Unternehmungen, die einen größeren Gewinn abwarfen, als er früher in seinen kühnsten Träumen zu hoffen gewagt hatte, verfügte er jetzt über die nötigen Mittel – aber er blieb immer noch ein Abenteurer.

Die Möglichkeit, seine Bekanntschaft mit ihr zu erneuern, war sehr unwahrscheinlich. Er selbst machte sich darüber keine Hoffnung. So ging Anthony Newton allein seinen Weg durch das merkwürdige London. Er lernte Leute kennen, die plötzlich für Monate verschwanden, und er hörte von dem Klatsch und den Skandalen der Unterwelt. Er hatte unter ihren Bewohnern wenigstens zwei angenehme Menschen getroffen, die ihm gegenüber offen waren und ihm vieles im Vertrauen erzählten, nachdem die ersten Mißverständnisse beseitigt waren und sie entdeckten, daß er weder eine »Fratze« noch ein Polizist war.

Einige Zeit, nachdem Anthony mit Jay Gaddit zu Abend gespeist hatte, war der Falschspieler plötzlich spurlos von der Bildfläche verschwunden. Er war ›aufs Land gegangen‹, wie seine Freunde erzählten. Nach drei Monaten erfuhr Anthony, daß er an den ›schrecklichen Platz‹ gekommen sei, worunter Londons Unterwelt das Gefängnis von Dartmoor versteht. Und einige Tage später erhielt er einen Brief auf blauem Papier. »S. M. Gefängnis Princetown« stand darauf. Anthony zerbrach sich nicht den Kopf, wie der Mann wohl zu seiner Adresse gekommen sein mochte. Die Kenntnis solcher Dinge gehörte eben zu Gaddits Beruf. Der Brief lautete:

Mein Lieber Mr. Newton!
Ich hoffe, Sie werden mir verzeihen, wenn ich mich an Sie wende. Ich bin auf Grund eines falschen Zeugnisses für drei Jahre ins Gefängnis gekommen. Auf jeden Fall war die Beschuldigung, die gegen mich erhoben wurde, nicht richtig. Unglücklicherweise hatte ich nur wenig Geld, als ich geschnappt wurde, und mußte meine Frau ohne alle Mittel zurücklassen. Ich weiß nicht, ob es ein zu großes Ansinnen an Sie ist, wenn ich Sie bitte, etwas für sie zu tun.

Das war eine sonderbare Zumutung, wie sie Anthony früher nie begegnet war. Aber er zögerte keinen Augenblick, notierte sich die Adresse, die Gaddit in seinem Brief angegeben hatte, stieg in ein Mietauto und stand bald darauf vor einer Wohnungstür in Bloomsbury. Er klopfte an, und eine hübsche, schlanke, junge Frau von etwa siebenundzwanzig Jahren öffnete ihm. Zuerst schaute sie ihn mißtrauisch an, aber nachdem er ihr mit einigen Worten den Zweck seines Besuches erklärt hatte, wurde sie liebenswürdiger.

»Treten Sie bitte näher, Mr. Newton«, sagte sie und führte ihn in ein kleines, aber schön eingerichtetes Wohnzimmer. Anthony hatte keine Ahnung, wie sich Frauen von Verbrechern in solchen Fällen benehmen, aber wenn er erwartete, sie in Trauer und Kummer zu finden, so hatte er sich sehr getäuscht.

»Da können Sie einmal wieder sehen, wie unvernünftig es ist, sich zu betrinken. Wenn er nüchtern gewesen wäre, hätte man ihn nicht gefaßt«, sagte sie. »Da ich ihn immer unterstützt habe, bedrückt es ihn natürlich, daß er mir nur hundertfünfzig Pfund zurücklassen konnte.«

Anthony war verblüfft. Aber die Frau hatte sehr bald erkannt, welchen Eindruck sie auf ihn gemacht hatte, und sie mußte lachen.

»Sie haben doch nicht etwa gedacht, daß Sie mich hier in Tränen aufgelöst finden, Mr. Newton? Sie müssen bedenken, es ist nicht das erstemal, daß Jay ›aufs Land‹ gegangen ist. Geld brauche ich wirklich nicht«, sagte sie, nachdem sie einige Augenblicke nachgedacht hatte. »Ich arbeite mit einem Freund zusammen, und ich habe wirklich genug. Wenn Sadbury mich nicht so betrogen hätte, wäre ich sogar gut bei Kasse.«

Der Name war Anthony bekannt.

»Sprechen Sie von dem Bigamisten?«

»Jay scheint Ihnen ja schon alles erzählt zu haben! Der Mann ist wirklich kein Gentleman. Ich habe fünf Tage lang ehrlich an ihm gearbeitet, und er hat mir nicht einmal Dankeschön oder dergleichen gesagt.«

Eins hatte Anthony bei seinem Verkehr mit diesen merkwürdigen Leuten gelernt – man durfte niemals fragen. Er mußte warten und konnte vorläufig nur vermuten, was es bedeutete, daß Mrs. Gaddit an Sadbury »gearbeitet« hätte. Aber die Zusammenhänge waren ihm durchaus nicht klar.

Er kehrte erleichtert in sein Hotel zurück. Eine Bekanntschaft mit Verbrechern hatte doch manchmal verwirrende Momente. Er war selbst stark beschäftigt, denn er bereitete gerade wieder ein neues Unternehmen vor. Erst nach drei Monaten sah er Mrs. Gaddit wieder. Er traf sie im Hyde Park, und sie fuhr in einem wunderschönen Wagen mit einem Chauffeur und einem Diener an ihm vorüber. Anthony lächelte sie liebenswürdig an, als er sie in so vornehmer Umgebung sah.

*

Am nächsten Tag hatte er eine Begegnung, die sein Herz höher schlagen ließ und ihm das Blut in die Wangen trieb. Er ging die Regent Street entlang und wollte gerade seinen Freund, den Rechtsanwalt und Romanschreiber, besuchen, als ihn jemand anrief. Er wandte sich um.

Die liebliche Erscheinung, die sich seinen Blicken bot, raubte ihm fast den Atem. Er erkannte die Dame nicht gleich und glaubte, daß sie sich geirrt habe. Aber sie kam mit lachenden Augen auf ihn zu und streckte ihm die Hand entgegen.

»Wie geht es Ihnen, Mr. Newton?«

Er konnte nicht sprechen und schüttelte nur Vera Mansars Hand.

»Es ist beinahe ein Jahr, daß wir uns zuletzt gesehen haben – Sie haben uns nicht wieder besucht.«

Sie unterdrückte ein Lachen, und Anthony sah sie vorwurfsvoll an.

»Nein, ich bin nicht dazu gekommen«, sagte er etwas heiser. Er benahm sich entsetzlich schüchtern und linkisch. »Ich habe nämlich sehr viel zu tun . . .«

»Hat man Sie zum Direktor der Bank von England gemacht?« fragte sie möglichst harmlos. »Aber Sie können Ihren Hut ruhig aufsetzen. Abgesehen davon, daß Sie die Aufmerksamkeit der anderen Leute auf sich ziehen, könnten Sie sich auch erkälten.«

Anthony murmelte eine Entschuldigung und setzte seinen Hut auf.

»Wir haben sehr oft über Sie gesprochen«, sagte sie, als sie zusammen die belebte Straße entlanggingen. »Ich meine nämlich Vater und mich. Er war der Meinung, daß Sie der Klügste von allen waren.«

Anthony schluckte. Er wußte, daß Miss Vera Mansar von den zudringlichen jungen Leuten sprach, die versucht hatten, sich auf alle mögliche Weise bei ihrem reichen Vater einzuführen.

»Er möchte Sie gern wiedersehen«, fuhr sie fort.

Anthony lächelte. Er hatte sich wieder gefangen.

»Will er mich wieder nach Brüssel schicken?« fragte er trokken.

»Nein, das glaube ich nicht«, erwiderte sie ernst. »Wir erinnerten uns an Sie, als wir die Einladungen zu meiner Hochzeitsfeier aufsetzten.«

Anthony blieb stehen.

»Zu Ihrer Hochzeit?« fragte er ungläubig.

Sie nickte.

»Ich heirate meinen Vetter – ich dachte, Sie wüßten das –, es hat in den Zeitungen gestanden.«

»Ach ja.« Anthony versuchte, die Herrschaft über seine Stimme zu behalten. »Ich wußte nicht, daß Sie einen Vetter hatten«, sagte er dann etwas lahm.

Sie mußte lachen.

»Sie wissen überhaupt nichts von mir«, antwortete sie und sah ihn wieder vergnügt an. »Geben Sie sich doch nicht erst den Anschein, als ob das der Fall wäre, Mr. Newton. Aber ich habe nur wenige Verwandte, und mein Vetter Philipp könnte Ihnen eigentlich bekannt sein. Und wenn man vom Wolf spricht, kommt er auch schon. Sehen Sie, hier ist mein Bräutigam!«

Nichts in dem Ton ihrer Stimme zeigte an, daß sie Philipp Lassinger liebte, im Gegenteil, sie sprach schnell, fast heftig. Anthony wandte sich um, um den Mann zu begrüßen, den er aus tiefstem Herzen haßte.

Philipp Lassinger war groß und hatte eine helle Gesichtsfarbe; sein glattrasiertes Gesicht sah vorteilhaft aus. Anthony dachte grollend, daß er alle Männer mit schönen Köpfen nicht leiden könne.

»Dies ist Mr. Newton«, stellte Vera ihn vor. Die beiden Männer reichten sich die Hände.

»Doch nicht Mr. Anthony Newton?« entgegnete Lassinger liebenswürdig. »Oh, ich habe schon viel von Ihnen gehört!«

Vera fühlte Anthonys Verlegenheit.

»Wollen Sie so liebenswürdig sein und mit uns zu Mittag speisen, Mr. Newton? Ich werde den Zorn meines Vaters schon zu besänftigen wissen. Aber ich glaube nicht, daß er überhaupt noch ärgerlich auf Sie ist.«

Im ersten Augenblick wollte Anthony die Einladung ablehnen. Am liebsten hätte er sich entfernt, um allein mit seinem

Kummer zu sein, aber er mußte ja auch essen, und was ausschlaggebend war, er konnte in der Nähe dieser bezaubernd schönen Frau sein.

Mr. Gerald Mansar wartete schon im Palmenhof des Carlton-Hotels, als sie eintraten. Als er Anthony sah, zog er seine weißen Augenbrauen hoch.

»Das ist ja ein unerwartetes Vergnügen«, meinte er und schüttelte Anthonys Hand kräftig. »Ich glaube, Sie sind mir noch sechshundert Pfund schuldig.«

»Und Sie sind mir noch eine Erklärung schuldig, die mir viel mehr wert ist als sechshundert Pfund«, erwiderte Anthony gelassen.

»Ich war damals sehr gekränkt, das gebe ich zu«, entgegnete Mansar, der sich jetzt offensichtlich bei der Erinnerung an dieses Abenteuer freute. »Sie haben also meinen Neffen Lassinger kennengelernt?« Er klopfte Philipp auf den Rücken, und Anthony stellte fest, daß der alte Herr eine Schwäche für seinen Neffen hatte. Bevor das Essen endete, hatte er schon herausgefunden, daß Philipp die Heirat angenehmer war als Vera. Sie sprach nur selten zu ihrem Verlobten, und wenn sie es tat, so war es gewöhnlich nur, um auf seine Fragen zu antworten.

»Was denken Sie von unserem Bräutigam, Mr. Newton?« fragte Mr. Mansar und blies dicke Rauchwolken zur Decke. »Er hat sich in der ganzen Welt herumgetrieben. Du bist besser zurückgekommen, als wir jemals erwarten konnten, Phil.«

»Ja, als Junge habe ich nicht viel getaugt«, sagte Lassinger lächelnd. »Ich glaube, die lange Wanderzeit hat mir recht gut getan. In den Tagen, die ich allein auf der Farm zubrachte, habe ich viel nachgedacht.«

Für Anthony war dieses Essen nicht angenehm, und er bedauerte sehr, die Einladung angenommen zu haben. Sobald es schicklich war, verabschiedete er sich.

Eines Tages sah er die beiden wieder, als sie zusammen die Piccadilly entlangfuhren. Lassinger sah wohl und vergnügt aus, aber Vera erschien ihm blasser und weniger lebhaft. Er gab sich die größte Mühe, sie ganz zu vergessen, aber immer wanderten seine Gedanken zu ihr zurück. Wie um ihn noch mehr zu quälen, brachten die Zeitungen ganzseitige Abbildungen von ihr. Er schnitt sie alle aus und heftete sie an die Wand seines kleinen Schlafzimmers.

Am Abend vor ihrer Hochzeit begegnete er ihr noch einmal. Es war ein regnerischer, stürmischer Sommertag, und das Wetter spiegelte die Gedanken und die traurige Stimmung wider, in der er sich befand. Schnell schritt er durch den Hyde Park. Plötzlich sah er vor sich eine Gestalt in einem Regenmantel, aber er wäre an der Dame vorbeigegangen, ohne ihr ins Gesicht zu sehen, wenn er nicht plötzlich ihren erstaunten Ausruf gehört hätte.

»Das ist Schicksal«, sagte sie düster. »Kommen Sie und setzen Sie sich etwas zu mir. Hier unter den Bäumen ist eine Bank. Der Parkwächter wird wahrscheinlich annehmen, daß wir ein Liebespärchen sind, aber wenn Ihnen dieser schreckliche Verdacht nichts ausmacht ...«

»Ich könnte heute alles tun – für Sie«, entgegnete er.

Sie setzte sich nieder und schaute ihn an. Aber Anthony sagte sich, daß sie nicht wie eine glückliche Braut aussah. Ihr Filzhut war vom Regen ganz durchnäßt, eine feuchte Locke klebte an ihrer Wange, und um ihren Mund lag ein harter Zug.

»Ich bin weggegangen, weil ich die Vorbereitungen für die Hochzeit nicht mit ansehen kann. Beinahe wäre ich in Ihr Hotel gekommen, aber ich wußte nicht, wo Sie wohnten. Was sagen Sie dazu, Anthony Newton?«

»Es ist kein schlechtes Hotel ...«, begann er.

»Nun seien Sie doch nicht lächerlich. Was halten Sie eigentlich von meiner Hochzeit?«

»Ich darf nicht daran denken«, entgegnete er.

Ihre Augen leuchteten auf.

»Meinen Sie das im Ernst?«

Er nickte.

»Mir ist diese Hochzeit verhaßt«, sagte sie leise. »Aber mein Vater wünscht die Verbindung so sehr. Es war eine kurze und ungestüme Werbung, weniger von meinem Bräutigam als von meinem Vater. Philipp ist ja sehr nett und zuvorkommend zu mir, er quält mich nicht mit Liebesbeteuerungen, umarmt mich nicht dauernd und bringt mich auch sonst nicht in Verlegenheit. Aber ich möchte ihn nicht heiraten. Ich fühle mich wie in einer Gefängniszelle. Ich zähle die Minuten, aber sie gehen zu schnell vorüber, Anthony!«

Eine Pause trat ein.

»Habe ich Sie eben Anthony genannt? Ich wußte selbst nicht, warum ich das tat.«

»Wahrscheinlich, weil es mein Name ist. Aber wenn Sie noch einen anderen Grund haben, so sind Sie entschuldigt. Warum heiraten Sie denn eigentlich überhaupt, Vera?«

»Vater will es durchaus haben ... es ist allerdings wahr, daß heutzutage Töchter nicht mehr heiraten, um ihrem Vater einen Gefallen zu tun – das kommt eigentlich nur noch in Büchern und Romanen vor. Und doch bin ich im Begriff, es zu tun. Ich kann meinen Vater nicht so verletzen und enttäuschen.«

»Aber Sie verwunden einen anderen noch viel tiefer«, sagte Anthony ruhig. »Sie tun mir dadurch bitter weh.«

Sie sah ihm offen in die Augen.

»Meinen Sie das wirklich?«

Er nickte.

Er wagte es nicht zu sprechen. Sie wollte etwas sagen, aber plötzlich sprang sie auf.

»Ich kann nicht länger bleiben, sonst begehe ich noch eine große Dummheit. Und was noch viel schrecklicher wäre, ich würde auch Sie zu einer Unvorsichtigkeit hinreißen. Ich gehe jetzt als eine moderne Braut nach Hause, werde mir alle Hochzeitsgeschenke ansehen und ihren Wert zusammenrechnen.«

Sie gingen schweigend durch den Park, aber Anthony sprach schließlich doch noch auf sie ein; er bat, er schmeichelte, ja er drohte.

»Es hat ja keinen Zweck, Anthony«, sagte sie. »Ich liebe Sie doch gar nicht, es wäre lächerlich, wenn ich das behaupten wollte. Aber sicherlich liebe ich auch Philipp nicht. Vielleicht wären Sie das kleinere von beiden Übeln. Es täte mir leid, wenn Sie sich verletzt fühlten.« Sie drückte seinen Arm leidenschaftlich und war verschwunden, bevor er ahnte, daß sie die Absicht gehabt hatte, sich so schnell von ihm zu trennen.

Anthony Newton hatte eine schlaflose Nacht. Er war fest entschlossen, weder zur Kirche noch zu ihrem Hause zu gehen, aber plötzlich überkam ihn doch eine Sehnsucht, die stärker war als alle seine Entschlüsse, und er stand um elf Uhr unter einer kleinen Gruppe interessierter Zuschauer, die die Ankunft der Hochzeitsgäste erwarteten. Ein großer Wagen fuhr vor, ein Herr stieg aus und grüßte einen Bekannten. Es war Philipp Lassinger. Anthony hörte einen unwilligen Ausruf an seiner Seite, wandte sich um und sah zu seinem Erstaunen Mrs. Gaddit neben sich stehen, die Frau des Falschspielers.

»Hallo, Mr. Newton«, sagte sie. »Was denken Sie von dem Lumpen da? Ich wäre versucht hinzugehen und ihn anzuzeigen. Sie erkennen natürlich Sadbury nicht wieder?«

»Sadbury?« rief Anthony entsetzt. »Das ist doch Lassinger!«

Sie nickte.

»Das ist doch sein Gewerbe! Es ist einfach schrecklich, daß man ihn nicht verfolgt – er wird sie schon während der Flitterwochen verlassen.«

»Aber Sadbury hat schwarze Haare und dunkle Gesichtsfarbe«, erwiderte Anthony heiser.

»Ich habe ihm doch die Haare blond gefärbt – die Prozedur hat fünf Tage lang gedauert –, und er hat mir nicht einen Cent dafür gegeben. Und ich habe ihn doch mit dem heruntergekommenen Lassinger, dem Morphinisten, zusammengebracht, dem eigentlichen Lassinger. Sadbury hat erzählt, daß er von Südamerika zurückgekommen sei, aber der wirkliche Lassinger ist seit langen Jahren hier in England gewesen. Hat Jay Ihnen den Mann nicht gezeigt?«

Blitzartig erinnerte sich Anthony an den verkommenen Menschen, den er damals in der Begleitung Sadburys gesehen hatte.

»Er wird sich aber mit diesem Mädchen in acht nehmen müssen, sonst kann er lebenslänglich Zuchthaus bekommen ...«

Anthony hörte ihr nicht mehr zu. Er sah, wie der Wagen mit der Braut kam, und im nächsten Augenblick stand er mitten auf der Auffahrt. Mr. Mansar half seiner Tochter beim Aussteigen. Sie sah in ihrem weißen Kleid wunderbar aus. Sie blieb stehen, während sich die Brautjungfern sammelten. Plötzlich fiel ihr

Blick auf Anthony. Auch Mr. Mansar sah ihn jetzt und runzelte die Stirn, als Anthony auf ihn zukam.

»Ich muß Sie in einer dringenden Angelegenheit sprechen, Mr. Mansar.«

»Aber das ist doch jetzt unmöglich!«

»Es handelt sich um Leben und Tod! Der Mann, den Sie für Lassinger halten, ist ein Schwerverbrecher, der eigentlich Sadbury heißt!«

»Sie sind verrückt!«

»Wollen Sie nicht die Hochzeit verschieben, bis Sie meine Angaben untersucht haben? Ich kann alles beweisen, was ich gesagt habe.«

»Auf keinen Fall.« Mr. Mansar wurde rot vor Ärger. »Komm, mein Liebling.« Aber die Braut kam nicht.

»Vater, wäre es nicht besser, wenn du dich erst vergewissern würdest?«

»Ich werde nichts Derartiges tun«, rief Mr. Mansar aufgeregt. Er wurde noch nervöser, als er sah, daß die Leute auf die Gruppe aufmerksam wurden und das allgemeine Interesse sich ihnen zuwandte. Zweifelnd legte Vera ihren Arm in den ihres Vaters, aber Anthony trat dazwischen.

»Vera«, sagte er entschieden, »Sie gehen jetzt nach Hause!«

Einen Augenblick zögerte sie, sah von ihrem Vater zu Anthony, der so unerwartet die Feier gestört hatte, wandte sich plötzlich um, ohne ein weiteres Wort zu sagen, und ging zum Erstaunen der wartenden Diener zu ihrem Wagen zurück.

»Nach Hause!« rief sie dem Chauffeur zu.

Mr. Mansar war wie vom Blitz getroffen, als der Wagen abfuhr.

»Sie Schuft!« zischte er Anthony ins Gesicht. »Ich werde –«

»Bringen Sie doch Ihren Schwiegersohn hierher – ich werde dann alles veranlassen, was notwendig ist.«

Durch den Wortwechsel wurde der Bräutigam aufmerksam und erschien in dem Augenblick an der Kirchentür.

»Was, zum Teufel, soll das bedeuten?« fragte er.

»Sadbury, ich verhafte Sie!« sagte Anthony und packte den Mann mit einem berufsmäßigen Griff am Arm.

Und nun machte Mr. Sadbury einen Fehler.

»Es ist ein Detektiv! Machen Sie hier kein Aufsehen – ich will ruhig mit Ihnen gehen.«

Zwei Monate später ging Anthony Newton hocherhobenen Hauptes im Branksome-Tower-Hotel in Bornemouth zu den Privaträumen Mr. Gerald Mansars. Der alte Herr selbst war noch nicht von der Stadt zurückgekehrt, und Anthony hoffte, daß er auch noch länger ausbleiben würde.

»Ich kann dir jetzt die ganze Geschichte erzählen«, sagte er zu Vera. »Sadbury hat ein volles Geständnis abgelegt. Er hat Lassinger in London getroffen, der ganz heruntergekommen war und den man seit Jahren aus den Augen verloren hatte. Als Sadbury von der Verwandtschaft mit deinem Vater hörte, machte er einen Plan und trat in der Rolle des erfolgreichen Neffen auf.«

»Ja, er kam eines Tages in Vaters Büro, der ihn mit nach Hause brachte. Er wußte also nur daher alles von uns, weil der richtige Lassinger ihm alles gesagt hatte. Ich brauche weiter nichts mehr zu hören, Anthony. Hast du mit meinem Vater gesprochen?«

Er nickte.

»War er sehr ärgerlich?«

»Ein wenig«, erwiderte Anthony Newton vorsichtig.

»Er tobte ein wenig und fluchte ein wenig – aber schließlich sagte er ›Ja‹.«

Sie atmete tief auf.

»Es war sehr tapfer von dir, daß du den Löwen in seiner Höhle aufgesucht und gereizt hast.«

Anthony hustete und sagte nichts darauf.

Aber später erfuhr Vera von ihrem Vater, daß Anthony telefonisch um ihre Hand angehalten hatte.

In diesem einen Fall hatte Anthony der Mut verlassen.

SACHBUCH

Unsere Welt im Spiegel von Theorien, Analysen und Bestandsaufnahmen, entscheidende Bücher zu allen Aspekten der modernen Realität, Aussagen wichtiger Persönlichkeiten.

POLITIK UND GESELLSCHAFT

DREWITZ, INGEBORG

1984 – am Ende der Utopien. - Essays über Literatur und Politik. 6699 DM 7,80

FILMER, WERNER/ SCHWAN, HERIBERT

Alltag im anderen Deutschland. Protokolle über den Alltag von DDR-Bürgern – von der Hausfrau bis zum Hochschullehrer. Eine Dokumentation. 11432 DM 12,80

GORBATSCHOW, MICHAEL S.

»Zurück dürfen wir nicht.» »Perestrojka« und »Glasnost« eine kommentierte Auswahl der wichtigsten Reden von 1984-1987. 11445 DM 12,80

GRAY, SEYMOR

Hinter dem Schleier. Alltag in Saudiarabien. 11423 DM 14,80

HENDERSON, HAZEL

Das Ende der Ökonomie. Die ersten Tage des nach-industriellen Zeitalters. Eine Abrechnung mit den Ökonomen, die glauben, Wirtschaft und Gesellschaft zu begreifen
11430 DM 17,80

HIEBER, WOLFGANG

Alltag in Indien. 11444 DM 14,80

MANDELA, NELSON

Ausgewählte Texte. 8439 DM 9,80

MAYER-TASCH, PETER CORNELIUS

Ein Netz für Ikarus. Über den Zusammenhang von Ökologie, Politik und Ästhetik. Das gestörte Verhältnis von Mensch und Natur im Spiegel der bildenden Kunst. 12018 DM 12,80

MEYER, FRITJOF

Nach dem Sturm erhebt sich der gebeugte Bambus. China im Umbruch. 11464 DM 14.80 China auf dem Weg in eine neue Zeit - der Bestseller des Asien-Experten des »SPIEGEL«.

SACHAROW, ANDREJ D.

Ausgewählte Texte. Aufsätze, Briefe und Aufrufe des prominenten sowjetischen Regimekritikers. 8440 DM 8,80

TUTU, DESMOND

Ausgewählte Texte. Sein Ziel: Gerechtigkeit für Schwarz und Weiß. Sein Mittel: Reden und überzeugen. 11025 DM 9,80

WICKE, LUTZ

Die ökologischen Milliarden. Das kostet die zerstörte Umwelt – so können wir sie retten. 11438 DM 12,80

WOODS, DONALD

Ich gebe nicht auf. Briefe aus Südafrika. 8897 DM 12,80
Steve Biko. Schrei nach Freiheit. Leben und Tod eines schwarzen Südafrikaners. 8985 DM 12,80

RELIGION UND MYTHOS

BRÜCK, MICHAEL VON

Dialog der Religionen. Mystiker, Philosophen, Wissenschaftler und Politiker aus verschiedenen Ländern mit verschiedenen Religionen suchen Antworten auf unsere Krisen. 12010 DM 9,80

BUDDHA

Die Lehre des Erhabenen. 8647 DM 16,80

CAMPBELL, JOSEPH

Lebendiger Mythos. Gedanken über die inneren Horizonte. 12023 DM 14,80

DALAI LAMA

Ausgewählte Texte. 11028 DM 12,80

DEUTSCHE MYSTIKERINNEN

Ausgewählte Texte. 11029 DM 9,80

GIBRAN, KHALIL

Ausgewählte Texte. 8432 DM 9,80
Gedanken des Meisters. 9135 DM 7,80

GUARDINI, ROMANO

Ausgewählte Texte. 11027 DM 9,80

HETMAN, FREDERIK

Baum und Zauber. 12031 DM 14,80

KOLTUV, BARBARA BLACK

Das Geheimnis Lilith: oder die verteufelte Göttin. Auf der Spur eines Mythos. 14050 DM 9,80

DER KORAN

Das heilige Buch des Islam. 8613 DM 16,80

KRISHNAMURTI, JIDDU

Fragen und Antworten. Und sein Gespräch mit Prof. David Bohm über das Erwachen der Intelligenz. 11753 DM 12,80

MARKALE, JEAN

Die Druiden
Gesellschaft und Götter der Kelten 11474 DM 12.80 Das wichtigste Sachbuch zur neueren Keltenforschung von Frankreichs angesehenstem Kelten-Forscher.

MERTON, THOMAS

Keiner ist eine Insel. Christliche Meditationen. 12016 DM 12,80
Meditationen eines Einsiedlers. Über den Sinn von Meditation und Einsamkeit. 12032 DM 12,80
Der Berg der sieben Stufen. Die Autobiographie des radikalen Christen und berühmten spirituellen Vordenkers. 12030 DM 19,80

MYNAREK, HUBERTUS

Die Vernunft des Universums. Auf der Suche nach den Lebensgesetzen von Kosmos und Psyche. 14041 DM 14,80

RAMAKRISHNA

Ausgewählte Texte. 8437 DM 9,80

RANKE-HEINEMANN, UTA

Widerworte Friedensreden und Streitschriften. Mit den Beiträgen gegen den Zölibat und den Streit um die Jungfräulichkeit Marias. Erweiterte Neuausgabe. 12027 DM 12,80

STEINDL-RAST, DAVID

Fülle und Nichts. Die Wiedergeburt christlicher Mystik. 12001 DM 12,80

STONE, MERLIN

Als Gott eine Frau war. Die Geschichte der Ur-Religion unserer Kulturen. 11453 DM 14,80

DER TALMUD

8665 DM 17,80

WEINREB, FRIEDRICH

Traumleben.
Die Deutung des Traumes aus der Offenbarung des Alten Testaments. 4 Bände. 12019 DM 31,20

WILBER, KEN

Der glaubende Mensch.
Die Suche nach Transzendenz. 14042 DM 12,80

ZAEHNER, R. C.

Der Hinduismus.
Seine Geschichte und seine Lehre. 8629 DM 9,80

ZEITGESCHICHTE

DEUTSCHE VERFASSUNGEN

Paulskirchenverfassung, Preußische Verfassungsurkunde, Reichsver-fassung, Weimarer Verfassung, Ermächtigungsgesetz, u.a. 8020 DM 12,80

ENGELMANN, BERNT

Vorwärts und nicht vergessen.
Vom verfolgten Geheimbund zur Kanzlerpartei: Wege und Irrwege der deutschen Sozialdemokratie. Vorwort von Willy Brandt. Zum 125jährigen Bestehen der SPD 1988. 8953 DM 17,80

GANDHI, MAHATMA

Ausgewählte Texte.
Hrsg. Richard Attenborough. 6577 DM 7,80

JAENECKE, HEINRICH

Die weißen Herren.
300 Jahre Krieg. Gewalt in Südafrika. Die vollkommen neu überarbeitete Ausgabe des Standardwerkes zum Thema Gewalt in Südafrika. 11230 DM 12,80

KING, MARTIN LUTHER

Ausgewählte Texte.
8431 DM 9,80

KISSINGER, HENRY A.

Memoiren 1968-1973. Drei Taschenbücher in einer Kassette. 11327 DM 29,80
Memoiren 1973-1974.
Drei Taschenbücher in einer Kassette. Mit Register. 11331 DM 29,80

ORLOWA-KOPELEW, RAISSA

Die Türen öffnen sich langsam.
Vorwort von Carola Stern. 8387 DM 9,80

SCHLUMBERGER, HELLA

Kurdische Reise.
Aus dem Leben eines bedrohten Volkes. 11454 DM 12,80

GESCHICHTE, KULTURGESCHICHTE

EMERSON, RALPH WALDO

Ausgewählte Texte. Emerson hat mit seinen philosophischen Essays den Geist des jungen Amerikas wesentlich beeinflußt. 8441 DM 8,80

ERASMUS VON ROTTERDAM

Ausgewählte Texte. 8434 DM 9,80

FERNAU, JOACHIM

Deutschland, Deutschland über alles... Von Anfang bis Ende. 3681 DM 12,80
Disteln für Hagen. Eine Bestandsaufnahme der deutschen Seele. 3680 DM 9,80
Halleluja. Die Geschichte der USA. 3849 DM 12,80
Rosen für Apoll. Die Geschichte der Griechen. 3679 DM 12,80

FRIEDRICH DER GROSSE

Ausgewählte Texte. 8438 DM 12,80

HEYERDAHL, THOR

Fua Mulaku
Reise zu den vergessenen Kulturen der Malediven. 11475 DM 14.80 Das neueste große Forschungsabenteuer eines der größten Entdeckungsreisenden unseres Jahrhunderts.

KOESTERS, PAUL HEINZ

Deutschland, deine Denker.
Geschichten von Philosophen und Ideen, die unsere Welt bewegen. 11509 DM 14,80

MEISTER ECKHART

Ausgewählte Texte.
11024 DM 9,80

MORGAN, ELAINE

Der Mythos vom schwachen Geschlecht.
Überarbeitete Neuausgabe des Klassikers einer feministischen Anthropologie. 11457 DM 14,80

MORTON, FREDERIC

Herbstwalzer. Wien zur Zeit des Erzherzogs Rudolf 9484 DM 12.80
Ein Bericht über den »Selbstmord von Mayerling«, ein Stück K.u.K-Geschichte und österreichischer Literatur.

VANDENBERG, PHILIPP

Der vergessene Pharao.
Unternehmen Tut-Ench-Amun. 11287 DM 9,80

WOUK, HERMAN

Das ist mein Gott. Glaube und Leben der Juden. 8526 DM 12,80

INDIANER

ARROWSMITH, W./KORTH, M.

Meine Worte sind wie Sterne – sie gehen nicht unter. Reden der Indianerhäuptlinge. 8597 DM 7,80

BUSCHENREITER, ALEXANDER

Unser Ende ist euer Untergang.
Die Botschaft der Hopi und anderer US-Indianer an die Welt. 12009 DM 16,80

EATON, EVELYN

Ich sende eine Stimme.
Eine weiße Medizinfrau erzählt. 11821 DM 12,80

SUN, BAER

Der Pfad der Kraft. Sein Weg, wie er ihn Wabun und Barry Weinstock erzählt hat. 11801 DM 12,80
Leben mit der Kraft. Ein Selbsthilfebuch für das Leben in der Wildnis. 11822 DM 9,80

WIRTSCHAFT UND MANAGEMENT

ABODAHER, DAVID

Iacocca. Amerikas legendärer Spitzenmanager. 8443 DM 12,80

HENDERSON, HAZEL

Das Ende der Ökonomie.
Abrechnung mit den Ökonomen, die glauben, Wirtschaft und Gesellschaft zu begreifen. 11430 DM 17,80

HICKMAN, CRAIG R./ SILVA, MICHAEL A.

Der Weg zu Spitzenleistungen.
Kreatives Management. 14009 DM 16,80

KOESTERS, PAUL HEINZ

Ökonomen verändern die Welt.
Wirtschaftstheorien, die unser Leben bestimmen. 11542 DM 16,80

NATUR UND WISSENSCHAFT

DÄNIKEN, ERICH VON (HRSG.)

Habe ich mich geirrt?
Neue Erinnerungen an die Zukunft. 8973 DM 12,80
Kosmische Spuren.
Neue Entdeckungen und Funde der Präastronautik aus fünf Kontinenten. 11451 DM 12,80
Der Tag, an dem die Götter kamen. 11. August 3114 v. Chr. 8578 DM 14,80

DAVIES, PAUL

Gott und die moderne Physik
Vorwort von Hoimar von Ditfurth
11476 DM 12.80
«Ein großartiges Buch - nicht nur eine exzellente Wissensquelle, sondern auch ein hinreißendes Leseabenteuer.« Hoimar von Ditfurth

EINSTEIN, ALBERT

Ausgewählte Texte. Briefwechsel, Aufsätze und philosophische Betrachtungen. 8436 DM 9,80

FIEBAG, JOHANNES UND PETER

Die Entdeckung des Grals.
Das kosmische Geheimnis der Bundeslade und des Templerordens.
11455 DM 14,80 (Nov.)

HEISENBERG, WERNER

Ausgewählte Texte.
11021 DM 7,80

PRICE, JOHN RANDOLPH

Deine Zukunft ist jetzt.
Aufruf zur Rettung der Erde.
14049 DM 9,80

SHELDRAKE, RUPERT

Das schöpferische Universum
11478 DM 14.80
Eines der meistdiskutierten Bücher zu einer neuen Theorie über das Leben im Universum. In einer erweiterten Neuausgabe.

TREFIL, JAMES S./ ROOD, ROBERT

Sind wir allein im Universum?
Die Möglichkeit außerirdischer Zivilisationen. 11459 DM 14,80

WILBER, KEN

Halbzeit der Evolution.
Der Mensch auf dem Weg vom animalischen zum kosmischen Bewußtsein. 14040 DM 16,80

PSYCHOLOGIE

CAINE, LYNN

Was habe ich bloß falsch gemacht?
Mütter und ihre Schuldgefühle.
11458 DM 12,80

EDER, RUTH

Die geschlagenen Frauen.
Report über Gewalt im Alltag.
11436 DM 9,80

FRANCK, BARBARA

Ich schau in den Spiegel und sehe meine Mutter.
Gesprächsprotokolle mit Töchtern.
11416 DM 9,80
Mütter und Söhne. Gesprächsprotokolle mit Männern über ihre Beziehung zur eigenen Mutter.
11420 DM 9,80

Trotzdem leben.
Reportagen über die Angst.
11422 DM 9,80

LOWEN, ALEXANDER

Angst vor dem Leben
Über den Ursprung seelischen Leidens und seine Überwindung
11477 DM 12.80
Alexander Lowen, Begründer der »Bioenergetik«, zeigt auf, wie wir unser unterdrücktes Sein befreien können.

MÜLLER-LUCKMANN, ELISABETH

Männer um 50.
Erfahrungen, Selbstverständnis, Träume – intime Protokolle.
11448 DM 8,80

MARKERT, CHRISTOPHER

Yin Yang. Harmonie von Sinnlichkeit und Vernunft.
11379 DM 9,80

RYWERANT, YOCHANAN

Die Feldenkrais-Methode.
Die neue Bewegungstherapie. Mit einem Vorwort von Moshe Feldenkrais. 10382 DM 14,80

SCHNEKENBURGER, MONIKA

Vorsicht: Mutter!
Über die Schwierigkeit, mit einem Muttersöhnchen zu leben.
11450 DM 9,80

SENGER, GERTI

Noch einmal mit Gefühl.
Was Frauen sich von Männern wünschen. 11449 DM 9,80

WATTS, ALAN

Psychotherapie und östliche Befreiungswege. 11410 DM 12,80

WEIDELENER, HERMANN

Die Götter in uns. Lebenserkenntnis durch die Bilder der Mythen.
11802 DM 12,80

LIEBE UND SEXUALITÄT

DICKSON, ANNE

Die Harmonie der Innenwelt. Die neue Sexualität der Frau.
10996 DM 12,80
frau sein. Selbstfindung, Selbstvertrauen, Selbstbewußtsein.
10956 DM 12,80

BARBARA EHRENREICH/ELISABETH HESS/GLORIA JACOBS

Gesprengte Fesseln? 20 Jahre Kampf um eine weibliche Sexualität und was wir damit gewonnen haben. 11443 DM 9,80

HITE, SHERE

Hite Report - Das sexuelle Erleben der Frau. 11252 DM 17,80
Hite Report II. Die sexuellen Vorlieben und Praktiken des männlichen Geschlechts. 11377 DM 16,80

HOLLAND, JACK R.

Die Macht der Liebe. Der Schlüssel zur allmächtigen Kraft in uns.
14043 DM 9,80

KNUSSMANN, RAINER

Der Mann. Ein Fehlgriff der Natur.
11531 DM 8,80

LOWEN, ALEXANDER

Liebe und Orgasmus.
Persönlichkeitserfahrung durch sexuelle Erfüllung. 11356 DM 14,80
Lust. Der Weg zum kreativen Leben. 11367 DM 14,80

MAINZER, OTTO

Die sexuelle Zwangswirtschaft.
Ein erotisches Manifest.
11409 DM 14,80

ROWAN, JOHN

Der verwundete Mann.
14044 DM 12,80

RUEGER, RUSS A.

The Joy of Touch.
Der Spaß, einander anzufassen.
10916 DM 12,80

EDNA SALAMON/RUTH EDER

Warum sollte er mich heiraten?
Frauen als Geliebte – Protokolle einer neuen Abhängigkeit.
11440 DM 14,80

KULTURKRITIK

ARROWSMITH, W./KORTH, M.

Meine Worte sind wie Sterne – sie gehen nicht unter.
Reden der Indianerhäuptlinge.
8597 DM 7,80

BUSCHENREITER, ALEXANDER

Unser Ende ist euer Untergang.
Die Botschaft der Hopi und anderer US-Indianer an die Welt.
12009 DM 16,80

CAMPBELL, JOSEPH

Lebendiger Mythos.
Gedanken über die inneren Horizonte. 12023 DM 14,80

JEAN GEBSER.

Ausgewählte Texte.
Jean Gebser untersuchte in seinen Schriften kulturelle Phänomene und bietet Einsichten in die Gesamtzusammenhänge der Welt.
11020 DM 9,80

HÖHLER, GERTRUD

Die Bäume des Lebens. Baumsymbole in den Kulturen der Menschheit. 11437 DM 14,80

KUBY, CLEMENS

Das alte Ladakh. Das Buch zum Film. Seine Entstehung mit Original-Kommentar, Essays über Land und Religion und viele Fotos. 11402 DM 12,80

LEHNER, THOMAS (HRSG.)

Keltisches Bewußtsein. Wissenschaft, Musik, Poesie. Beiträge zur Aktualität des keltischen Denkens von Jean Markale, Joseph Campbell, H.C. Artmann und anderen. 12024 DM 16,80

MAYER-TASCH, PETER CORNELIUS

Ein Netz für Ikarus. Über den Zusammenhang von Ökologie, Politik und Ästhetik. Das gestörte Verhältnis von Mensch und Natur im Spiegel der bildenden Kunst. 12018 DM 12,80

PESTALOZZI, HANS A.

Nach uns die Zukunft. Von der positiven Subversion. 11349 DM 12,80

THOREAU, HENRY DAVID

Ausgewählte Texte. Mutige Plädoyers für einen freien, unabhängigen Menschen, der sich selbst verwirklicht. 11026 DM 9,80

WATTS, ALAN

Die sanfte Befreiung. Moderne Psychologie und östliche Weisheit. 14005 DM 12,80

MUSIK

BERNSTEIN, LEONARD

Ausgewählte Texte. 11038 DM 9,80
Erkenntnisse. 33121 DM 19,80
Freude an der Musik. 33051 DM 16,80
Musik – die offene Frage. Vorlesungen an der Harvard-Universität. 33052 DM 24,80
Musik für junge Leute. Die Welt der Musik in neun Kapiteln. 33126 DM 12,80
Von der unendlichen Vielfalt der Musik. 33008 DM 14,80.

GREGOR-DELLIN, MARTIN

Richard Wagner. Sein Leben, sein Werk, sein Jahrhundert. 33078 DM 16,80

GOLDMANN

NEW AGE – MODELLE FÜR MORGEN

BURROUGHS, WILLIAM S.

Dead Roads. Roman. 14013 DM 12,80

BUSCAGLIA, LEO F.

Das Elixier des Lebens. Liebe – das größte Abenteuer. 14021 DM 9,80
Einander lieben. Die Kunst, menschliche Beziehungen zu vertiefen – wie man lernt, Liebe zu schenken und zu erleben. 14039 DM 9,80
Ganz Mensch sein. Die Kunst, mit sich selbst Freundschaft zu schließen. 14010 DM 9,80
Leben-Lieben-Lernen. Brücken bauen, nicht Barrieren. 14002 DM 9,80

HICKMAN, CRAIG R./SILVA, MICHAEL A.

Der Weg zu Spitzenleistungen. Kreatives Management. 14009 DM 16,80

HOLLAND, JACK R.

Die Macht der Liebe. Der Schlüssel zur allmächtigen Kraft in uns. 14043 DM 9,80

KEEN, SAM

Die Lust an der Liebe. Leidenschaft als Lebensform. 14027 DM 12,80

KOLTUV, BARBARA BLACK

Das Geheimnis Lilith: oder die verteufelte Göttin. Auf der Spur eines Mythos. 14050 DM 9,80

MACY, JOANNA

Mut in der Bedrohung. 14046 DM 14,80

MYNAREK, HUBERTUS

Die Vernunft des Universums. Auf der Suche nach den Lebensgesetzen von Kosmos und Psyche. 14041 DM 14,80

ROWAN, JOHN

Der verwundete Mann. 14044 DM 12,80

SHELDRAKE, RUPERT

Das schöpferische Universum. Die Theorie des morphogenetischen Feldes. 14014 DM 14,80

TREVELYAN, GEORGE

Eine Vision des Wassermann-Zeitalters. Gesetze und Hintergründe des New Age. 14001 DM 9,80

WATTS, ALAN

Die sanfte Befreiung. Moderne Psychologie und östliche Weisheit. 14005 DM 12,80

WILBER, KEN

Halbzeit der Evolution. Der Mensch auf dem Weg vom animalischen zum kosmischen Bewußtsein. 14040 DM 16,80
Der glaubende Mensch. Die Suche nach Transzendenz. 14042 DM 12,80

WINTER, SYLVIA

Die erwachende Göttin. Ein Leben auf dem Weg in das New Age. 11446 DM 9,80